HEYNE
BÜCHER

Fantasy

Herausgegeben von Friedel Wahren

Das Schwarze Auge

1. Band: Ulrich Kiesow, *Der Scharlatan* · 06/6001
2. Band: Uschi Zietsch, *Túan der Wanderer* · 06/6002
3. Band: Björn Jagnow, *Die Zeit der Gräber* · 06/6003
4. Band: Ina Kramer, *Die Löwin von Neetha* · 06/6004
5. Band: Ina Kramer, *Thalionmels Opfer* · 06/6005
6. Band: Pamela Rumpel, *Feuerodem* · 06/6006
7. Band: Christel Scheja, *Katzenspuren* · 06/6007
8. Band: Uschi Zietsch, *Der Drachenkönig* · 06/6008
9. Band: Ulrich Kiesow (Hrsg.), *Der Göttergleiche* · 06/6009
10. Band: Jörg Raddatz, *Die Legende von Assarbad* · 06/6010
11. Band: Karl-Heinz Witzko, *Treibgut* · 06/6011
12. Band: Bernhard Hennen, *Der Tanz der Rose* · 06/6012
13. Band: Bernhard Hennen, *Die Ränke des Raben* · 06/6013
14. Band: Bernhard Hennen, *Das Reich der Rache* · 06/6014
15. Band: Hans Joachim Alpers, *Hinter der eisernen Maske* · 06/6015
16. Band: Ina Kramer, *Im Farindelwald* · 06/6016
17. Band: Ina Kramer, *Die Suche* · 06/6017
18. Band: Ulrich Kiesow, *Die Gabe der Amazonen* · 06/6018
19. Band: Hans Joachim Alpers, *Flucht aus Ghurenia* · 06/6019
20. Band: Karl-Heinz Witzko, *Spuren im Schnee* · 06/6020
21. Band: Lena Falkenhagen, *Schlange und Schwert* · 06/6021
22. Band: Christian Jentzsch, *Der Spieler* · 06/6022
23. Band: Hans Joachim Alpers, *Das letzte Duell* · 06/6023 (in Vorb.)
24. Band: Bernhard Hennen, *Das Gesicht am Fenster* · 06/6024 (in Vorb.)
25. Band: Niels Gaul, *Steppenwind* · 06/6025

Das Schwarze Auge

NIELS GAUL

STEPPENWIND

Fünfundzwanzigster Roman
aus der
aventurischen Spielewelt

herausgegeben
von
ULRICH KIESOW

Originalausgabe

WILHELM HEYNE VERLAG
MÜNCHEN

HEYNE SCIENCE FICTION & FANTASY
Band 06/6025

Umwelthinweis:
Dieses Buch wurde auf chlor- und
säurefreiem Papier gedruckt.

Redaktion: F. Stanya

Printed in Germany 1997
Umschlagbild: Krzysztof Wlodkowski
Kartenentwurf (Seite 6/7): Ralf Hlawatsch
Umschlaggestaltung: Atelier Ingrid Schütz, München
Technische Betreuung: M. Spinola
Satz: Schaber Satz- und Datentechnik, Wels
Druck und Bindung: Presse-Druck, Augsburg

ISBN 3-453-11954-1

Inhalt

Yeti-Land
Ifirns Ozean
Riva
Norburg
Bornland
Orkland
Festum
Thorwal
Lowangen
Baliho
Warunk
Mittelreich
Nostria
Beilunk
Havena
Gareth

Meer der Sieben Winde
Fasar
Zorgan
Vinsalt
Kuslik
Khunchom
Mherwed
Liebl.
Khom
Maraskan
Zyklopen-
Inseln
Fels
Thalusa
Tuzak
Perlenmeer
Al´Anfa
Brabak
Altoum
Waldinseln
Aventurien
500 Meylen
N
W
O
S

1. Kapitel

Kunde aus Bjaldorn

Beilunk, Anfang Rondra 1020

Ayla wandelte ruhelos auf dem Bergfried von Beilunk. Der Sporn ihrer Stiefel sang hell auf dem glatten Stein; sie zählte sieben Schritte von Brüstung zu Brüstung. So wie einst in sieben Schlägen Ingerimms Hammer Malmar Siebenstreich gehämmert hat, dachte sie, die Götterschwinge aus Titanium, dem glühenden Gigantengold. Ihre Gedanken verloren sich, als sie den eigenen Schritten lauschte, und einen Wimpernschlag lang wünschte Ayla, der Erzheilige Geron möge aus dem Paradeis herabsteigen oder Leomar von Barburin aus seinem Wachenden Schlaf erweckt werden, um Siebenstreich, den Sulvodorn, wie eine Sense wider *seine* Scharen zu führen, die mordlüstern die Lande verheerten:

So gleißet die Klinge
Aus Alverans Esse –
Von Göttern gegürtet,
Von Praios gepriesen
Mit Mythraels Macht –
Wie Sulvo der Stern,
Wenn Ing'rimms und Rondras
Entfesselter Zorn
Den Recken beseelen,
Der Siebenstreich schwingt.

Ayla erbebte, als die Erinnerung an den Rausch des Kampfes sie warm durchflutete – für einen Augenblick pochte ihr Herz vernehmlich gegen das kühle Kettengewand. Dann aber verflog die selige Vision, und eine kribbelnde Kälte umzüngelte ihre bloßen Arme und Beine (wohin Kettenzeug und Wappenrock nicht reichten, denn im Sommer pflegte sich Ayla in leichte Gewandung zu kleiden) wieder so jäh und erbarmungslos wie die Flammen eines Scheiterhaufens. Die Sorgen, so schien ihr, machten sie mittsommers frösteln.

Geron der Einhändige hat mit der Linken allein sieben namenlose Ungetüme mit dreißig Hieben bezwungen, dachte sie, und heute erschlägt eine Kreatur der Niederhöllen siebzig Geweihte wie räudige Köter auf einen Streich. Konnte die Göttin Ihren Zorn grausamer bekunden? Kor hämischer Seinen Mißmut? Rauh klommen die alten Worte die Kehle herauf:

»Ihr himmlischen Helden,
Einst bebten Giganten
Vom Glanz eurer Macht –
So sungen die Alten
Von euren Gewalten …
So flehen die Jungen …
Von Sehnsucht durchdrungen …
Den Segen des Sieges …«

Weiterzusingen vermochte Ayla nicht, ein Zittern lähmte ihre Lippen; so nahm sie die einsame Wanderung wieder auf. Da düstere Ahnungen sie quälten, glichen die Bewegungen der Marschallin denen einer müden Löwin; unter ihrer Haut spielten die Muskeln und Sehnen bei jeder Bewegung geschmeidig wie bei jener Katze. Und wie das Fell einer erschöpften Löwin struppig vom Körper absteht, fiel Aylas Haar nicht in weichen Locken, sondern wehte ihr wirr ums Haupt. Die Wangen glänzten bleich wie von kaltem Schweiß und wölbten sich zugleich düster ein. Kein rötlicher Hauch wollte sich darauf stehlen, obzwar die Meeresbrise steif über die Brüstung strich und frisch ihr Antlitz streifte.

Ayla wandelte allein; nur ihr steter Schritt war zu hören. Vom Hof drang kein Laut herauf, der das Klirren der Sporen auf dem Stein übertönt hätte. Zu dieser Stunde saßen Edelinge und Gesinde in der großen Halle zu Tisch beisammen, speisten und zechten. Der Marschallin des Hohebundes aber war nicht nach Gesellschaft zumute, einsam sollte sie ihre düsteren Gedanken wälzen, dies war die Last des Goldenen Helms. Fürwahr, sie fror darob im frühen Rondra wie an einem Wintertage!

Der Türmerin, die zur Wacht auf der Wehr eingeteilt gewesen war, hatte sie knapp befohlen, sich zu entfernen. Singe und lache, solange *sein* Schatten nicht auf dein Herz fällt. Die junge Frau hatte erschrocken gelächelt; sie sehnte sich nach der Halle, wo die Spielleute mit dunkler Stimme Lieder von Helden und Schlachten zu Gehör brachten und die Pagen süßen Wein aus kristallenen Karaffen und dunkles Bier aus den Bingen von Lorgolosch in Gläser und Becher füllten.

Ayla verharrte abermals und trat auf die hölzerne Schwelle am Fuße der Zinnen. Darunter lagen die Pechnasen und Falluken versteckt, durch die die Frauen und Mannen der Burg im Krieg kochendes Pech auf die anstürmenden Feinde gössen. Bald schon würden die schwarzen Löcher vielleicht gierig und schmatzend in die Tiefe speien, und der jetzt so verlassene Burghof klänge vom Gestöhne und Geschrei der Verwundeten wider – wer wußte, wohin *er* seine Scharen sandte? Löwenstein und Kurkum waren gefallen, das stolze Volk der Amazonen war gedemütigt und versprengt; Yppolita, die kluge Königin, lag besudelt in ihrem Blute. Aylas Herz krampfte sich zusammen, so sie an den

Augenblick dachte, da der Bote von Yppolitas letztem Kampf berichtet hatte – sie würde zum Schwurfest feierlich befehlen, das Kapitel Yppolitas im Rondrarium zu beginnen.

Durch eine Scharte blickte sie über die spitzen Dächer der Stadt und das ebene Meer hinweg zum Horizont, wo Wasser und Himmel zu einem einzigen Schatten verschmolzen. Das stumpfe Kettenhemd unter dem schneeweißen Wappenrock klirrte leise, als Ayla die kräftige Brust müde an den kalten Stein lehnte. Die stählernen Ringe wurden durch das zerscheuerte Unterwams hart auf den Leib gepreßt; sie spürte kaum mehr den leichten Schmerz auf der Haut, den sie seit so vielen Jahren aus so vielen Schlachten kannte. Ihre weichen Nasenflügel bebten, da sie den scharfen Wind in tiefen Zügen einsog und Witterung nahm wie eine Löwin. Die Gespinste der Luft wirbelten den beißenden Geruch von Verrat und Fäulnis über das Perlenmeer, schwarzes Wolkengedräu folgte nicht weit dahinter. Wie ein Morfu, die fleischgewordene Widerwärtigkeit, kroch die Düsternis aus dem Osten heran; selbst Praios, so schien es Ayla, lenkte Seinen Sonnenwagen rascher und weiter nach Westen, als nötig gewesen wäre.

Einen Götterlauf zuvor, meinte sie sich zu erinnern, war die Kuppel Seines Tempels in diesem mittsommerlichen Mond und zu dieser frühen Abendstunde im letzten Gruße des Götterfürsten wie ein kristallener Kandelaber im Haus des Kaisers erstrahlt. Nun aber schimmerte die Kuppel matt, und Ayla erwog für einen kurzen Augenblick, ob nicht eher Hoffart denn Sein gestrenger Wille die Priester dazu verführt hatte, die Kuppel so verschwenderisch zu vergolden – der Augenblick lehrte, daß man von glänzendem Gold besser scharfe Schwerter und Lanzen erwarb, als der Sonne, deren Pracht überderisch war, vergeblich nachzueifern suchte.

Aber für Hader war nicht der rechte Augenblick; und insgeheim begrüßte Ayla, daß die Praiosdiener und die

Geweihten der Rondra in den letzten Jahren einander frohgemut begegneten und Hand in Hand still wider *ihn* gewirkt hatten. Das gemeine Volk verstand von den alten Schriften ohnedies nichts und entsann sich der Schrecken der Priesterkaiser-Willkür als schaurige Mär, nicht aber als Mahnung vor künftigen Zeiten, sprach, wie ihm der Schnabel gewachsen war, und bezeichnete Praios und Rondra als Gemahlin und Gemahl, Himmelskönig und Alverans Gebieterin. Und Aylas geschlagene Schar genoß derweil die Gastung der Praiospiester; da ziemte sich solch schmählicher Undank nicht.

Doch düstere und zornige Gedanken spukten in Aylas Kopf, da auf ihren Schultern die Bürde des Löwenhelms, der goldenen Krone des Schwerts der Schwerter, lastete wie nie zuvor. Zum vierten Male würde sie das Wunderschwert Armalion gürten, die gleißende Klinge der Heiligen Ardare, um die Prozession der Geweihten am Fest des Schwertes anzuführen und die Großen der Kirche zum Rat willkommen zu heißen. Zum vierten Male würden die jubelnden Menschen sie mit dem alten Ruf ›Schütze uns, o Schild und Wehr der Zwölfgöttlichen Lande!‹ voller Hoffnung begrüßen. Zum ersten Male aber, seitdem sie Armalion trug, fände die Prozession nicht zu Perricum, sondern zu Beilunk statt – im Heerlager sozusagen –, und zum ersten Male zweifelte Ayla, daß sie die Zwölfgöttlichen Lande überhaupt schützen könnte; sie sah sich gezwungen, die Zeichen der Göttin schlechter zu deuten denn je.

Seinen Anfang genommen hatte das Unglück ausgerechnet zu dem Zeitpunkt, als König Brin und seine Gemahlin Emer – Aylas vertraute Freundin – zu den Behütern des Reiches bestellt wurden: Am letzten Tage des frohen Festes durchbohrte ein feiger Pfeil das wackere Herz Viburns von Hengisfort, des Schwertes der Schwerter. Sodann hatte Dragosch von Sichelhofen, der sich sein Amt mit Lüge erschlich, Armalion getragen; ein Schicksalsschlag nach dem andern erschütterte hernach die Kirche der Rondra. Im zweiten Jahre seiner Herrschaft waren fünfzig Geweihte in einen orkischen Hinterhalt geritten und hatten ein grausiges Ende gefunden. Flammenschweifige Dämonen, wie die niederhöllische Parodie eines Leuen gestaltig, schwebten auf die Schar des Schwertes der Schwerter herab und rissen blutige Wunden, derweil die Schwarzpelze die Recken der Rondra mit einem tödlichen Guß von Bolzen und siedendem Pech überschütteten.

Damals hieß es, daß Dragosch, den Meineidigen, der Zorn der Göttin gestraft und er allein schuld habe an dem Ungemach; inzwischen ahnte Ayla, daß auch der schurkische Sichelhofen nur ein Zünglein an der Waage gewesen war – gewesen sein konnte. Die eitle Kirche Praios' beutelten zur selben Zeit Zwist und Schisma, zu Drôl und in Chababien schlich der Rote Tod langsam, aber gnadenlos durch die Lande. Praios, Peraine, alle Zwölfe schienen ungerührt ob des Leids der Menschen. Und nach Dragoschs Ende, das Ayla selbst besiegelt hatte, wandten sich die Geschicke keineswegs zum Besseren ... Ein Hauch eisiger Kälte streichelte ihre Wange, nach Frost und Reif schmeckend wie ein Firunswind über der herbstlichen Steppe, nicht wie eine Brise im Rondra. Eine Gänsehaut prickelte auf Aylas nackten Armen; die Marschallin raffte den Wappenrock enger um die Schultern. Eine Unruhe erfüllte sie; das Wetter, da war sie sich gewiß, benahm sich nicht mehr nur für ihre überspannten Sinne sonderbar: es war auf dem Turm spürbar kälter als noch vor einer Viertelstunde.

Wie um den unheilvollen Spuk zu vertreiben, ballte sie die Hände so eisern zu Fäusten, daß ihre sehr kurz geschnittenen Nägel – andernfalls ließ sich nicht fechten, schon gar nicht in Handschuhen aus Kette und Stahl – gerötete Furchen in die Ballen bohrten. Aber was einmal in ihr brodelte, ließ sich nicht einfach abschütteln wie eine lästige Stubenfliege: In Arivor lag Seneschall Dapifer, ihr greiser Mentor, seit zehn Jahren siech danieder; und die yaquirische Königin befreite sich so begierig von den Lehren der Rondra, wie ein wildes Roß das Zaumzeug abstreift, um ohne die Weisung des Reiters auf seinem Rücken galoppieren zu können. Zu Arivor hatte sich Mythrael, der Walkürer, der Erz-Alveraniar, Geron dem Einhändigen offenbart, auf dem Güldenhelm hielten in den alten Zeiten die Marschälle des Hohebundes hof – heute zog durch die Gassen der Stadt das lästerliche Mietlingspack und spottete des greisen Seneschalls.

Abermals schauderte Ayla. Eine Kälte wie zur Mittfirunsnacht umklammerte ihren Leib. Auch die Ringe des Kettenpanzers glitzerten sacht im Reif, der sich darauf gelegt hatte. Als Ayla mit den Fingerkuppen über den Stahl strich, froren sie für einen winzigen Moment fest, fast fühlte sich das Eisen klebrig an. Irgend etwas war nicht geheuer an diesem Abend. Ayla erwog für einen kurzen Augenblick lang, Alarm zu schlagen. Vielleicht war das *sein* Werk, den eisigen Winter im Mittsommer plötzlich über die Gefilde Aventuriens zu werfen, die Herzen und Schwertarme der Menschen zu lähmen und ihre Schwerter in den Scheiden festzufrieren? Wenn *er* das vermochte, dann wehe … Und warum sollte *er*, der sich ›Herr Aventuriens‹ nannte, nicht auch solches zuwege bringen? –

Ayla spürte die nadelspitze Kälte inzwischen nicht nur im Bauch und an den Gliedern, wie sie ihr langsam das Mark herabkroch; auch ihr Kopf wog so bitterkalt und lahm, als habe jemand ein Gewirk aus Eis und Frost um ihren Schädel gewebt, als bohre sich ein eisiger Keil in ihre müden Schläfen und drohe sie zu sprengen.

Andererseits aber wähnte sich Ayla merkwürdig ruhig. Zwar fror sie, doch sie *er*fror nicht, und wenn *er* hinter alledem steckte, dann wäre *seine* Kälte doch eine boshafte, glaubte sie, die einen sogleich zu totem Eis erstarren ließ.

»Erhabene«, rief da eine ächzende Stimme, die wehklagend klirrte wie ein Schwert, das von einem Eiszapfen abprallt, »erhabene Ayla, so vernimm meine Worte!« Wer spricht? fragte sie bei sich und spähte nach allen Seiten, wurde sich aber zugleich bewußt, daß sie niemanden entdecken würde, da die Stimme in ihrem Kopfe erklang. Schon gewahrte Ayla, wie ein fremder Geist nun den ihren umfing, ihn wärmte und schützte gegen den bitteren Frost; obwohl er doch selbst Herr der grimmen Kälte war. Ihr stockte der Atem, denn ein göttlicher Hauch umwehte ihre Seele. Sie wurde gerufen, auf friedvolle Weise, ins Reich von Eis und Schnee entführt: Ifirns zärtliche Töchter umkosten weich und verspielt ihre Sinne, lockten sie zu freudigem Flockentanz und breiteten eine schmiegsame und warme Decke wider den Frost über sie. Ayla spürte, daß ihrem schläfrigen Geist Schwingen wuchsen, eine Erregung ergriff sie wie zu den heiligsten Schwerttänzen der Rondra, und willig verließ sie ihren Körper und schweifte in die Ferne. »Der Diener Firuns aus dem Kristall begehrt, dir sein Unglück zu offenbaren«, sprach die leise Stimme aus der Ferne. »So folge mir.«

Ayla blickte hinab – winzigklein stand ihr Leib auf dem Bergfried tief unter ihr; kleine Schachteln aus Holz und Zinnober waren die reichen Häuser von Beilunk. Schwanengestaltig flog ihr Geist in den Lüften, die Winde rauschten in ihrem silbernen Gefieder, als sie mit kräftigen Schlägen der Flügel an Höhe und Weite gewann. Ein größerer Schwan von schneeweißem Gefieder flog neben ihr dahin. Ayla bewunderte aufrichtig das ebenmäßige Auf und Ab seiner geschmeidigen Schwingen, seinen behenden Flug, seinen schlanken gebogenen Hals und den scharfen goldenen Schnabel. Wie ein Ifirnsgeschöpf, so erschien ihr der schöne Vogel.

Über die silberne See von Beilunk nach Festum, das

saftige grüne Land zwischen Born und Walsach, das bunte Flickentuch der sewerischen Äcker und Wälder, auch über das kalkgestäubte Leichentuch, das die Leute am Born ›Totenmoor‹ heißen, ging der rasche Flug dahin, und über den finsteren Tannicht, von den Nordleuten ›Nornja‹ genannt. Endlich erstreckte sich das Land tief unter Ayla eben und flach. Wie das abgezogene Fell eines Karens, dachte sie, von den Nivesenleuten nach alter Sitte vom Leib der Beute geschnitten und vom Gekröse gesäubert, gespannt zwischen angespitzte Holzpfähle, damit dasselbe in der sengenden Sommersonne zäh und dürre werde – die Brydja-Steppe. Und wie zwischen den zweidaumendicken Stöckchen, die das gräuliche, bräunliche Fell nach allen Seiten hin verzurren, spannte sich das unwirtliche weite Land zwischen winzigen festen Pfeilern – denn dort, wo das schier unendliche Grasland sich zu eisigem, felsigem oder waldigem Grunde wandelte (mittnächtlich grenzen Firuns grimmige, frostige Öde, ostwärts die Klammen und Klüfte des Ehernen Schwerts, nach Mittag die undurchdringlichen Wälder zwischen Born und Walsach an), waren die Menschen darangegangen, der Steppe einige Fußbreit Acker- und Weidelands abzuringen: Bjaldorn und Brydaborn, Frigorn und Farlorn, Eestiva und Elvurund hießen sie ihre Weiler. Namen, die von Mut und Götterfurcht, Reif und Frost und einem prasselnden Ofenfeuer kündeten, mehr noch aber von der Kargheit des sandigen Bodens, vom einsamen Heulen des schneeweißen Wolfes widerklangen, vom Schrei des Karens, das in den schlammigen Muren der Letta-Sümpfe fehlgetreten und qualvoll und langsam hinabgesogen wurde, vom Kreischen der Lämmergeier in den jammernden, pfeifenden Steppenwinden. Ja, Flyrijas, Firuns Atem, der Wind der Steppe, zauste arg am silbernen Gefieder der Schwanengestalt, in die Aylas Geist geschlüpft war, pfiff schrill in den hohen Lüften.

»Siehe! O Ayla, Marschallin des Bundes, Schwester vor den Zwölfen, du *Schild und Wehr der Zwölfgöttlichen Lande*, siehe, welch Leid uns widerfahren!« wisperte die schnarrende Stimme, lauter nun und ungleich näher; der stattliche weiße Schwan sank tiefer in den Wolken, zum kleinen Weiler Bjaldorn hin. Ayla folgte.

Zweites Kapitel

Der Reiter im Nornja-Tannicht

Bjaldorn, zum Neumond
zwischen Praios und Rondra 1020

Seit die Himmelswölfe, so sagen die Nivesenleute, ob Madas Frevel durch die derischen Gestade strichen und ihre Fänge in Sumus Leib schlugen, um das Erdreich von unten nach oben zu kehren und Weiden und Wälder zu zerwühlen, sei alle Welt bergig und hügelig, und Flüsse schlängelten sich durch Klammen und Täler.

Im Rund der weiten Brydja aber hätten die Wölfe mittags – gesättigt und müde nach dem üppigen Mahle, das sie aus Sumus Leib gerissen – die stolzen Wälder und sandigen Hügel, auf denen das Korn golden wogte, mit Schweif und Pfoten rundum niedergeworfen, auf daß sie es recht weich und bequem hätten, so wie es desgleichen noch heuer die gemeinen Waldwölfe im Farnicht halten, daß sie sich um die eigene Achse im Kreise drehen und niederwälzen, was ihnen im Wege wächst, wenn sie sich zur Ruhe betten. Die Himmelswölfe hätten sich in der Brydja für ein Weilchen ächzend zum Schlafe gelegt, und darum sei die Steppe eben und flach wie die Meere Efferds und ohne Peraines Segen. Und nichts denn das schritthohe Messergras, blaßgrünlich die einen Halme, strohgelblich die anderen, ockerfarben die dritten, gewande den bloßen Leib der gefallenen Sumu; gefleckt, fast scheckig wie just ein Karenfell, erstrecke sich die ganze Steppe.

Am Rande der Brydja, auf der Kuppe eines Hügels, zwang ein hagerer Reiter im schlotternden schwarzen Mantel, die Kapuze tief ins düstere Gesicht gezogen, sein pechschwarzes Roß aus vollem Galopp zum stillen Stand. So hart riß er am goldverbrämten Zügelzeug, daß die Stute die Nüstern blähte, erschrocken schnob, aufstieg, sich bäumte. Der nächtliche Reiter aber saß sicher in seinem Sattel, die blutleeren dünnen Lippen verzerrten sich bloß zu einem hämischen Grinsen. »Aber, meine Mollige, aber ...«, säuselte er. Die Zügel in der Linken, hob er die Rechte, holte weit aus und ließ die Rute herabsausen: Der schmale Zweig zerschnitt pfeifend die Luft, schrill und gemein, wie eine Kellerratte kreischt, peitschte beißend die zuckende Weiche der Stute – die gierige Gerte zischte wie eine giftige Sandotter. Das gezähmte Pferd sank zitternd auf die Vorderhufe, warf gepeinigt das Haupt zur Linken. Suchte wild nach des Reiters verletzlicher Hand zu schnappen.

»Hüte dich, du Metze!« fauchte der und verpaßte der Stute einen zweiten Hieb, quer über die feuchten Nüstern. Warmes Blut, dunkelrot wie schwerer Sikramwein, rann in einem dünnen Bach den Hals des Pferdes hinab, an dem die Muskeln pulsierend hervortraten. Da beugte er sich hinab und strich mit der Linken – über spindeldürren, knochigen Fingern spannte sich die Haut weißwächsern wie bei einem Skelett – über den bebenden, weichen Leib der Stute, fuhr mit gespreizten Fingern durch das nasse Fell und über die Nüstern und roch schließlich genießerisch an Blut und Schweiß auf den Fingerspitzen. »So ist es brav, meine Dicke, brav«, wisperte er und streichelte mit der Gerte zärtlich die runde, schweißglänzende Kruppe und den zappelnden Schweif.

Sorgsam spähte der Reiter – von manchen wurde er

›Mengbillar‹ genannt, ein Name, den ihm sein Herr gegeben hatte – in die mondlose Nacht. Die Augen unter dem steifen Kragen aus schwarzer Brabaci-Seide kniff er zusammen, peilte, die magere Hand bedächtig erhoben, suchend mit dem Zeigefinger der Rechten. Zeichnete den steilen Kuppenkamm der felsigen Nordwalser Höhen nach, deren sandkahle, schiefersteinerne Gipfel zuweilen silbern im Sternenlicht aufblinkten, fuhr über die Wipfel des tannichten Nornja-Waldes, der finster und rabenschwarz aus den Klammen der Walser-Berge herausquoll, sich die Hänge hinab ins ebene Land ergoß und düster dem Reisenden drohte – doch der spie nur abschätzig aus; er fürchtete Schrate, Wölfe und Trolle nicht ... Fand endlich, nachdem er auf diese Weise den Kopf langsam gewandt hatte, der fernen Kimm entlang folgend über das silberschwarze Gras der Brydja hinweg, das im beutelnden Winde auf und ab wogte, weiter ostwärts, als er vermutet hatte, sein Ziel.

Weit über der Steppe, tief drinnen im Nornja, erhob sich eine Kuppel über die ebene Weite des Landes – aus der Ferne nicht höher als ein halbes Pferdeohr. Funkelnd, einem vielkantig geschliffenen Spiegel aus feinstem und edelstem Eiskristall oder einem eben in der kaiserlichen Münze getriebenen Silberling im Kerzengeflacker gleich, glänzte das Bauwerk durch das Düster der Nacht. Die Kuppel umwehte – teils weil der geschliffene Eiskristall in vielfachen Winkeln den Sternenschein zurückwarf, teils auch weil das Gewölbe von innen heraus strahlte – eine Gloriole silbernen Lichts, das einen zarten Schimmer auf die mächtigen zinnenbewehrten Türme einer alten Burg hauchte, auf vielschritthohe Wälle, steinerne Mauern und Wehren, hölzerne Palisaden und eisenbeschlagene Tore: die alte Wacht Bjaldorn, die heilige Feste Firuns, die den Hohetempel des Wintergottes sicher barg.

Den Freunden der Zwölfe verhieß das eisige Glimmen des grimmen Gottes frohen Mut. Sündern aber, die im Herzen besudelt waren, dünkte die spiegelnde Helle allzu unerbittlich, gerade wie nur wenige Wandersleute das lohende Glitzern von Eis und Schnee ertragen, wenn Praios Seinen Bannstrahl zornig und gerecht darauf wirft. Die Sehkraft der Menschen erlischt auf kurz oder lang im unbefleckten Schnee, denn das göttliche Wirken Praios' und Firuns mag ein Sterblicher, dessen Seele nicht sühnelos und unbefleckt ist, kaum ungeschadet ertragen. Einer sei ›erblindet vom Schnee‹, sagt man, in Wirklichkeit aber blendet der reine Glanz der Götter sein sündiges Herz, denn er ist es nicht wert, solcher Schönheit ansichtig zu sein. Deswegen wandte Mengbillar, nachdem er einige Augenblicke lang den Blick starr auf den wundersamen Lichtfleck am Dererund gerichtet und ohnedies genug ausfindig gemacht hatte, die bläßlichen Augen unter einem verächtlichen Zucken der Mundwinkel ab ins Dunkel der Nacht. Er grollte und trieb seinem erschöpften Roß die eisernen Sporen tief in die Weichen, daß es ihn südwärts weitertrage, den Walser-Höhen und näher auf die kristallene Kuppel zu. Rauschend bog sich das Gras zu beiden Seiten der breiten Hufe. Der eine oder andere Löfflerhase, aus dem Schlafe gerissen, floh aus seiner Grube, schrille Pfiffe ausstoßend; erschreckte Steppenvögel flatterten auf, als sich der dampfende breite Pferdeleib an ihrem Nest vorbei seinen Weg bahnte. Weit klangen die keckernden Rufe durch die Nacht: »Habt acht! Habt acht!« Aber da war niemand, der die Warnung vernahm.

Das seidige Fell der Stute war stumpf geworden während des langen Ritts, der Mengbillar in einem großen Bogen von Notmark (vom Hof des Grafen Uriel, dem er auf Geheiß des Herrn diente) in nördlicher Richtung durch den Nornja nach Eestiva – wo er einem alten Gefährten, einem Freunde des Bethaniers, begegnet war – und wieder hinab nach Bjaldorn geführt hatte. Ohne Unterlaß hatte der Reiter das Tier getrieben, über

Praiosläufe und Meilen hin, durch holprige, steinige Senken, unwegsame Pfade an den Ufern der nordischen Ströme entlang, querfeldein über das grasige Weideland, auf dem die Karenherden der Nivesenleute äsen, zwischen den dürren, kahlen Stämmen des Nornja-Waldes hindurch, durch das schritthohe, messerscharfe Gras der Steppe. Alle Meile war die Gerte auf des Rosses weiche Flanke zischend herniedergesaust und hatte dasselbe zu immer rascherer, geschwinderer Gangart gezwungen.

Vanjuschka, die alte Nachtwächterin, schritt ringsum auf den Wällen der Bjalaburg, des Bjaldorns (denn ›Dorn‹ bezeichnet in der Zunge der Nordleute nichts anderes als ›Burg‹). Die Feste ist oben auf dem steilen Bjalaberg gelegen; das Torhaus, die Kammern des Barons und seiner Sippe, der Bergfried, die hohe Halle, die Stallungen, Gesindehäuser und das Küchengewölbe waren hufeisenförmig (in eben dieser Reihenfolge) teils aus Marmelstein, teils aus Eichenbohlen so gefügt worden, daß sich ein umfriedeter Hof nach Westen hin öffnete. Vom oberen Torhaus, dessen Tormaul gegen Mitternacht gähnte, wand sich ein Pfad, gerade breit genug für einen Ochsenkarren, anderthalbmal um den Bjalaberg hinab zum unteren Torturm, dessen Durchfahrt nach Osten klaffte. Der Weg war stets im Schatten einer hölzernen Palisade geführt, so daß ein kriegerischer Bronnjar, der es sich in den Kopf gesetzt hätte, die Burg zu bestürmen, zumindest zwei, von Firun gar drei Palisaden und Mauern zu überwinden hatte; und von Praios und Efferd schützten überdies die wälzenden Wasser und sumpfigen Läufe der Letta die Bjalaburg.

Vanjuschka schob langsam ein Bein vor das andere und suchte abwechselnd die Füße kreuzweis zu stellen oder genau voreinander, ohne eine Lücke zu lassen. Stützte sich, wann immer sie das Gleichgewicht verlor, geschickt an den verwitterten hölzernen Palisaden und lachte leise schnaufend auf – kalt und langweilig war ihr. Den langen Bogen, eine Waffe aus den Kammern des Barons – von kundiger Hand aus dem biegsamen Holz der jungen Hasel gefertigt, kunstvoll beschnitzt mit zwölf Firunsbären und Schneewölfen, die miteinander balgten, den Griff umwickelt vom weichen Leder des jungen Karens –, hatte sie geschultert, die Sehne hing lose hinab. Hirschfänger und Köcher, in dem vier krähenfederngeschmückte Pfeile steckten, baumelten am Gürtel. In der rechten Hand hielt Vanjuschka den lärchenhölzernen Speer, in der linken schwenkte sie eine Fackel, die – wohl, weil sie winters ein wenig feucht geworden war in den Gewölben der Feste und zudem ein recht scharfer Wind ging – flackerte und rußte, so daß Vanjuschka sorgsam achthatte, daß sie der Rauch nicht in der Kehle kratzen und einen keuchenden Husten wecken konnte.

Die Mitternacht zog allmählich näher. Die alte Wächterin gähnte und schlug – um die bösen Geister daran zu hindern, durch den unziemlich aufgesperrten Mund in ihren Leib zu fahren – das Zeichen Praios' vor den Lippen. Sich auf weichen, strohgefütterten Kissen auf der warmen Ofenbank zu rekeln in solch einer düsteren Neumondnacht, eingemummt in die dicke, schwere Decke aus gefüttertem Wolfspelz, die Großväterchen den Norbardenleuten gegen einen Krug von seinem selbstgebrannten Schrater abgeschwatzt hatte, das wäre fein und behaglich gewesen; ein leckres Krüglein vom Schrater, wohlig mundwarm vom Ofenfeuer, der süß und klebrig Mund und Schlund hinabrönne und die morschen Knochen wärmen würde.

Aus der hohen Halle drangen leise die alten Gesänge von Bjalas und Ifirns Tanz hinaus auf den Wall. Die tiefe, volle Stimme des Barons hob sich deutlich von den Stimmen der übrigen Sängerinnen und Sänger ab. Dort droben saßen Herr Trautmann von Bjaldorn, seine Sippe und das Waffen- und Hofgesinde zum Mahle beisammen; die zierliche Maid Liwinja, des Barons Töchterchen, schenkte gewiß gerade schäumendes Bier aus irdenen Krügen in die Becher und Trinkhörner der Burgleute, und Helmjan, der dicke Küchenbursche, schöpfte wie stets schwitzend Grütze und Speck aus dem glänzend polierten Kupferkessel. Vanjuschka leckte sich die Lippen und malte sich den leckeren Duft der knusprig gebratenen Schwarte aus, während sie, von Unlust geschlagen und leidlich müde, den Wall auf dem Westhang des Burgbergs abmarschierte. Tief unter ihr schlängelte sich die Letta wie eine Pechnatter um den Bjalaberg. Die schwarzen Wasser strömten, langsam und leise gegen den dunklen Stein plätschernd, dem Firunsmeer und der Hafenstadt Paavi in der Brecheisbucht entgegen; wie kleine Perlen auf einem schwarzsamtenen Band spiegelten sich die Sterne des Himmels in dem Fluß.

Nur ihr eigenes Fackelfeuer und die fernen Gestirne warfen einen spärlichen Lichtschimmer auf diese Seite des steilen Bergs. Firun- und rahjawärts, gegen das Eherne Schwert hin, gleißte die eisige Kuppel der Halle Firuns und tauchte die Bjalaburg in ein silbernes Licht, und fast schien es der alten Vanjuschka – noch waren ihre Augen scharf wie die eines Falken –, daß die Kuppel Praioslauf um Praioslauf ein Quentchen heller glänzte, funkelte wie der Ifirnsstern in der dunkelsten Nacht; von Süden schimmerte wenigstens hier und da Kerzenschein aus einem der Häuser im Dorf drunten, auch die Kochfeuer des sommerlichen Norbardenlagers und der paar Nivesenleute, die ihre Karene feilhielten, spielten im schwarzen und traviaroten Halbdunkel auf den Wehren.

Vanjuschka wollte gerade auf den südlichen Wällen weiterwandern und im Dorfe nach dem Rechten sehen, als sie meinte, mit dem Augenwinkel eine Silhouette, schwärzer noch als die Nacht, über den Fels vom Fluß heraufhuschen zu sehen. Mit einem Male war sie hellwach. Gewiß ein götterloser Nivese oder Norbarde, schoß es ihr in den Sinn, der hoffte, geschmiedeten Stahl oder Brannt aus den Kellergewölben der Burg zu stibitzen. Jeden Götterlauf aufs neue gab's Ärger mit dem fahrenden Gesindel. Du denkst, bei Nacht sind alle Füchse grau? grollte sie bei sich. Na warte nur, du Dieb, dir werd ich dein Mütchen schon kühlen!

Vanjuschka gab vor, daß sie nichts bemerkt habe, und setzte ihren Weg unbekümmert fort. Als sie außer Sicht des Eindringlings sein mußte, steckte sie die Fackel in eine eiserne Halterung an der Palisade und schlich im dunklen Schatten des Burgbergs dorthin zurück, wo sie den huschenden Schemen ausgemacht hatte. Tatsächlich – irgend jemand kroch leise den Bjalaberg herauf, nur ab und an verraten durch ein losgetretenes Steinchen, das den Fels hinunterhüpfte und leise in die Letta plumpste. Gebannt und mit angehaltenem Atem lauschte Vanjuschka auf das mühsam verhaltene Keuchen des Schurken. Gleich mußte er auftauchen. Der Fels war steil, o ja, da kam selbst ein geübter Kletterer ins Pusten!

Schon schwang sich der Schatten über die hölzerne Palisade, gewandt wie ein Luchs, von Kopf bis Fuß in einen grauen Wollmantel gehüllt, sicherte hastig nach links und rechts, entspannte sich, als er den Fackelschein weit hinter der steilen Felskante gewahrte, und schickte sich sogleich an, seine Kletterpartie geradenwegs hinauf zum zweiten Walle fortzusetzen.

Doch da löste sich Vanjuschka aus ihrem Versteck im Schatten. »Heda, mein Freundchen«, fauchte sie, bereit, den Eindringling wie einen Letta-Lachs auf ihren Speer zu spießen, »halt, wenn dir dein Leben lieb ist!«

Der Schleicher stieß einen Seufzer aus, der fast wie ein Lachen klang, schnaufte – halb vor Atemnot und halb vor Zorn – und schlug die Kapuze zurück.

Haselnußbraunes Haar, das dort, wo der ferne Fackelschein darauffiel, rötlich aufflammte, wallte glatt kinnlang herab, ein Flaum säumte das eckige Kinn des Jünglings. Zwei flach geschwungene Brauen mündeten in eine Nase, die ein ganz klein wenig zu breit bemessen war auf ihre Länge und so scharf aus dem Gesicht ragte, daß die wie ein Vogelei grün und braun gesprenkelten Augen leicht in grüblerisch anmutende Höhlen versunken zu sein schienen. Jetzt aber blitzten sie spöttisch.

»Gratuliere, Vanjuschka«, brummte der junge Mann, »da hast du einen guten Fang gemacht. Nicht schlecht, die List mit der Fackel ...«

»Der junge Herr Fjadir, weiß Ifirn!« rief Vanjuschka, ließ überrascht den Speer sinken (fast wäre er ihren Händen entglitten) und riß die Augen auf: Da streunte der Sohn des Herrn und Erbe der Bjalaburg heimlich wie ein Höriger auf dem Weg zu seiner Geliebten bei Nacht durch die Gegend! Rasch aber hatte sich die Nachtwächterin gefaßt, und eine strenge Falte stahl sich zwischen ihre gerunzelten Brauen. »Was hast du denn wie ein Schlitzohr so spät auf den Wällen verloren, Junge? Hast du was ausgefressen? – Weiß der Vater davon?«

»Ach, der Vater«, zürnte Fjadir. »Der will ja nicht hören. Was sollte ich mich sonst heimlich davonstehlen? Ausgefressen habe ich nichts. Und warum ich hier nächtens herumschleiche, ist eine lange Geschichte: zu lang für eine kühle Neumondnacht, wenn du mich fragst ...«

Aber so einfach ließ Vanjuschka ihren Fang nicht entwischen. »Sprich«, mahnte sie mit gespielter Strenge, »was bedrückt dich? Oder soll ich dem Herrn von deinem Ausflug berichten?« fügte sie mit drohend erhobenem Zeigefinger hinzu, wenn auch ihre leicht scherzhafte Stimme vom Gegenteil kündete.

»Na gut, wenn du's unbedingt wissen willst!« Fjadir seufzte göttergeben, schlug einen langsamen Schritt zum warmen Licht der Fackel hin an und verpaßte der alten Burgwächterin einen sachten Hieb mit dem Ellenbogen. »Du gerissene alte Lüchsin! Aber sag's nicht dem Vater!« Verschwörerisch blinzelnd leistete Vanjuschka den feierlichen Schwur bei Firunsbär und Ifirnsschwan. »Erinnerst du dich an die Norbardin, die im Ingerimmond als erste ihre Waren droben im Burghof feilbot?«

Vanjuschka entsann sich gut, sie hatte eine silberne Brosche für ihren dunkelgrünen Wollmantel erworben, nachdem ihr die alte just durch ein Mißgeschick zerbrochen war – eine Arbeit aus den Bingen der Zwerge von Braschposchkorlosch, wie die beleibte Norbardin näselnd verkündet hatte (und Vanjuschka hatte eigens nochmals nachgefragt, um der Sache auch ganz sicher zu sein), nur um gleich darauf einen unerschwinglichen Preis zu fordern, den herunterzuhandeln eine schweißtreibende Arbeit gewesen war ... »Gewiß hab ich's nicht vergessen, Junker!«

»Nun, als ich mir ihre Dolche anschaute und die Schärfe der Klingen prüfte, kam das Mütterchen Libuschenka« – eine Tante des Barons, die Fjadir und seine Schwester nach dem Tod der Mutter erzogen hatte, wenn der Vater durch seine Weiler ritt und Recht sprach; ein altes Kräuterweiblein, von dem manche munkelten, es stehe mit Satuaria in heimlichem Bunde –, »kaufte einen versilberten Nachttopf, eine ungeheure Verschwendung, wie ich finde, auch wenn ihr der Stuhl immer so schwer im Gedärm drückt, daß sie's alle Augenblicke unschicklich hinten hinaustrompetet, und ließ sich auch aus der Hand lesen. Die dicke Norbardin, ich glaube, ihr Name war Potinka, zierte sich eine Weile, schließlich aber fuhr sie mit ihren fleischigen Fingern die faltigen Hände des Mütterchens entlang und faselte allerlei unnützes Zeug von Goldsegen und Kinderregen – oder umgekehrt ...

Dann aber sagte sie, daß wir uns hüten sollten in der Nacht, da der Eisbär und das Mal des schändlichen Mada schliefen und der alte Streit zwischen Rondra und Praios um die Krone der Götter abermals entflamme, da Praios sie schon verloren, Rondra sie aber noch nicht genommen habe. In dieser Nacht seien die Götter zu

Alveran unaufmerksam, da sie untereinander haderten und zürnten, und in dieser Nacht werde ›der Kristall Bjalas zerspringen‹, so sprach sie. Zwar schenke ich den Wahrsagehutzeln und -männlein nicht viel Glauben, gewiß nicht, aber in den Augen der alten Vettel flammte plötzlich so etwas wie echte Furcht auf, und sie sagte mit fast beschwörender Stimme, daß sie es von Kailäkinnen selbst gehört habe, dem weisen Zauberer und Großväterchen der Nivesenleute. Da blickte auch das Mütterchen Libussa plötzlich ganz ernst. ›Ja, Potschenka‹, wisperte sie, ›jetzt hast wahr gesprochen.‹ Und es läßt sich nicht leugnen: Seitdem die Gerüchte gehen, daß zu Paavi Gold gefunden worden sei, treibt sich allerlei Pack in den rauhen Gefilden herum, so mag manch einer nach dem Ring von Kristall schielen …«

Da Vanjuschka schwieg, fuhr Fjadir nach einer Weile mit seiner Schilderung fort: »Ich hab's gleich dem Vater erzählt, der aber verbot mir, dem Weißen Mann damit zu kommen – ausgemachter Schwachfug sei's, sagte er, womit ich den erhabenen Hohegeweihten des Firun nicht bekümmern solle. So hab ich die Weissagung eine Weile vergessen. Sommers ist, weiß Ifirn, auf der Burg gerade genug zu tun, außerdem will ich heuer mit dem Vater durch die Dörfer reiten.

Heute abend aber, als ich zum Himmel blickte, da ging mir auf, daß Praios und Rondra im Zwölfkreis obenauf thronen und doch keiner von beiden am höchsten Flecke und daß Bär und Madamal schlafen – schließlich haben wir Neumond, und Firuns Eisbär taucht erst im Travia über Nornja und Überwals auf.«

Unwillkürlich wanderte Vanjuschkas Blick in den sternklaren Himmel: Fürwahr, am Mondenwechsel zwischen Praios und Rondra krönte keins der beiden Sternbilder, weder Praios' Greif noch Rondras Schwert, den Zwölfkreis, wenn man es einmal genau betrachtete. Beide standen sie ungefähr gleichauf.

»Da erwachte meine Sorge aufs neue, ob ich nun

wollte oder nicht, immerhin ist der kristallene Ring das heilige Artefakt unseres grimmen Gottes«, sagte er trotzig. Von Firuns Ring ging die schöne Mär, daß sein geschliffener Eiskristall wunderbar den Weg leuchte, wenn ein Geweihter des Wintergottes sich hilflos verirrt habe; auf diese Weise hatte der Ring schon viele Diener des grimmen Gottes wohlbehalten aus dem dichtesten Schneegestöber geführt – eine Gnade der Milden Frau Ifirn, so glaubten viele.

»Aber wiederum verwehrte mir der Vater meinen Wunsch und überhörte mein Bitten, dem Weißen Mann von der Weissagung Kailäkinnens zu berichten. So prahlte ich während des Abendmahls lauthals, ich wolle in meiner Fibel die bosparanischen Buchstaben üben.« Fjadir grinste schief und zog eine Grimasse; jedermann zu Bjaldorn wußte, wie sehr Baron Trautmann wünschte, sein Sohn solle die Lettern des Bosparano und die schlaue Kunst des Lesens erlernen; jedermann war aber auch bekannt, daß der einzige Buchstabe, auf den Fjadir sich verstand, das F war, das er einem aufgeblasenen Mietling, dem die Goldgier aus den Augen geblitzt und der auf dem Weg nach Paavi um Gastung gebeten hatte, übermütig in den Wanst ritzte, als derselbe in der hohen Halle allzusehr den Mund vollnahm und Bjaldorn als ›langweiliger wie einen Karenfladen‹ beschimpft hatte …

»So zog ich mich auf meine Kammer zurück und kletterte über die Wälle hinab zum Tempel. Der Weiße Mann war recht freundlich, gar nicht so grimmig wie jüngst zum Mittpraiostag, und er sagte mir begütigend – soweit der Erhabene mit seiner eisigen, schnarrenden Stimme überhaupt begütigend zu sprechen vermag –, der kristallene Ring sei wohl verborgen und daß ich mir keine Sorgen machen solle; er zeigte ihn mir gar in seinem Schatzgewölbe. Der wunderbare Kristall gleißte rein und ungetrübt wie das Eis des ersten Winters …«

Vanjuschka gewahrte, wie der junge Mann ehrfürchtig das Zeichen Firuns schlug und leise ein Gebet murmelte. »So kehrte ich zurück und traf dich oder vielmehr: Du trafst mich ... Das also ist meine Geschichte ...«

Beide lachten kurz auf.

Derweil Fjadir erzählt hatte, waren er und Vanjuschka langsam den gewunden Pfad hinaufgewandelt und befanden sich nun im Osten des Bjalabergs, unmittelbar unter der Großen Halle, auf einer Höhe mit dem funkelnden Tempel Firuns.

»Ja«, seufzte Vanjuschka, »so ist der Baron: ein kluger Mann, der auf die Ahnungen der alten Völker nicht viel gibt und nur das glaubt, was er mit eigenen Augen sieht oder was die Priester verkünden.« Vanjuschka legte Fjadir aufmunternd den Arm um die Schultern, die breiter als die eines Jünglings, aber noch nicht die eines erfahrenen Kriegers waren. »Ich glaube, du hast recht daran getan, den alten Erhabenen zu warnen.« Sie lächelte. »Ich werde dem Vater also nichts erzählen – vorausgesetzt, du gehst jetzt augenblicklich zu Bett – wo ein Knäblein deines Alters zweifelsohne längst gut behütet schlummern sollte ...«

Fjadir lauschte in die Nacht. Die fröhlichen Gesänge in der Halle waren verstummt und die Lichter erloschen. Das hieß, daß die Mitternachtsstunde herangebrochen war – zu dieser Stunde nämlich pflegte Baron Trautmann sich zu erheben, Befehl zu erteilen, die Fackeln und Kerzen zu ersticken, und seine Leute zu Bett zu schicken. »Als mindeste Ehrerbietung schulden wir es Praios, Seinen strahlenden Aufgang zu bewundern, ohne dabei unschicklich zu gähnen und die Augenlider zuzuklappen wie ein Helmvisier!« hörte man ihn häufig sagen.

Das silbrige, milchige Licht der eisigen Tempelkuppel, die das Sternenlicht spiegelte und in alle Winkel zurückwarf, kündete von der Grimme Firuns und der Milde Ifirns zugleich – gleißte unnahbar grell und schimmerte doch einladend warm. Der Bjalaberg und die Burg auf seiner Kuppe waren bis in den winzigsten Felsspalt und hinauf zur höchsten Zinne in das zarte Schwanensilber und kalte Schneeweiß getaucht – auf dieser Seite hätte kein Dieb unbemerkt in die Burg einsteigen können. Die Kuppel war aus dem Eiskristall der eisigen Lande aufgeschichtet und wölbte sich gut zehn Schritt hoch; sie ruhte auf einem Sockel aus sieben kreisrunden Kammern, jede einzelne aus dem roten und schwarzen Marmor des Ehernen Schwerts gemauert. Der Weiße Mann hatte in einer Kammer sein Quartier, in den anderen waren Gastgemächer und die wenigen Schätze und Utensilien der Kirche Firuns untergebracht.

Im Schatten des Tempels glitzerte der kleine Teich, auf dem Bjala einst Ifirn begegnet war; in einer Entfernung von gut dreißig Schritt wuchsen rund um den Tempel zwölf Firunsföhren, stattliche zehnschritthohe Bäume von vollkommen ebenmäßiger Kegelform; ihre schwarzen Zweige wogten leise rauschend im Wind. Fjadir sog die Luft tief ein und füllte seine Lungen; er liebte Flyrijas, den Geschwätzigen, den Steppenwind, Firuns Odem. Oft hockte er droben auf dem Bergfried und lauschte seinen Worten. Stets brachte der Wind Kunde von Mitternacht – der liebliche Duft von tosenden Tauwassern und erwachendem Leben lag frühlings darin, der würzige Geruch von blühendem Gras, wandernden Karenherden und hitzigen Gewittern sommers, von bunttanzendem Laub im wirbelnden Sturm und trockenem Heu im Herbst, der beißende von Schnee, Frost und Wolfsgeheule des Winters … Heute aber schmeckte der Steppenwind irgendwie verdorben – der Gestank von Sünde und Bosart, so meinte Fjadir, überdeckte auf kaum wahrnehmbare Weise die sommerlichen Grüße aus den Brydja-Ebenen.

Abrupt hielt er inne und schnupperte hörbar.

»Was ist denn, Junge?« fragte Vanjuschka, die andächtig das frommfrohe Lichterspiel bewundert hatte.

Es ist ein Wunder, dachte sie, von Stolz und Wonne erfüllt zum aberdutzendsten Male, daß das Eis nicht schmilzt, ein rechtes Wunder des grimmen, aber unerbittlich gerechten Firun! Die Bjaldorner hielten den Wintergott in hohen Ehren, und Er dankte es ihnen, indem die Kuppel aus Eis, zu Seinem Gefallen erbaut, nicht schmolz, nicht im Frühling und nicht im Sommer, gleich, ob es stürmte, kübelweise goß oder ob die Sonne vom blauen Himmel brannte! Und an den Schandpfahl gehörten jene, die spotteten, da habe wohl ein Eiselfchen seine Hände im Spiel – götterlose Gesellen waren das.

»Der Wind hat gedreht«, flüsterte Fjadir. Flyrijas wehte unablässig von Nord, zuweilen aus leicht nordwestlicher oder nordöstlicher Richtung – in dieser Neumondnacht aber blies der Wind stur von Osten her, aus den schwarzen Klammen des Ehernen Schwertes, pustete auch plötzlich viel kälter als gewöhnlich. »Vanjuschka, so sieh doch!« Fjadir verpaßte der alten Wächterin aus Versehen fast eine Ohrfeige, als er sie bei der Schulter fassen wollte.

»He, junger …«, protestierte Vanjuschka, verstummte aber sogleich, als sie gewahrte, wie erschrocken der Junker die Augen aufriß und in die schwarzen Himmel starrte.

Auf einer Kuppe der Nordwalser Höhen – die er mit gewissen Klüften des Ehernen Schwerts und der Kuppel von Bjaldorn in einer Linie wähnte – ließ Mengbillar seine zu Tode erschöpfte Stute innehalten, deren Atem nach dem schinderischen Ritt rasselnd und stoßweise ging. Er schwang sich aus dem Sattel, löste sein Gepäck und blies flink durch die knochigen Hände, die er zu einem Trichter formte, zwei-, drei-, viermal. Aus dem Nichts erhob sich ein Windgebraus, fuhr durch das schweißnasse, blutverkrustete Fell des Rosses, trocknete und glättete es in sprichwörtlicher Eile. Das Tier mußte ihn noch nach Notmark zurücktragen, grollte der Schwarzkünstler, ehe es die angemessene Strafe für seinen fortwährenden Eigensinn empfangen sollte ... Seine Zunge fuhr über die spröden Lippen, als er sich für einen schwachen Augenblick die Qualen der Stute ausdachte.

Mengbillar warf den Mantel ab. Darunter trug er nichts als eine hauchdünne schwarzseidene Tunika, die nur bis zu den knotigen Knien reichte. Klapperdürr wie Storchenstelzen ragten die Beine unter dem Hemdchen hervor, die Adern kräuselten sich bläulich in dem fahlen Fleisch. Unförmige Dellen verunzierten den klobigen Schädel des schmächtigen Männleins. Rasch hatte der Zauberer aus Kerzen ein Heptagramm um sich entflammt; in eine silberne Schale goß er dampfendes, mit Alkohol vermengtes Blut, im fahlen Lichte schwarz wie die Nacht. Er wusch sich die Hände darin, lang und ausgiebig, rieb sich den fremden Lebenssaft sorgsam zwischen die spinnenflinken Finger, massierte lustvoll Handflächen und -wurzeln. Dies war geweihtes Blut – Mengbillar fauchte vor Freude, als er die schreckgeweiteten Augen der Geweihten im Geiste vor sich sah. Er hatte sie auf Graf Notmarks Burg geladen, das mißtrauische Weib an einem Stuhle festgehext (die Augen, die aufgerissenen Augen!) und ihr genüßlich die Adern aufgeschlitzt – langsam war das Blut aus den Pulsadern geströmt, die kraftlosen Finger herabgeronnen und Tropfen für Tropfen plätschernd in seine silbernen Schalen geperlt.

Ein Opfer, das der Herr verlangt hatte ...

Mengbillar goß etwas von dem Blut in die Flammen der Kerzen, besprenkelte sorgfältig rundum die gezackten Linien des Heptagramms – das Opfer würde den Herrn erfreuen ...

Der Kahlköpfige fiel in einen Sprechgesang in einer alten Sprache, krächzte kehlig die fremden Laute, wiegte sich langsam hin und her, richtete seine Konzentration auf einen Punkt in der weiten Ferne, im Ehernen Schwerte.

Die Flammen der Kerzen züngelten heller, bezeugten die Gegenwart des Herrn.

Langsam hob Mengbillar die blutbesudelte Hand, malte bedächtig die verschlungenen Zeichen des zaubermächtigen Zhayad in die Luft und murmelte ekstatisch geheime Worte; er wartete eine Weile – zählte siebenmal bis dreizehn, darauf belief sich die vereinbarte Frist. Ein Grinsen, von Häme und Schadenfreude gezeichnet, verzerrte seine hageren Züge zu einer unmenschlichen Fratze, greulicher entstellt als die Geistermasken des Karnevals von Grangor. So heiß und freudig pulsierte sein Lebensodem, daß er gar nicht bemerkte, wie eisig kalt der Wind plötzlich wehte.

Ein wirres Geflecht aus zuckenden leichenweißen Blitzen und Adern züngelte weit im Osten über den Gipfeln des Ehernen Schwerts. Das Lichtgebilde ahmte ungefähr die liebliche Form einer Schneeflocke, einer Ifirnstochter nach – nur daß diese sieben Zacken hatte, nicht sechs, und nicht kristallen gleißte, sondern eher stumpf und matt schimmerte und das Sternenlicht in sich aufzusaugen schien. Ein Stern Nagrachs, ein Banner des niederhöllischen Widersachers des Wintergottes Firun und Seiner Tochter Ifirn; denn dies war Nagrachs – des Erzdämonen – Nacht, mitten im Sommer. Mit den Winden, die von den höchsten und kältesten Bergen bliesen, brauste das irisierende Gewirr hoch durch die Lüfte, wandelte dabei beständig seine Gestalt – gemahnte bald mehr an einen siebenstrahligen Eiskristall, bald mehr an die siebengezackte Krone der Dämonen, in deren Zeichen *er* die Welt verwüstete …

Dort, wo Bjaldorns Kuppel schimmerte, machte das Gebilde halt. Nagrachs Eisstern zog sich zusammen und explodierte, zog sich zusammen und explodierte, sog Zorn und Wut des Erzdämonen in sich ein; fuhr endlich wie ein bleicher Bannstrahl aus den Himmeln herab.

Ein Klirren wie von Myriaden zersplitternder Spiegel hallte durch die Lande, als der dämonische Keil wie ein Fausthieb die Kuppel von Kristall im höchsten Punkte zerschmetterte.

Der Kristall von Bjaldorn war zersprungen, der lichte Schimmer mit einem Male erloschen. Pecherne Schwärze senkte sich über Bjaldorn.

Einzig die Fackel der Torwächterin Vanjuschka brannte und blakte in der mondlosen Nacht …

Aber dies kleine Licht vermochte Mengbillar nicht zu erkennen. Zufrieden wandte er sein Pferd und ließ es von den Walserkuppen hinabtraben, hinein in den Nornja, querfeldein Richtung Notmark. Er liebte das Gefühl, Zünglein an einer Waage zu sein; sein bloßer Fingerwink erschütterte die Welt. Mochte ihm der warzennasige Uriel auch geistesabwesend mit fettigen Fingern die Schultern tätscheln und ihn nicht besser als einen Hund behandeln, wenn er von der besudelten Kuppel erzählen würde – in Wahrheit waren Mengbillar, die Gebieterin, der er seine Seele geschenkt hatte, und *er* die Herren auf der Burg Grauzahn von Notmark … Vom wogenden Triumph durchflutet, kicherte der Zauberer leise vor sich hin.

Als er ungefähr eine halbe Meile weit geritten sein mochte, stieß er einen schrillen Pfiff aus, in die Weite der Nacht. Nach geraumer Weile flatterte krächzend und kreischend eine Harpyie heran, eine elende Kreatur, halb Frau, halb Aar. Schwerfällig landete die Chimäre auf einer gestürzten Baumwurzel, hüpfte nach, schlug wild mit den Schwingen, plumpste fast kopfüber, so ungelenk war das Geschöpf.

»Mein schönes Fräulein!« säuselte Mengbillar und züngelte. Welch prachtvolles Geschöpf schickt mir der Herr, so drall und weich, dachte er, und begierig strichen seine dürren Finger über die bleiche Haut des unglücklichen Weibes, die *sein* verderbter Wille mit einem

Aarenleib hatte verwachsen lassen; kneteten wollüstig die strotzenden Brüste, die sich prall und rosig aus dem schmutzigen Gefieder wölbten und von kaltem Schweiß verheißungsvoll glänzten. Für einen Augenblick durchfuhr den Mengbillar der Schauder *seiner* Lust, den die schwellenden Knospen in seinen Lenden entfachten. Jäh und fordernd warf die Harpyie das kalkweiße Gesicht und die verfilzten Haare (Zweiglein und stinkender Unrat hatten sich darin verflochten) – längst schwarz von Schlamm und Regen – zurück und stieß ein grausames Geheul aus, halb tierisch, halb menschlich, einen Schrei der wilden Lust, der das Blut in den Adern gefrieren ließ.

Mengbillar gierte mit jeder Spann seines Leibes, das Blut pochte ihm in den dürren Lenden, aber er war zu schlau – er wußte, wie unberechenbar die Aarenweiber waren. »Du stellst mich auf eine Probe, Gebieter«, wisperte er demütig und versetzte der entsetzt keuchenden Harpyie einen solchen Schlag mit der Gerte, daß das Blut auf ihren nackten Hals floß. »Führst mich in Versuchung … Aber ich trotze, widerstehe, diene dir«, preßte er mühsam hervor. Enttäuscht heulte das irre Weib auf, grausam und entherzt, flatterte wild und zornig mit den Flügeln.

Der Zauberer zog statt dessen aus der nachtschwarzen Kutte ein Küken hervor, ein unglückliches Geschöpf, das dem Tode näher war als dem Leben – er hatte es zu Eestiva in seine dunkle Tasche gestopft. Hastig liebkosten Mengbillars Finger das winzige flauschige Bällchen in seiner Hand, als trauere er verlorenen, größeren Wonnen nach; er leckte einen warmen Kuß darüber.

Ein letztes Mal erwachte das Küken aus seinem Todeskampf und piepste schrill in die Nacht, als das Harpyienweib seine fauligen Zahnstümpfe gierig in das kleine Knäuel schlug, es schmatzend zermalmte und mit Knochen und Federflaum verschlang. »Nimm das für deine Dienste, meine Schöne«, ächzte Mengbillar, »und bestelle dem Herrn, daß *seinem* Wunsche willfahren wurde: Firuns Gefunkel ist erloschen, der Wahre Fürst von Frost und Reif mag seine Herrschaft beginnen.« Den Mengbillar schauderte wonnig, als er dies sprach – mit einem Male glitzerte eine Spur von Rauhreif auf Blättern und Zweigen und in der schwarzen Mähne seiner Stute.

Die Harpyie schwang sich torkelnd in die Lüfte, zog mit ungeschickten Schwingenschlägen einige größer werdende Kreise, bis sie sich auf zwanzig Schritt emporgeschraubt hatte, und flog dann schwankend südwärts davon.

Sie würde *ihm* verkünden, daß der erste Streich gelungen sei.

Drittes Kapitel

Zwei Reisende im Winter

Vierwinden, Anfang Boron 1020

Brin hätte nicht behaupten wollen – nicht einmal im Halbschlaf –, daß Praios ihn an der Nase kitzelte. Zwar sagten die Leute dies gemeinhin, wenn ein Niesejucken sie heimsuchte, aber allein die Vorstellung, daß Praios, der mächtigste der Zwölfe, der Lenker des goldenen Sphärengespanns, sich dazu herablassen wollte, ihn, einen einfachen, wenn auch edelgebürtigen, kaum mehr denn zwei Dutzend Götterläufe zählenden jungen Mann, des Morgens auf der Nasenspitze zu kitzeln? Nein, bei Kors gewetzten Krallen, dieser Gedanke schien ihm doch entschieden zu widersinnig, als daß er ihn wirklich wahrhaben mochte.

Eine Zeitlang verweilte er so, halb wach, halb im Schlafe noch, rieb sich lustlos mit dem Zeigefinger den Schlaf aus den Augen und musterte blinzelnd das flammende Sonnenrund, das durch das schmale Fenster in der steingrauen Mauer hereinlugte …

»Ach, neunfingriger Kor!« Mit einem Male war er hellwach! Praios stand schon so hoch am Himmel, daß er mittwinters durchs Fenster schien? Dann mußte ja schon die neunte, wenn nicht gar die zehnte Stunde hereingebrochen sein! Wie hatten Hauka und er sich nur so verschlafen können? Rasch wühlte er die Beine zwischen Laken und Decken hervor und setzte sich auf –

mit dem Morgengrauen hatten sie weiterreiten wollen. Er schnaufte vor Ärger. Zu weich, zu warm war das Bett gewesen und er, der Faulpelz, zu bequem … Aber es geschah eben doch nicht zufällig, befand er, daß ein einzelner Sonnenstrahl ausgerechnet in diesem Winkel seinen Weg auf seine so empfindsame Nasenspitze gefunden hatte, um ihn an diesem Wintermorgen aus dem Bette zu scheuchen – durch eine Wehrhofsmauer zudem, die ansonsten nichts durchdrang, das Praios heilig war (denn hier wurden Phex, Rahja und die andern Neune hochgehalten, selten aber der Herr Alverans), und mochte dieses Nichts auch winzig und behende sein wie ein Wiesel. Praios wußte schon, was Er damit bezwecke, grübelte der junge Ritter: Der Himmelsgebieter bedeutete ihm, daß keine Zeit zu verschenken sei, der Queste zu folgen! Diese Erkenntnis berührte ihn aber ganz sonderbar – daß in diesen Tagen augenscheinlich der Götterkönig selbst Anteil nahm an den Geschicken seiner Geschwister Rondra und Firun!

Neben Brin schlief ruhig und tief Hauka, die Wölfintochter. Der Brustkorb der Nivesin hob und senkte sich bedächtig; selbst durch das schwere Kettenhemd war genau auszumachen, wie hoch sich die breiten Rippen und die schweren Brüste wölbten (im Gegensatz zu Brin, der heißspornig durchs Leben stürmte und keine Gefahr aus dem Hinterhalt zu fürchten schien – weshalb sie ihn unterwegs, mit dem Recht der Älteren, oft zurechtgewiesen hatte –, pflegte Hauka ihr Kettenwams zu keiner Zeit abzulegen; vielleicht wollte sie sich des Nachts der Flöhe und Wanzen erwehren, vermutete Brin seinerseits zuweilen voller Spott). Brin dagegen war für einen Geweihten der Kriegsgöttin von leicht schlaksigem Wuchs – wiewohl er keinerlei Mühen hatte, den alten Zweihänder Lirondiyan im Kampfe zu schwingen. Seine Züge aber wirkten eher weich, gerade wie ihm das kupferrote Haar lockig um die Schultern wogte. Unter zart geschwungenen Wimpern glänzten meergrüne Augen, die wie Rondras Smaragde funkelten, wenn er zürnte oder lachte, und sein Mund schien unweigerlich ein wenig spöttisch zu lächeln. Da fiel es schwer, gewaltig und gewichtig dreinzuschauen und allein durch Blicke und Gestalt einzuschüchtern, wie es einem Meister des Bundes zur Orkenwehr wahrhaftig angestanden hätte. Denn trotz seiner jungen Jahre schmückte Brins Mantel bereits die löwenhauptgestaltige Fibel aus lauterem Gold. Fast beneidete Brin Hauka: Selbst da sie schlummerte, kündeten ihre Züge von einem strengen Gemüt – das ihre hohen Wangenknochen eindrucksvoll unterstrichen –, unerbittlich gegen alle und am unerbittlichsten gegen sich selbst. Wenn sie sprach, dann blitzten die ganz und gar ebenmäßigen Zähne wie bei einer leibhaftigen Wölfin, und die Nase war scharf und edel gebogen wie der Schnabel eines Falken. Das rote Haar flocht Hauka stets kunstvoll zu Zöpfen – und dies verwirrte Brin am ehesten: daß die unbeugsame, hünenhafte Heermeisterin der Kirche sich soviel Zeit für ihre komplizierte nivesische Haartracht nahm.

Hauka hatte den Zwölfgöttertjost, den großen Buhurt der Geweihten der Rondra, am Schwertfest 1009 für sich entschieden – in aller Munde und vielbesungen war damals ihr Zweigefecht gegen Bruder Radomir von Schnattermoor, den nachmaligen Schwertbruder von Gareth. Sechsmal waren die beiden Kombattanten in den farbenfrohen Schranken im Heroderichshof von Perricum gegeneinander angeritten – Radomir in maraskanisch blausilberner, Hauka in rotschimmernder Rüstung aus den Essen Uhdenbergs –, sechsmal waren die Lanzen an den Schilden gesplittert. Da befahl das Schwert der Schwerter innezuhalten und sprach ein Gebet an die Göttin und die Alveraniare und Heiligen, denn die Sieben war eine mystische Zahl von geheimer Macht. Radomir stieg vom Pferd und kniete gleichfalls andächtig nieder, Hauka aber verharrte mit unbewegter

Miene im Sattel, was vielen mißfiel. Doch beim siebten Male gelang ihr auf vollendete Weise der Aranische Stoß, die schwierigste und – da sie in jedem Falle den Sieg oder aber die eigene Niederlage bedeutete – auch wagemutigste aller Turneikünste, und Radomir wurde unglücklich zu Boden geworfen. Der Geweihte stürzte schwer und brach sich den Schildarm. Hauka indes überließ ihn ungerührt seinen Knappen, senkte ihre Lanze hinab zu Radomirs Kehle, zum Zeichen, daß er besiegt sei, und lenkte ihr Roß ohne Umschweife zum Lehnstuhl des Schwertes der Schwerter. Der erhabene Viburn knüpfte ihr mit zittrigen Fingern das Kriegsbanner der Kirche, die drei schwarzen Löwen vor grünem Tuche, an die unbezwungene Lanze und trug es der Rothaarigen auf, fortan die Scharen der Rondra in die Schlacht zu führen, wann immer das Schwert der Schwerter den Heerbann befehle. Da hatte Hauka den Kopf in den Nacken geworfen und wölfisch gelacht – manche meinten, geheult –, und auf einen Schlag war den Versammelten abermals zu Bewußtsein gekommen, welch sonderbare Gestalt die Nivesin, ihre künftige Heermeisterin, doch sei. Von dieser Stunde an spukte sie als ›die Wölfintochter‹ in aller Munde herum; und wer ihr begegnete, empfand Ehrfurcht, manchmal gar Furcht, selten aber Freude.

Hauka, in jenen Tagen Ende der zwanzig und schon geschmückt mit der gekreuzten Schwertfibel, nannte nicht viele ›Freund‹ unter den Geweihten der Kirche. Sie war von mißtrauischer Wesensart und hatte niemals eine Einladung zu einem gemeinsamen Trunk oder einer geselligen Speise angenommen – aß nicht einmal von den Mahlzeiten im Tempel, ohne vorher daran nach einem verborgenen Gift gerochen zu haben. Das wenige, was man wußte (oder vielmehr zu wissen glaubte), besagte, daß die halbwüchsige Hauka, geboren in den kalten Klüften des Ehernen Schwertes, mit einem Karentrieb nach Norburg gekommen sei und sich dort eines betrunkenen Südländers so geschickt und gefällig erwehrt habe, daß die Schwertschwester von der Halle der Weißen Rondra, zufällig Zeugin des Vorfalls, das Mädchen von ihrer Sippe fort in den Tempel gerufen habe, gegen ein erstaunliches, hoch bemessenes Wergeld (denn die Nivesen zählen jene, die sie an die Zwölfe verlieren, zu den Toten).

Von da an bis zum Schwertfeste 1009 vernahm man wenig von der Nivesin; im Alter von fünfundzwanzig Jahren trat sie vor Gernot von Halsingen, den Meister vom Bunde Lutisanas, und empfing die zweite Weihe, da sie zwölf Heldentaten vorzuweisen vermochte. Auch nach der Zwölfgöttertjoste ging sie ihrer eigenen Wege. Die Kirche der Rondra wurde in wenige Fehden und Händel verstrickt; wann immer der alte Viburn aber nach seiner Heermeisterin verlangte, war die Wölfintochter wie aus dem Nichts zur Stelle. Zu Zeiten Draboschs rief niemand nach ihr; der Meineidige pflegte die Banner der Kirche selbst in die Schlacht zu führen. Erst in den letzten Monden hielt sich Hauka des öfteren zu Perricum auf und zeigte sich an der Seite der Erhabenen. Für das Schwertfest 1021 war die nächste Zwölfgöttertjoste beschlossen, und bis dahin (und womöglich auf weitere zwölf Götterläufe) würde Hauka die Heerscharen der Rondra führen.

Am vierten Tage der Läuterung, der dem Schmerze des Kämpen geweiht war, hatte die Wölfintochter nach langer, zum Ende fast verzweifelter Suche den Leib der Marschallin spätnachts ohnmächtig zusammengesunken auf dem Bergfried von Beilunk entdeckt, eine silberne Schwanendaune im struppigen Haar. Aufstöhnend war das Schwert der Schwerter erwacht, bleich wie der Sensenmann auf Golgaris Schwingen, hatte von einem Schwanenflug gesprochen und von einer schwarzen Harpyie, die sie unerbittlich durch die Lüfte hetzte – noch schmerzten ihr die Ohren vom grausamen

Gekreisch des Adlerweibs. Und wäre der Schwan nicht das schnellere und gewandtere Geschöpf, so hätte Aylas letztes Stündlein gewiß in jenen Gefilden geschlagen, wo sich die Geister der Menschen und die Sphären der Götter durchdringen. Man hatte vergessen, flüsterte die Erhabene, daß *er* aus göttlichem Geschlechte stammte, Hesinde selbst seine sagenumwobene Ahnfrau war und Nandus, Hesindes Weisheit, sein legendärer Vater. Was Wunder, daß *seine* Diener allerorten lauerten. Nichts, nirgends war man vor ihnen gefeit!

Die Mär von Aylas Schwanenflug wurde im Gefolge der Marschallin rasch von Mund zu Ohr geflüstert – phantastisch mutete das Geschilderte an. Der Weiße Mann, der erhabene Geweihte des Firun, hatte Ayla, seine Schwester im Amte, auf wundersame Weise zu sich gerufen: Niemals zuvor hatte sich ein Weißer Mann an Geweihte der übrigen Zwölfgötter gewandt, niemals zuvor sein Wort Bjaldorn verlassen. Es hieß, daß er selbst den eigenen Dienern, seinen Waldläufern und Waidleuten, keine Weisungen erteile so wie etwa der Bote des Lichtes oder das Schwert der Schwerter den Getreuen ihrer Kirchen. Suchten die Gläubigen Firuns seinen Rat, eilten sie in die Halle von Kristall, und er stand ihnen zur Seite; kamen sie ohne ihn aus, um so gefälliger war dies dem grimmen Gott und Seinem höchsten Geweihten. Wenn also der Weiße Mann ein Wunder wirkte – das erste Wunder eines Weißen Mannes, von dem man in den Mittellanden je vernommen –, nur um Ayla von Schattengrund um Hilfe zu bitten, so mußte er einen traurigen und guten Grund dazu haben.

Doch fürs erste ließ das Schwert der Schwerter den Ruf aus Bjaldorn auf sich beruhen und widmete sich dem Kummer ihrer eigenen Schar.

Mit dem Morgengrauen des Schwurfestes zog zugleich das neue Jahr der Rondra heran – Ayla von Schattengrund, noch immer bleich vor Sorge, leitete den Zug der

Geweihten. Kaum mehr als siebzig folgten ihr hinterdrein. Diesmal führte sie die Schar nicht in den Tempel des Schwertes von Perricum, sondern auf den so geheißenen Bedonacker, ein weites Feld vor den Mauern Beilunks. Nur wenige Bürger der Stadt waren zu so früher Stunde auf, um dem Schwert der Schwerter zuzujubeln. »Wohl und Glück dir, o erhabene Ayla, Wehr der Lande!« riefen sie zögernd und ohne rechte Inbrunst; gespenstisch verloren sich ihre Gestalten in den Morgennebeln.

Noch in der Nacht hatten die Meister des Bundes, die zwei, die zugegen waren – Arabel von Havena und Brin von Rhodenstein –, nach überkommener Sitte Ayla den Goldenen Löwenhelm aufs Haupt gesetzt, ihr Armalion gegürtet und sie auf den Schild Hlûthars, des Dämonenzwingers, gehoben – den symbolischen, denn der echte war nach wie vor verschollen und fehlte, um die Dreisame Wehr des Schwerts der Schwerter, bestehend aus Helm, Schild und Schwert, zu vervollständigen. Zwar trug die Wölfintochter das Kriegsbanner der Kirche, die dämonenverhärmten schwarzen Löwen (denn die niederhöllischen Dämpfe hatten die silbernen Geschöpfe in Hlûthars Wappen einst schwarz anlaufen lassen), hoch erhoben voran; stolz knatterte der feste Stoff im Morgenwind. Doch fünf Geweihte schrieben wehmütig das Boronsrad in die feuchte Luft – mit düsteren Fackeln, dem Rauch der Vergänglichkeit: zum Gedenken an die Opfer der Seeschlacht vor Perricum, die Amazonen von Löwenstein und Kurkum, die heilige Yppolita, den gemeuchelten Herzog Ehrenstein, die braven Bürger von Mendena – der gemarterten Seelen waren unendliche. Schweigend und von Trauer berührt marschierten die Krieger der Göttin.

An diesem Schwurfest weihte Ayla keine Novizen zu Knappen, wie es Brauch war – die zwei Dutzend junge Frauen und Männer, die sich an ihrem Hofe die erste Weihe verdient hatten, waren allesamt in den Fluten des

Meeres versunken. Edle und adlige Namen waren darunter gewesen: von Mersingen, von Streitzig, von Berg – die Blüte des Raulschen Kaiserreiches.

Ayla stimmte die Gesänge Hlûthars an, weithin hallte ihre volle Stimme, sang von der Wehr wider die Dämonen, von den Sieben Schlägen, die der Heilige in seiner letzten Schlacht gegen die Schattenwesen der Niederhöllen geführt hatte, und fügte eigene Verse hintan:

»So höret die Lehre!
War Hlûthar der Hehre
Der letzte von jenen,
Die Siebenstreich schworn
Ihr'n Leib und ihr Leben? –
Der Letzte, der je
In Sumus Gestaden
Die Klinge der Zwölfe,
Von Alverans Amboß –
Von Malmar geschmiedet,
Von Praios gepriesen,
Von Rondra gesandt,
Den Göttern zur Ehr –
Mit Macht wohl geschwungen,
Den Menschen zur Wehr? –
Die Höllen zu zwingen,
Die Haß jeher bringen? – –
So höret, Gefährten,
Gelobte der Göttin:
Hell singt unsre Klinge,
Hell brennt unser Blut,
Entbrennet ob Rondras
So brüllender Wut,
Entflammet gleich Hlûthars
So feurigem Willen,
Wenn Rondra und Kor,
Auch Famerlor, willig
Wir weihn unser Leben!

So schwöret beim Blute!
So opfert vom Blute!
Seid mächtig im Mute!
Dann stürmt es und blitzt!
Dann wählt der Walkürer,
Der wälzet und wägt,
Wes Seele die schönste,
Wes Wunden gewaltig,
Zu Rondras Gefolgsschar –
Gleich Hlûthar dem Heil'gen! –
Auch uns, die wir würdig!
Mit Mythrael sing ich! –
So jauchzet und jubelt!
Denn wisset die Sel'gen,
Auf tiefen Gewässern
Von Höllen verschlungen,
In Heiligen Hallen!«

Auf diese Weise predigte das Schwert der Schwerter der kleinen Schar Mut und verkündete zugleich, daß alle jene, die im Perlenmeer ein grausiges Ende gefunden hatten, nunmehr in Rondras Paradies weilten.

Brins Herz klopfte hoffnungsfroh, als Ayla so sprach – er war nicht zugegen gewesen an jenem schicksalhaften Tage auf dem Perlenmeer, hatte erst vor Eslamsbrück zur Schar der Erhabenen stoßen wollen, und er wünschte sehnlich, daß die Gefährten und Freunde den Klauen des Dämons entrissen worden waren; daß Mythrael, der tigerköpfige Seelenkürer, der stets über den Walplatz schritt, schneller gewesen sei als die niederhöllische Brut. Bruder Rondred von Salzsteige, der Hohherold der Kirche, hatte Brin von den alptraumhaften Augenblicken berichtet: Wie sich jene vielbeinige, riesenhafte Spinne, die auf dem Wasser zu laufen vermochte, über die kleine Karracke gestülpt hatte und das bauchige Schiffchen zwischen ihren Tentakeln zu zermalmen versuchte. Wie tapfer die Geweihten die

Schwerter sirrend gezogen und den Choral des heiligen Hlûthar angestimmt hatten. Gellend waren ihre Stimmen weit über das windstille Meer gehallt, als sie sich todesmutig wider das halb spinnen-, halb krakengestaltige Ungetüm und die Schwarzen Söldner auf dessen riesenhaftem Leib wandten, Hieb um Hieb Wunde um Wunde in den Dämon schlugen und den üblen Mietlingen des Bethaniers den Garaus machten. Wie schmählich hilflos Ayla und ihr Gefolge – der Leibmeister, die Heermeisterin, Rondred selbst – von ihrer Karracke aus der letzten Schlacht der Freunde hatten zusehen müssen, weil ein wohlgezielter Rotzenschuß das Ruder zerschmettert hatte und kein barmherziger Windhauch sich regte, der sie den Schwestern und Brüdern zu Hilfe hätte eilen lassen. Wie jenen Tapferen im Pesthauch der Entität der Atem vergangen war von den ätzenden grünen Nebeln, die aus den klaffenden Stichen im Leibe der Krakenspinne aufgestiegen waren …

»Mit weit aufgesperrten Mündern haben sie nach Luft geschnappt wie Fische auf dem Trockenen, junge Eminenz, sich weit die Kragen aufgerissen«, erzählte Rondred. Dabei sprach der Hohherold leise und gefaßt, was Brin tiefer berührte, als wenn der Salzsteiger lauthals geklagt hätte. »Geröchelt wie gemeine Meuchelbuben, denen der Henker den Würgestrick um den Hals legt und stückweise … qualvoll … zudreht!« Rondred redete zum Ende hin langsamer, was auf schauerliche Weise das Ersticken der Geweihten und das Leid unterstrich, das der Hohherold empfand.

»Der junge Parinor« – Brin hatte den munteren Burschen recht gut gekannt – »wurde später zu uns an Bord gespült. Steif und aufgebläht trieb er auf den Wellen. Denke nur, junge Eminenz, das Gift der höllischen Wesenheit hatte ihm die Haut verätzt, seinen Körper mit eitrigen Schwären übersät. Über der Brust waren Haut und Fleisch schier geborsten und geplatzt – als hätte sein Bruststein sich vor Entsetzen schier hindurchbohren wollen! Das Kettenwams war ihm in Fetzen vom Leibe gerissen… Vielleicht ist er darum nicht untergegangen wie alle die anderen… Und wir konnten ihnen nicht helfen! Aber sie sind den Weg der Helden gewandelt, gepriesenen Mätyrern gleich!« Wiewohl Rondred ebensogut wie Brin wußte, daß – wären Ayla und die Ihren zur Stelle gewesen – die Kirche der Rondra in schwerster Stunde auch die Marschallin noch verloren hätte, brannte die Schmach doch besonders schmerzlich.

Zur Mittagsstunde tagte auf der Burg von Beilunk der Hoherat der Kirche. Markgräfin Gwidûhenna hatte sich in dieser Sache als freundlich erwiesen und den alten Wache- und Waffensaal im Ostturm für die Krieger der Rondra herrichten lassen. Als Brin eintrat, saßen an der langen rechteckigen Tafel, über die eine Decke aus schwerem roten Samt gebreitet war, bereits die Heermeisterin Hauka und die Meisterin vom albernischen Bunde, Frau Arabel von Arivor, ›die Gutherzige‹ genannt. Brin mochte die Mittvierzigerin sehr und lächelte froh trotz der allenthalben düsteren Stimmung, und Arabel erwiderte den Gruß ebenso herzlich und wortlos.

Der Grordansaal befand sich ganz oben im Turm, gleich unter dem Dachgestühl und dem umlaufenen Wehrgang (dessen gähnende Pechlöcher schwarz zu den bunten Fenstern hereingrinsten), so daß sich im Spitzdach, gut sieben Schritt hoch, ein halb steinernes, halb steineichenes Kreuzgewölbe spannte. Auf die – überdies noch kunstvoll beschnitzten – Bohlen, welche die Dachsparren zwischen den steinernen Rippen verkleideten, hatten die verblichenen Markgrafen Beilunks weiland in ungezählten Stunden die Gemälde der Heiligen der Mittellande aufmalen lassen, die geweihten Schwerter, Waffenhände und Häupter von goldenen Gloriolen umschimmert, aufgetragen aus echtem Lorgolosch-Blattgold. Ardare, die Hochheilige des Mittelreichs, die den Praiospfaffen im Erntefest-Gemetzel getrutzt hatte und erst gefallen war, nachdem sie von ungezählten Hieben geblutet hatte, thronte obenauf, im Kreuzpunkte, getragen von löwengestaltigen Alveraniaren, Mythraels Himmelsleuen, und löwenhäuptigen Drachen, Kaiser- und Perlendrachen aus dem Gefolge Famerlors, gefolgt von vielen Marschällen des Raulschen Reiches, rondragefälligen Kämpen allesamt, und Grordan von Beilunk, dem Schutzheiligen von Turm und Feste. Brin hätte allzugern gewußt, ob die erlauchte Gwidûhenna den Saal jemals betreten haben mochte, und, wenn dem so gewesen wäre, was sie wohl zu all dem rondragefälligen Schmuckwerk gesagt hätte …

Hauka nickte kaum, als sie Brin gewahrte – der hatte die behandschuhte Hand auf den silbernen Kettenrock geschlagen und das Haupt geneigt, wie unter den Geweihten der Rondra gleicher Spange seit altersher üblich. Zum Glück war der Lehnstuhl der Orkenwehr neben dem albernischen aufgestellt, denn die Meister des Bundes saßen dem Alter und der Würde der Sennen nach am Ratstische – so daß zur Rechten des Schwerts der Schwerter der Stuhl des baburinischen Leomar-Bundes stand, gefolgt von den Thronen Arivors und Wehrheims; sodann folgten die geschnitzten Wappenstühle Festums, Donnerbachs und Rhodensteins und zuletzt der Stuhl der jüngsten Senne, des geweihten Stiftsstuhls der Fürsten, jetzt der Könige von Albernia.

Den Meistern des Bundes thronten, in eben dieser Reihenfolge, die Räte der Roten Kammer von Angesicht zu Angesicht gegenüber, zuvorderst der Erzkanzler und Kastellan, sodann der Siegelbewahrer, der Heermeister, der Tempelmeister, der Schatzmeister, der Hohherold und endlich der Leibmeister, wobei der erstere, der Erzkanzler, dem Hohegeweihten Baburins gegenüber zur Linken der Marschallin des Hohebundes seinen Sitz hatte.

Der Platz dem Schwerte der Schwerter gegenüber war verwaist, wiewohl er, so hatte der Rat beschlossen, in künftigen Praiosläufen demjenigen gebühren solle, dem Praios und Rondra, die zürnenden Geschwister, in heiliger Eintracht das Wiedergeschmiedete Schwert zu schwingen verliehen – sofern die Prophezeiungen und Orakel Rohals und Niobaras sich denn erfüllen sollten.

Heute allerdings, so dachte Brin, als er sich in seinem Stuhl niederließ, wird sich wohl nicht einmal die Hälfte der Ratssitze füllen. Etliche Räte der Kammer waren in Perricum verblieben, und auch die Meister des Bundes hatten vielfach – aus gutem Grunde, denn alle Welt war im Aufruhr und ein wackeres Schwert an vielen Orten vonnöten – sich geweigert, selbst zu reisen oder auch nur einen Gesandten zu schicken, so daß die Meister Arivors, Baburins, Wehrheims, Festums und Donnerbachs allesamt fehlten.

Brin zog Lirondiyan, das altehrwürdige Senneschwert der Orkenwehr, aus der reichbestickten hirschenledernen Scheide, die er auf den Rücken geschnallt trug, und legte es vor sich auf die Eichentafel; seinen Schild aber lehnte er zur Linken an den Lehnstuhl. Leise summte er den Choral der heiligen Ardare vor sich hin und dachte nicht ohne Sehnsucht an die Zeiten, da er nur ein einfacher Knappe gewesen war und nicht das Leid der Zwölfgöttlichen Reiche – wenn auch nur zu einem winzigen Anteil – auf den eigenen Schultern lasten gespürt hatte ... Bis endlich die Erhabene eintrat, zusammen mit Rondred von Salzsteige, dem Leibmeister Ucurian von Quellensprung, der die Wache des Schwertes der Schwerter befehligte, und einigen Schreibern und gemeinen Geweihten.

»Meine Freunde, Ihr Meister des Bundes, Ihr Räte der Kammer, ich heiße Euch willkommen!« Ohne Umschweife stieß Ayla zum Kern der Dinge vor. Die Erhabene sprach schnell und forsch; gerade so, als wolle sie die Schatten und zähen Gedanken der letzten Praiosläufe endgültig abschütteln.

»Grausames mag uns widerfahren sein«, hob sie an, »doch ungleich Grausameres harrt unser, das *er* beizubringen uns willens ist – so ist es denn unsere Pflicht, frohen Mutes in die Zukunft zu schreiten!« Recht hatte sie.

»Frau Gwidûhenna hat kraft ihrer vom Kaiser und vom Boten des Lichtes verliehenen Gewalt auch uns Befehl gegeben«, fuhr Ayla mit Grabesstimme fort, »daß kein bewaffneter Haufe die Mauern ihrer Stadt verlassen dürfe – die Erlauchte hält es für widersinnig, Leib und Leben vor Eslamsbrück zu opfern und das Goldene Haus des Praios zu Beilunk ohne Schutz in *seine* Hände fallen zu lassen.« Brin warf Rondred von Salzsteige, der ihm gegenüber seinen Platz hatte, einen überraschten Blick zu: Eine Markgräfin wagte dem Schwert der Schwerter, Schild und Wehr der Zwölfgöttlichen Reiche, vorzuschreiben, wohin das derische Heer der Rondra zu führen sei und wohin nicht? Hatten denn die Praiospfaffen die ewige Kleinkrämerei niemals satt?

Arabel von Arivor nickte bedächtig. »Wiewohl mir der Gedanke nicht behagt, mich hinter goldenen Mauern zu verschanzen, spricht durch die Erlauchte der König, dem wir keinen Gehorsam, aber Frieden schulden und dessen Pfründe es ja sind, die geplündert werden. Der alte Hader darf nicht aufs neue entflammen – nicht zu dieser Stunde. Die Goldene Halle von Beilunk ist ein heiliges Haus, das zu schützen Pflicht eines jeden Getreuen der Zwölfe ist – wenigstens ein, zwei Dutzend der Unseren ...«

Schon überlegte Brin, ob nicht gar er eine Gegenrede führen solle (Arabel war einfach *zu* gutherzig), da aber erhob Rondred die Stimme. »Meine Marschallin«, rief der Salzsteiger, »Eure herzliche Freundschaft zu Emer, der Königin, und Herrn Brin, dem König, ist zweifelsohne ein Glück für unsere Kirche, und ich bin der letzte, der Zwietracht säen möchte zwischen Rauls Krone und dem Goldenen Helm der Löwin. Doch spüre ich in meinen alten Knochen, daß nicht jeder Ratsherr zu Gareth Euch so wohlgesonnen ist wie das königliche Paar selbst. Seht doch« – leicht senkte Rondred die Stimme, als wolle er die erlauchte Burgfrau nicht über das Maß beleidigen –, »wie still – und feige! – der Bote des Lichtes schwieg in jenen Praiosläufen, als Answin von Rabenmund sich Kaiser schimpfte, dieweil der erhabene Viburn Perricums Schlüssel dem Prinzen Brin übersandte. Und noch immer beschließt des Reiches Kanzler trotz alledem, Markgrafschaften an die Mündel und Zöglinge jenes hohen Boten zu verleihen! Euch hingegen, meine Marschallin, entlehnte derselbe Kanzler mit Brief und Siegel, weil Ihr verkündetet, daß der Geweihte der Rondra gegen niederhöllisches und namenloses Gesindel kämpft, sich aber nicht in die Fehde zweier Zwölfgöttlicher Reiche mischt! Im Kapitel der Heiligen Ardare steht unwidersprochen geschrieben, daß die Diener Praios' Erbsünde auf sich geladen haben – Erbsünde für das Erntefest-Gemetzel, die Schlacht im Drachenspalt, die Hochmeisterverbrennung von Arivor! Meine Marschallin, ich bitte und flehe: Unterstellt nicht das Kriegsbanner der Kirche den Priestern Praios'. Auch ich wünsche keine unerbittliche Fehde, nicht in friedlichen und beileibe nicht in diesen Tagen, aber der Hochmut Gwidûhennas scheint mir unerträglich.« Eine zornige Röte hatte sich in Rondreds Antlitz gestohlen.

Ucurian, der Leibmeister, pflichtete rasch bei, und auch Brin verhehlte seine Zustimmung nicht. Auf dem Rhodenstein hielt man es ohnedies nicht mit der Praios-Kirche. »Die Erlauchte muß uns ziehen lassen – so sagt's das Recht der Krone. Kein weltlicher Herr darf einen Geweihten der Rondra zu einem andern Zwecke festhalten, denn ihn dem Kirchengerichte auszuliefern. Und davon kann keine Rede sein! Rondra und Kor rufen uns zu andern Stätten als ins goldene Beilunk ...«

»Ich bin nicht bewandert in Euren Gepflogenheiten«, sprach Hauka mit ihrer kehligen Stimme, »aber ich werde die Geweihten führen, wohin Ihr wünscht, Marschallin, gegen Mauern von außen wie von innen ...« Was die Wölfintochter damit sagen wollte, war eindeutig.

Ayla nickte. »Ihr seid im Recht, Freund Rondred, und sprecht mir aus der Seele«, beschied sie. »Wir schulden Gwidûhenna weder einen Gefallen noch einen Heerbann.«

Als dies einmal beschlossen war, besprach der Rat, wohin man die Krieger der Göttin führen wolle. Ins Herz der ysilischen Lande, so wurde entschieden, ins Mark *seines* finsteren Reiches. Überdies empfingen der Hohherold Rondred und sein Orden vom Heiligen Blute der Märtyrer zu Arivor die erhabene Weisung, aus den Tempeln der Zwölfe im Osten an Schätzen zu bergen, was irgend möglich, damit das geweihte Hab und Gut der Zwölfe nicht wie überreifes Obst in *seine* schändlichen Hände falle.

Endlich, als der Tag sich allmählich der Nacht zuneigte, berichtete Ayla von ihrem Schwanenflug und *seinem* unheiligen Werk – sie war sich unschlüssig, wie sie sich in der Sache verhalten sollte. »Sieben schwarze Risse haben die Kuppel von Kristall gespalten ... wie ein zersplitterter, erblindeter Spiegel schien sie mir! Es könnte natürlich ein verirrter Blitz gewesen sein, denn nicht immer weiß der löwenhäuptige Famerlor den flammenden Zorn Seiner Gemahlin von Ihren Geschwistern abzulenken. Aber ich glaube – nein, wir wissen: daß dem nicht so ist. Doch ich glaube gar nicht, daß der Weiße Mann ahnt, *wer* ihm dies Unheil verschuldet und in welchem ungeheuerlichen Maße das Unglück über unsere Welt hereingebrochen ist!

Zwar vermochte der schwanengestaltige Hohegeweihte mir seine Traumgesichte kundzutun, aber ich ihm nicht die meinen. Und Bjaldorn ist so weitab gelegen von den Geschehnissen zu Mendena und Kurkum! *Sein* Name mag dort droben noch gar nicht vernommen worden sein – und doch: Zweifelsohne plant der schinderische Bethanier im hohen Norden ebensolche Schrecken und Greuel wie hierzulande. Man muß im Dienste der Götter herausfinden, was in den Gefilden Firuns vor sich geht, wer *seine* Handlanger dort sind!« Unruhig sprang Ayla von ihrem Thron auf. »Ich bin in großer Sorge. Der Weiße Mann bittet um unsere Hilfe. Der Erhabene will den siebenmal verfluchten Dämonenfürsten von Frost und Reif, dessen Rachsucht er hinter all dem vermutet« – Ayla schlug zum Schutz das Zeichen Rondras vorm Herzen und das Zeichen Praios' vorm Munde, aber schon hatte ein kalter Schauder ihre Seele gestriffen, so flüchtig, wie ab und an ein eiliger Schatten das Madamal verdunkelt –, »in den düsteren Schluchten des Ehernen Schwertes zum Kampfe zwingen. Er bat mich, selbst an der Spitze einer geweihten Waffenschar gen Mitternacht zu ziehen. Allein ich fürchte, von dem kleinen Haufen, der mir zu Beilunk verblieben, kann ich nicht eine Frau und nicht einen Mann entbehren. Aber ein Erhabener hat gerufen, und eine Erhabene schuldet dem Bruder vor den Zwölfen Hilfe: Einer von Euch, meine Freunde und Räte, muß nach Bjaldorn reisen und dem Volk im Norden von *seiner* Wiederkunft erzählen. Muß mit einsamen Kräften gegen den Dämonenmeister kämpfen! Wenn unsere Nachricht zur rechten Zeit eintrifft, mag's geschehen, daß die Bjaldorner sich zu wehren wissen, daß sie nicht in *seine* Falle gehen. Mag auch sein, daß der Meister Gernot vom Land zwischen Born und Walsach dem Gesandten des Goldenen Helmes eine bewaffnete Bedeckung gewährt.

Das Schwert der Schwerter vermag nicht Schild und Wehr zu stellen!« Für einen Moment schwieg Ayla still und senkte betroffen das Haupt.

»Ich werde ziehen, meine Marschallin!« Die Wölfintochter erhob sich so rasch, daß ihr rötlich schimmerndes Kettenhemd klirrte. »Ich bin dort geboren und kenne das Euch rauh anmutende Land wie meine Kinderstube – und ich brauche niemanden, der auf mich aufpaßt ...«

Ayla nickte. Das derische Heer der Rondra zählte nicht so viele Köpfe, als daß das Schwert der Schwerter und die Heermeisterin gemeinsam an seiner Spitze hätten reiten müssen.

Als Ayla ›Bjaldorn‹ sagte, schweiften Brins Gedanken in die Ferne: Er entsann sich, wie der alte Norre, der rauhe, aber herzensgute Burgsaß auf dem Rhodenstein, ihm von seiner Heimat erzählt hatte, vom Fleckchen Bjaldorn, der unbeugsamen Wacht im Norden, von Bjala dem Bogner, Bjaldorns sagenumwobenen Gründer, von der Halle von Kristall, von Mikail dem Heiligen ...

»Vor langer, langer Zeit, da erblickte in einer trutzigen Burg – viel winziger als der Rhodenstein – ein kleiner Junge das goldene Licht Deres. Der Knabe war sehr schön, das Ebenbild seiner lieben Eltern, der Frau Kundra und des Herrn Kolkja; ganz ebenmäßig gewachsen sein Antlitz, weiß wie von Elfenbein, schwarz wie von Kohle schimmerte sein Haar, und rabenschwarz glänzten auch seine Augen.« So pries Norre stets den jungen Bjala, erzählte – nicht zuletzt um Brin zu eifrigem Üben anzuspornen –, wie überaus gewandt der Jüngling sowohl im Umgang mit dem Bogen als auch mit dem Schwerte gewesen sei.

Gemeinsam lachten sie über die Streiche, die Bjala seiner klugen Schwester Frinja gespielt hatte; mit Wonne hörte Brin vom Ritterschlag, den sich der junge Held nach langen harten Lehrjahren vom Vater verdiente – vom Vater, weil kein anderer Edelmann weit und breit hauste, der Bjala zum Knappen hätte nehmen können, so fern gegen Mitternacht erhob sich Bjalas Heimstatt. Gefesselt hing Brin an den Lippen des alten Burgsassen, wenn dieser davon sprach, wie der junge Krieger am einundzwanzigsten Tsafest von daheim fortzog, nur seinen Bogen und einen Laib Brot im Gepäck. So erfuhr er von Bjalas Meisterschuß, als er vor dem König Eisbart eine Weidenrute auf zweihundertfünfzig Schritt spaltete, ohne länger denn fünf Wimpernschläge zu zielen, und daß er auf solche Weise die Freundschaft des mächtigen Königs gewann. Hörte davon, wie er die liebliche Delia von Nebelstein vor einer mordlüsternen Schar schwarzer Wölfe errettete und zum Dank die Klinge Hwëlfagliß empfing, die noch heute zu Bjaldorn von der Mutter auf den Sohn vererbt werde; wie Bjala Festo von Aldyra, dem sagenumwobenen Drachentöter, im freundschaftlichen Zweikampf begegnete; wie er den berühmten Schuß auf den bösen Wurm Lessankan tat ...

Warm wurde ihm ums Herz, wenn er den Sagen lauschte, die vom Glücke Bjalas berichteten, als er auf einem kleinen Weiher der Weißen Frau Ifirn, Firuns schwanengestaltiger Tochter, begegnete – sehr artig wünschte er Ihr da einen guten Tag und dankte recht freundlich, daß die Gütige es Jahr für Jahr Frühling werden lasse. Und weil er so ein höflicher und hübscher junger Mann war, verliebte sich die Göttintochter in ihn: Elf Monde lang und einen halben, heißt es, durfte er Ihr Lager aus Daunenfein teilen. Schließlich aber zog er von dannen und vollbrachte mit Hilfe Ifirns die letzte seiner großen Taten – ehe er, allzufrüh und unglücklich, den Heldentod fand. Ifirn aber hatte ihn geheißen, dort eine Feste zu erbauen, wo sie gemeinsam glücklich gewesen, und so bat er, der Sterbende, seine Schwester Frinja, der Schwanengöttin und sein Erbe zu erfüllen, und so war er zuletzt der Ahnherr solch ausgezeichneter Helden und Heiliger wie Mikail und Trautmann von Bjaldorn geworden, beide Erben aus Bjalas Sippe, der eine Herrn Firuns größter Jäger, der andere ein wackerer Streiter wider das Orkengesindel ...

Auch pries der Burgsaß, wann immer er von Bjaldorn

sprach, den grünen Nornja-Wald, die weite Brydja, das schöne, einsame, traurige Land, über das singend der Wind aus der Steppe strich …

All diese Mären von den Heldenstreichen Bjalas liebte Brin schließlich geradeso wie die Geschichten aus den Zeiten, als die Götter und Giganten noch Praioslauf um Praioslauf auf Dere gewandelt waren, und er haßte es von Herzen, daß der Burgsaß stets nach allzukurzer Rede mit den Worten schloß: »Aber auch das ist eine lange Geschichte, und schließlich wollen wir heute noch das soundso vielte Kapitel im Buche des Heiligen Soundso auswendig lernen.« Und wenn Brin dann aus um so verzweifelterem Grunde bettelte, der alte Norre möge die ›lange Geschichte‹ doch gleich vortragen, dann lächelte der nur und brummte: »Geduld, Knappe, Geduld – auch morgen ist noch ein Tag; und so schnell *zerbricht das Rad* ja auch nicht!«

All das ging dem jungen Rhodensteiner im Kopfe um, während Ayla, Hauka und die Räte die weite Reise der Nivesin im einzelnen besprachen – zwar vernahm er ihre Stimmen, aber eher so, wie man einem murmelnden Gewässer lauscht, ohne daß er den Sinn der einzelnen Worte verstanden hätte. Eine Sehnsucht nach dem fernen Norden, und auch nach vergangenen Knappschaftstagen erfüllte ihn mit wehmütigem Schmerz …

»Bitte, meine Marschallin, laßt mich mitreiten!« Brin sprang auf, seine Faust umspannte den Knauf Lirondiyans so fest, daß die Knochen weiß hervortraten. »Ich bitte Euch! Gebt mir Gelegenheit, mich bei Bjaldorn zu bewähren!«

Mancher – zu jenen gehörte Hauka – schürzte bei diesen Worten geringschätzig die Lippen: Allzu freimütig erinnerte das Bürschlein an sein knabenhaftes Alter und den Wahnwitz, als Knappe der Göttin ohne Heldenstreich (vielmehr mit einem, denn Brin hatte Ayla einmal durch seinen Mut das Leben gerettet, und dies galt durchaus als rondragefälliges Werk) zum Meister des Bundes bestellt worden zu sein. Ayla, Arabel und der Salzsteiger aber lächelten, und Brin war sich sicher, daß er fast gewonnen hatte.

»Ihr eignet eine Pflicht in der Orkenwehr, junger Meister Brin!« entgegnete gleichwohl Ucurian von Quellensprung, der Leibmeister. »Steht es Euch nicht an, just in diesen Praiosläufen in Eurer Senne zu weilen?«

»Ich weiß wohl, Herr Ucurian, doch seht: Wie Ihr selbst feststellt, bin ich jung an Jahren, und stets führt zwar mein Siegel, selten aber mein eigenes Wort die Geschicke auf dem Rhodenstein ... Ich tue recht gut daran, glaube ich, in Heeresdingen auf das Wort meiner Seneschallen zu lauschen, die im Wechselspiel der Götter und Geister soviel erfahrener sind als ich. Fürwahr stimme ich Euch zu, daß es sich ziemte, an der Spitze der Geweihten zu reiten – diese aber, auch dessen bin ich gewiß, folgen nicht minder gern und treu den Seneschallen der Orkenwehr und sind bei jenen gar in beßren Händen. So dünkt's mir drum nicht minder ehrenhaft, an Frau Haukas Seite nach Mitternacht als in großem Gepränge gen Osten zu ziehen!«

Einige Tage später befanden sich Brin und Hauka auf dem Weg nach Bjaldorn. Der junge Geweihte war sich sicher, daß sie ein augenfälliges Reitergespann abgaben – Frau und Mann, Nivesin und Mittelländer, beide rothaarig und augenscheinlich Kriegsleute, denn Ketten- und Schmiedewerk blitzte überall an ihren Leibern und Rossen. Die Hörigen und Bauernleute behandelten sie darum Fürsten gleich und senkten ehrfürchtig den Blick, wenn sie vorüberritten; wagten nicht, keck aufzuschauen

Der Weg hatte sie viel Zeit gekostet, weitaus mehr, als sie gedacht hätten. Das Reisen war kein Zuckerschlecken, seitdem *er* seine blutgierigen Hände nach den Zwölfgöttlichen Landen ausstreckte. Und über das

Meer zu reisen, hatte Ayla, die Erhabene, entschlossen verboten. In Ysilien, im Bornland – überall hatte *er* seine Spuren unauslöschlich in den Leib Sumus gebrannt, der sich qualvoll wand unter dem Leid, das ihm zugefügt wurde; waren Gebirgspässe nicht mehr gangbar, Flüsse nicht mehr schiffbar. Hauka und Brin hatten ihre Rosse weit außenherum, durch Weiden, über den Sichelstieg, querfeldein nach Vallusa lenken müssen und waren dennoch hier und da auf die Schwarzen Scharen gestoßen, hatten ihre Klingen rot gefärbt von vergossenem Söldlings- und Goblinblut ...

Hatte Hauka anfangs kein Geheimnis daraus gemacht, daß ihr die Gesellschaft Brins mißliebig war, so schien sie sich doch mit der Zeit daran zu gewöhnen. Über die Tage hin kam es vor, daß sie von sich aus das Wort an den jungen Ritter richtete – sie schätzte augenscheinlich seine Ortskenntnis im Weidenlande und im Schwarzen Sichelgebirge. Es fügte sich auch, daß am Fuße derselben, nahe jenes Berges, der von den Weidenern unheilvoll ›Sokramurs Klaue‹ genannt wird, Brins Lirondiyan und Haukas Klinge ›Liesjailäki‹ – was im Garethischen etwa ›Liskas blutfunkelnder Reißfang‹ bedeutet –, in einem Gefecht gegen eine Schar raub- und mordlustiger Orken einander so gut Hand in Hand gingen, daß Brin sich immer öfter dabei ertappte, sich und Hauka als Gefährten und Waffengeschwister zu betrachten.

In dem kleinen Weiler Misabeugen, zwei Tagesritte vor Vallusa, hatte sie auch die Botschaft ereilt, daß *er* sich endlich dem Kaiser und dem Boten des Lichtes geoffenbart habe – auf eine noch bösere und lästerlichere Weise, als irgendein Mensch sich hätte ausmalen können. Am neunundzwanzigsten Rondra war bei Eslamsbrück eine für die Zwölfgöttlichen und Kaiserlichen überaus verlustreiche Schlacht geschlagen worden, so klaubten es Brin und Hauka mühsam aus den Worten eines vor der Zeit gealterten, gebrochenen Mannes heraus, der sich Fredja Schorkin nannte, vom Schlachtfeld geflohen und augenscheinlich dem Wahnsinn nahe war.

Sodann hatte *er* Prinzessin Walpurga von Weiden – Brins Lehnsfrau und Freundin! – gezwungen, als *seine* Botin zu dienen. Einen Greifenbalg, die abgezogene und gerupfte Haut eines praiosheiligen Greifen, hatte er die unglückliche Prinzessin nach Gareth überbringen geheißen, und durch den Mund des gefallenen Alveraniaren hatte *er* dem Boten des Lichtes und dem König und Reichsbehüter *seine* Rückkehr verkündet; gefordert, sich *ihm* mit Leib und Seele zu unterwerfen. Der König hatte die unheilige Kreatur schließlich mit seinem geweihten Schwert Alveranstreu zum Schweigen gebracht, und seitdem hallten ununterbrochen die Gongs aller Praiostempel im ganzen Kaiserreich, spendeten den Gläubigen Mut und erschütterten die Herzen derer, die seine Seelen *ihm* verkauft hatten.

Brin drückte dem alten Schorkin einen Silberling in die Hand und murmelte den Segen der Löwin – hegte gleichwohl keine Hoffnung, daß dies der Seele des Alten noch helfen könne. Hegte vielmehr Zweifel, daß irgendein Segensspruch der Zwölfe noch irgend etwas bewirken werde.

Erst am fünfundzwanzigsten Efferd, über einen Mond, nachdem Ayla von Markgräfin Gwidûhenna in harschen Worten den Auszug der Geweihten Rondras aus Beilunk erzwungen und auch Hauka und Brin auf den weiten Weg geschickt hatte, lenkten die beiden ihre Rosse durch die verregneten Gassen Festums zur befestigten Halle des Meisters des Bundes, wo sie um Gastung baten und erfahren mußten, daß die Eminenz durch die Tempel der Mark reise. Die beiden hatten keine Wahl, als geschlagene anderthalb Wochen lang auf die Rückkehr des Meisters Gernot von Halsingen zu warten, um eine geheime Botschaft des Schwertes der Schwerter auszurichten und um ein bewaffnetes Gefolge für den weiteren Weg nach Bjaldorn zu erbitten – allerdings weigerte sich Halsingen, den Brin ob seiner für einen Kriegsmann ungewöhnlichen Beleibtheit früher frech ›den Feisten‹ genannt hatte, rundheraus, dem Ansinnen zu wallfahren und auch nur einen Novizen auf die Reise nach Bjaldorn zu schicken. Denn Halsingen glaubte nicht, daß niederhöllisches Wirken seine Hand im Spiele habe bei der Tempelschändung von Bjaldorn. »Der Blitz! Ein verirrter, unglücklicher Blitz!« sagte er. Die Dinge stünden im Land an Born und Walsach schlimm genug, seufzte er, und so kam ihnen zu Ohren, daß Graf Uriel von Notmark, in der Zunge des Volkes ›die Warzensau‹ genannt, die alten Farben seines Hauses gegen jenes Schwarz und Rot vertauscht hätte, in dessen Zeichen die Scharen des Bethaniers Mendena, Löwenstein und Kurkum gebrandschatzt hatten.

Die Adelsmarschallin, Tjeika von Notmark, ein falsches Weib vor den Zwölfen, habe sich auf seiten ihres vermaledeiten Vaters geschlagen; die sewerische Gräfin Thesia von Ilmenstein, die Freundin der gefallenen Yppolita von Kurkum, und der märkische Graf von Geestwindskoje aber schickten sich an, den Umtrieben des Notmärkers Einhalt zu gebieten; die edelmütige Gräfin selbst sei vor kurzem aus ihren Lehnslanden herabgekommen und habe Festum, Mark und Festenland einen Besuch abgestattet, um die Bronnjaren hierunten für ihre gerechte Sache zu gewinnen – eine Sache übrigens, der er, Halsingen, gern Hand und Schwert leihe!

Nach drei weiteren Tagen schließlich, in denen Hauka Bruder Gernot unermüdlich mit Rat und Tat zur Seite stand, setzten die Gesandten ihren Weg bornaufwärts fort. Obwohl sie den Rossen nur gerade soviel Ruhe gönnten wie nötig, kamen sie doch langsamer voran denn je. Der Winter hielt seinen Einzug … Und dieser Zorn war einer der furchtbarsten, die Firun jemals den Sterblichen gesandt hatte, der kälteste Winter seit Menschengedenken – so sehr grollte und grimmte der Alte vom Berge. Schon Mitte Travia erfroren die kleinen Singvögel und Rotpüschel in der namenlosen Kälte, die des Nachts von Norden herabkroch, ja selbst auf dem Born trieben Eisesschollen, auf denen nicht selten Enten und andere Wasservögel hilflos festgefroren schnatterten – und bald steckten die Pferde unerbittlich im klebrigen Schnee, der täglich dichter fiel, sich höher türmte. Zudem blies ein unbarmherziger Wind aus Firuns Gefilden, Flyrijas nannten ihn die Leute am Born, was ›Firuns Atem‹ bedeutet, und wenngleich Brin sich in einen dicken Pelzmantel hüllte, schlotterte und fror er doch ganz beklagenswert – und bereute von Zeit zu Zeit seinen Eifer, sich auf diesen längsten Ritt eingelassen zu haben, den er je in seinem Leben unternommen hatte. Nicht so die Wölfintochter: Je kürzer Praios die Tage bemaß und je steifer Firuns Brise von Nord wehte, desto freier schien sich die Nivesin zu fühlen. Ein hübsches Rot schlich sich auf ihre Wangen, und ungeachtet dessen, daß sie die langen Tage im Sattel gerade so anstrengen mußten wie Brin, hatte sie doch Muße und Kraft, von Zeit zu Zeit leise ein Liedchen zu singen. Unvertraute Melodeien waren das, die Hauka mit ihrer dunklen, heiseren Stimme vortrug – fremd auch die Sprache –, aber sie gemahnten irgendwie an das Heulen der Wölfe und des Windes, diese Lieder, befand der junge Ritter.

So trafen die beiden schlamm- und schneebespritzten müden Reiter am Abend des zehnten Boron von Rodebrannt her im Weiler Vierwinden ein, wo sich die alte Heerstraße zwischen Norburg und Notmark und der schmale Reitersweg, der von Treie drunten schnurstracks nach Persanzig und Brandthusen und weiter nach *Trautemanns Hus* und Bjaldorn hinaufführt, einander kreuzen, und stiegen in dem umfriedeten Gasthause ab, das den Fürsten von Ouvenmas auf Zins und Zoll zu eigen ist – und die von den Vierwindenern darum schlicht *Fürstenschenke* genannt wird, obzwar über der schiefen Türe das hölzerne Schnitzbild eines brummenden Bären baumelt.

Sie gaben die silberverbrämten Zügel ihrer Pferde einer Stallmagd an die Hand und befahlen derselben, die von Schweiß und Schneegestöber durchnäßten Tiere gut abzureiben. Sodann suchten sie sich im Schankraum ein Plätzchen, löffelten einen Eintopf und spülten das trockene schwarze Brot, das dazu gereicht wurde, mit einem Krug gewürzten warmen Bieres hinunter. Nachdem sie dem Geplauder der Bauersleute in der Wirtsstube ein wenig gelauscht und unvermittelt nachgefragt hatten, ob von den Umtrieben des Notmärker Grafen und der gesplitterten Kuppel von Bjaldorn Neues bekannt sei, zogen sie sich auf ihre Kammer zurück – sie hatten die beste Kammer, das so geheißene ›Fürstenzimmer‹, verlangt und bezahlt –, wo sie augenblicklich in einen erschöpften Schlaf fielen und kein Auge auftaten, bis am nächsten Vormittag ein winterlicher Sonnenstrahl Brin so unbarmherzig blendete, daß er unweigerlich aus seinem Schlummer geweckt wurde.

All dies flog Brin stückweise durch den Kopf, als er auf der Bettkante hockte; riß ihn unvermittelt in die kalte und grausame Allgegenwärtigkeit des Bethaniers zurück. Und ein wenig wuchtiger als vonnöten ließ er die Linke niedersausen, um Hauka aus ihren Träumen zu rütteln!

Viertes Kapitel

Bei Bjalas Sippe

Bjaldorn, Mitte Boron 1020

Der alte Nornja bedeckt Sumus Leib zwischen Vierwinden und Bjaldorn so dicht und urwüchsig, daß der Reisende, der dem Pfade nach Bjaldorn und Paavi folgt, gar nicht Gefahr läuft, vom Wege abzuirren. Die Birken und Lärchen und die Schwarzföhren und Blautannen stehen so nahe und eng verschlungen, daß sich für den Blick des Unkundigen nur eine schmale Schneise durch den unendlichen Wald flicht, kaum breiter als ein Karren, und nur selten kreuzen die Fährten von Hirsch oder Eber den Weg. Wer aber kein Waidmann ist, der sollte dem Wild nicht nachspüren, wollte er nicht geradenwegs in das unwegsame Herz des Tannichts geraten.

Denn tief drinnen im Nornja gedeihen kaum mehr Laubbäume. Vor allem die Schwarzföhren (die die Nordleute in der alten Zunge ›Forha‹ nennen, was aber ›Forcha‹, fast wie ›Furche‹ gesprochen wird) sprießen dort wie langstengelige Pilze aus Sumus knochigem Leib, breiten hoch droben ihren schattigen dunkelgrünen Hut aus und lassen keinen Sonnenstrahl hindurch auf den kargen Boden, wo sommers einzig die trockenen Föhrennadeln und winters der Schnee unter dem Huftritt der Elche und Hirsche knirschen.

Solange der Reiter sich aber an den Weg hält, mag

sein Herz vor Vergnügen hüpfen und sich an den lieblichen und verspielten Birken und Erlen erfreuen, die sich im späten Rondra schon ein festliches Blätterwams aus den freudigsten Farben auf den Wanst schneidern, ein Kleid aus lohendem Feuerrot und strahlendem Sonnengelb, aus sattem Ocker und flammendem Arange, auf dem hier und da ein funkelnder Smaragd zu prangen scheint – gerade wie die meergrünen Edelsteine der Rondra in einer Fassung aus glühendem Golde –, denn auch die alten Bäume des Nornja, so heißt es, preisen die Zwölfe mit Schmuck- und Zierwerk für die warmen Wonnen und Monde, die sie ihnen Jahr um Jahr gewähren, so wie die braven Bauernleute sich bunte Bänder in die Haare flechten, wenn sie Praios und Peraine zum Erntefest Dank sagen für die so geschenkten Gaben.

Zu der Zeit, da Brin und Hauka ihre Rosse durch den Nornja lenkten, liebkoste allerdings weder Grün noch Gold die Äste und Zweige. Kahl und schwarz, bald eingepudert von Schnee, bald glitzernd von Eiskristallen, reckten die Bäume ihre kahlen Arme in den wolkenverhangenen Himmel und boten Heerscharen von Krähen eine windige Heimstatt; die Birken schimmerten fahl, da das letzte trockene Laub von den unerbittlichen Firunsstürmen fortgerissen worden war, und die Föhren und Tannen gemahnten Brin an jene fingerdick eingepuderten liebfeldischen Marzipanhüte, die ganz selten einmal als Geschenk aus Arivor (von Nepolemos Hof) oder Baburin (aus der Halle Frau Bibernells) ihren Weg auf den Rhodenstein fanden. Auch das Dorn- und Farngestrüpp zu Füßen der Baumalten, das hier und da aus dem schritthohen, zu malerischen Wellen und Wogen verwehten Schnee ragte, glitzerte und glänzte in Ifirns Gewande, als ob ein Bäcker sorgsam verführerisch süßen, klebrigen Zuckerguß darüber gegossen hätte. Aus der Ferne, wo selbst über das dunkle Föhricht noch die schneeweißen Felsklammen des Ehernen Schwertes sich erhoben, ehe der eintönige graue Dunst sie verschluckte, klang heiser das Bellen der Wölfe; des Nachts, da heulten sie Madas Schandmal zu Dutzenden an, in sehnsüchtigen, wehen Klagelauten, die wohl ein beklommenes Mitleid, vor allem aber kalte Furcht in Brins Herz zu wecken wußten (nicht *einmal* ließ er die Rechte, die in einem dicken Wollfäustling steckte, vom Schwertknauf sinken). Und mit den Wölfen jaulte der Wind, strich wimmernd um die schlanken Stämme der Föhren und Erlen, schnob mißmutig den wärmenden Schnee in glitzerndem Gestiebe von den Zweigen. Wenn das Heulen aber einmal verstummte, dann krampfte sich Brins Herz zusammen – denn nicht lange darauf trug der Wind den gellenden Todesschrei eines Waldgeschöpfes herbei, zerrissen von den dolchspitzen Zähnen der unbarmherzigen Hetzer. Brin ertappte sich in diesen unheimlichen Augenblicken oft dabei, wie er auf ungebührliche Weise und nicht ohne Obacht Hauka anstarrte, aber die Wölfintochter schien seine bohrenden Blicke gar nicht zu bemerken. Sie saß schweigsam und unruhig auf dem Roß und preßte den Mund fest zusammen; hin und wieder aber bleckte die Nivesin im schauerlichen Gesang der Wölfe die Zähne und leckte sich kurz über die kalten Lippen. Der junge Mann war sich bald gar nicht mehr sicher, ob Heimweh nach den Nivesenlanden Hauka verzehrte oder ob, wie die alten Sagen erzählten, das sehnende Rufen der Wölfe Haukas Blut, verfluchtes, schuldiges Blut aus Madas Sippe, in gefährliche Wallung brachte und sie ihren ererbten Seelenschmerz, gleich Gorfangs Kindern, in die Nacht hinauszuheulen trachtete, hinauf zu Madas bleichem Antlitz.

Hauka und Brin ritten bei Tag und Nacht (es lud kein Gasthaus zum Verweilen ein) und rasteten nur ab und an ein halbes Stündchen, um den Pferden Ruhe zu gönnen, die dampfenden Roßleiber trockenzureiben und sich die bald bleiernen, bald kribbelnden Beine einige Schritt weit zu vertreten. Von Zeit zu Zeit fielen ihnen im gleichmäßigen Schritt der Pferde die Augen zu, und dann schliefen sie einige Wegstunden lang im Sattel. So waren die beiden Reiter herzlich froh, als vier Tage nachdem sie Vierwinden verlassen hatten, die ferne Sturmlaterne von *Trautemanns Hus*, einem befestigten Wirtshaus mitten im Nornja, als winziger schwankender Lichtfleck zwischen den Baumstämmen sichtbar wurde.

Von *Trautemanns Hus*, das der Großvater des jetztigen Bronnjarn von Bjaldorn als Wachtposten mitten im Nornja errichtet hatte, könne man in einem strammen Ritt die Burg Bjalas in weniger als zwei Tagen erreichen, behauptete der Wirt – Worte, die über einem Kruge heißen Kräuterbiers und einem Bauch, satt und gefüllt von einer leckeren Suppe (die eigentlich recht dünn gewesen war, aber Brin glaubte fest, eine so leckere Suppe noch nie gegessen zu haben), nach der langen Winterreise wie liebliche Musik in Brins Ohren klangen. Fast hätte er Hauka umarmt, solch ein Glück durchwallte ihn …

Obwohl er unsäglich fror und das peinliche Zähneklappern nur mit äußerster Willensanstrengung zu unterbinden vermochte, war Brin noch immer guter Stimmung, als die Rosse am frühen Morgen des zweiten Tages, nachdem sie das Wirtshaus im Walde verlassen hatten, aus dem Schatten des Nornja trabten und die Föhren und Tannen unverhofft einen Ausguck hinab auf die Letta-Senke und den Bjalaberg gewährten: Wie eine zum Tsafest geflochtene Girlande aus hauchzartem biegsamen Zwergensilber umwand der gefrorene Flußlauf den kleinen Weiler, den schneeweißen Burgfelsen und das verwitterte, trutzige, halb aus Holzbohlen, halb aus Stein errichtete Gemäuer auf seiner Kuppe – die alte Bjalaburg, die zwar wehrhaft, aber auch einladend und behaglich dreinschaute. Das Herz klopfte Brin bis zum Hals: ein Bett, ein Badezuber – der Wonnen waren unendliche …

Zu Füßen der Feste quoll der warme Rauch der Ofenfeuer gemütlich und in schnurgeraden Fahnen aus den Rauchfängen der kleinen Häuser von Bjaldorn. Der schneidende Wind hatte sich gelegt. Scheinbar unberührt von der grimmen Kälte lugten die Hütten (in denen zugleich die Ställe und Schober untergebracht waren, damit das Vieh, wenn es sonst schon keinen Zweck hatte, des Winters wenigstens die Menschen wärme) unter der dicken Decke aus zuckerweißem Schnee hervor, die sich vor Brin und Hauka erstreckte. Zusammengezimmert aus den oftmals nur mit der scharfen Axt zu groben Brettern geschlagenen Föhren und Eichen des Nornja, die Lücken und Astlöcher gestopft mit Moos und Schilf, gestrichen in frohen Farben und an warmen Sommerabenden von der ganzen Sippe beschnitzt und bemalt mit den Geschöpfen der guten Mütter Ifirn, Travia und Peraine, wirkten sie gemütlich und freundlich auf Brin. Keine Mauer, nur ein alter Wall schlang sich um das winterliche Dorf – fast schien es, als solle er die kreuz und quer gebauten Hütten umfrieden wie eine Herde Schafe, damit nicht aus Versehen ein Haus im Gedränge abhanden komme.

Dann aber verharrte Brins Blick auf der Halle von Kristall. Der alte Burgsaß Norre von Bjaldorn hatte stets – und seine knarrige alte Stimme wurde dabei ganz warm, wie von einem doppelten Krüglein Bärentod – in schönen Worten von dem Glanz der Kuppel gesprochen und wie Firun und Ifirn ihren Segen in die Herzen der Menschen scheinen ließen. Nun aber starrte sie stumpf und glimmte nicht im goldenen Morgenlicht – wie ein umgestülpter Topf aus angelaufenem alten Zinn sog die Kuppel die Strahlen der Sonne eher ein statt sie zu reflektieren. Gar wie ein verbeulter Topf, denn von der Spitze der Kuppel fraßen sich sieben gezackte schwarze Risse wie böse Blitze durch den erloschenen Kristall hinab zu den sieben marmornen Sockeln.

Brin und Hauka gaben, nachdem sie einen Blick gewechselt und kaum merklich einander zugenickt hatten, ihren Rossen die Sporen und ritten in betroffenem Schweigen zur Burg hinauf.

Vanjuschka nahm die Linke, mit der sie die zusammengekniffenen Augen beschattet hatte, um den gewundenen Torweg schärfer hinabstarren zu können, von der angestrengt gefurchten Stirn und legte sie fest um den kühlen Schaft ihres Speers. Die zwei dunklen Schemen vor der gleißenden Ifirnssonne, die sie erspäht hatte, zwei Reiter augenscheinlich, lenkten ihre Rosse langsam näher und zogen den schmalen Burgpfad herauf. Als Vanjuschka sie halbwegs deutlich vor den geblendeten Augen erkannte, ritten sie kaum mehr dreißig Schritt entfernt. Die beiden Gestalten waren in dicke Mäntel gehüllt, worunter in der grellen Mittagssonne Kettenzeug hervorblitzte. Zudem blinkten Schilde und Helme metallisch an den Sätteln der Reitersleute, und beide hatten furchtbare Schwerter von geflammter Klinge – länger noch als Hwëlfagliß, der alte Zweihänder auf der Bjalaburg, und das wollte Vanjuschka etwas heißen! – auf den Rücken geschnürt. Zwar schienen sie in friedlicher Absicht zu reisen, denn die Hände umschlossen die Zügel und nicht die Schwertknäufe (auch hatte der junge Darnje am Unteren Tor keinen Alarm geschlagen, sei's denn, er röchelte erschlagen in seinem Blute), aber Vanjuschka war nichtsdestotrotz wachsam. Ein kampfgeübter Ritter in Kettenzeug mochte es schon mit drei oder vier Bütteln aufnehmen, und mehr als ein Dutzend Schlachtschitzen hielt Baron Trautmann zu keinem Zeitpunkt unter Waffen, nicht einmal seitdem namenlose Hexerei die Kuppel von Kristall zerstört hatte in jener unglückseligen Neumondnacht zwischen Praios- und Rondramond! Wenn ein gerüsteter Haufen gegen Bjaldorn zöge, pflegte der Baron lächelnd zu sagen und Vanjuschka begütigend auf die Schultern zu klopfen, wann immer sie sorgenvoll davon sprach, dann würden die Wölfe der Wälder früh genug von seiner Ankunft heulen und die Krähenschwärme in den Winden von seinem Zug krächzen, und dann könne man immer noch Rat halten.

Die Rosse der beiden Rittersleute waren riesig, größer noch als Norburger oder Drauhager, das eine schwarz, das andere schwarzweiß gescheckt; bei den Reitern handelte es sich um Frau und Mann, beide rothaarig, wie Vanjuschka verwundert zu erkennen meinte; rote Haare sprossen den Nivesen zwar oft, und diese traf man hierzulande herzlich häufig, aber die Nivesenleute ritten selten auf so gewaltigen Pferden einher und gewandeten sich noch seltener in Kettenzeug. Langsam zog sich Vanjuschka in den schmalen Torbogen zurück und stemmte den rechten Stiefel schwer hinter den Speer. So könnte sie die Reiter schlimmstenfalls aufhalten, das hoffte sie grimmig, wenigstens bis der Baron und seine Leute heran wären …

Hauka zwang ihr Roß mit einem Schenkeldruck schneller voran und lenkte es vor Brins Schecken zu der grauhaarigen Torwächterin hin, die die Ankömmlinge finster musterte. »Woher und wohin, bewaffnete Reiter?« knurrte diese endlich, aus dumpfer Kehle wie ein Hofhund, der das Eigentum seines Herrn bewacht.

»Du siehst vor dir, gutes Weib, die gewaltige Hauka, die Wölfintochter, aus dem Geschlecht der Nuanaä-Lie, die den Bjaldornern seit jeher gute Nachbarn sind, die auf dem Zwölfgöttertjost siegreich focht; und den edlen Brin von Rhodenstein, einen Sohn aus Grifos herzoglicher Sippe, der Meister des Bundes zur Orkenwehr ist«, sprach die Nivesin. »Uns aber schickt zu deinem Herrn die mächtige Ayla von Schattengrund, das Schwert der Schwerter, Schild und Wehr der Zwölfgöttlichen Lande. So säume nicht und melde uns dem Gebieter der Halle!«

Wie zum Beweis neigte sich Brin im knarrenden Sattel vor, zog den Pelzfäustling von der Rechten und hielt

Vanjuschka, die vor Staunen Augen und Mund aufgerissen hatte, den funkelnden Smaragd der Rondra in der filigranen Fassung – zwei ineinander verschlungene Löwenleiber aus purem Gold umfaßten den Stein – vors gerötete Gesicht. Der Stein blitzte und funkelte in der Mittagssonne wie ehedem die Kuppel von Kristall.

»O weh, o weh!« stieß die arme Vanjuschka aus, ehe sie sich gefaßt hatte. »Bitte, edle Frau und hoher Herr, nur herein … Willkommen auf Herrn Trautmanns Burg!« Rückwärts wankte sie durch den düsteren Torweg. »Vielfach willkommen!« murmelte sie. Ihre Fellstiefel malten Spuren in den spannhohen Schnee auf dem Hof der Bjalaburg, in dem sie vor Aufregung fast strauchelte. »Vielfach willkommen! Ich, äh, ich … äh, Ilmjescha, Pjeroschka, ihr faulen Dinger, auf mit euch! Führt die Rosse der edlen Herrschaften in den Stall, bürstet das Fell und füttert vom guten Hafer! Linjuscha, lauf zum Mütterchen Libussa … Und ich … ich will zum Herrn eilen.« Vanjuschka neigte das Haupt, drehte sich auf dem Absatze um und eilte, erstaunlich behende, wie Brin bewunderte, denn die Frau mochte gewiß über fünfzig Winter gesehen haben, der Halle des Barons zu.

Während Hauka und Brin in der Wintersonne harrten und die steifen, geschundenen Glieder ganz allmählich zu neuem Leben erwachten und dabei auf den unseligen Gedanken verfielen, daß es ihnen wohl anstünde, nach all den Strapazen ordentlich zu schmerzen, schaute Brin sich neugierig um – auf dieser kleinen Feste also war sein alter Lehrmeister Norre geboren und großgezogen worden, und irgendwie schien die trutzige kleine Burg zur Wesensart des Burgsassen auf dem Rhodenstein zu passen …

Zu drei Seiten war der Burghof von Gebäuden umschlossen (nach Mitternacht, Osten und Mittag); an den Torturm im Nordwesten, nach Sitte der Norbarden sechseckig erbaut, schmiegte sich ein anheimelndes, gedrungenes Gemäuer, dessen Geschoß zu ebener Erde gemauert und dessen oberes Stockwerk Balken für Balken in einer anderen leuchtenden Farbe (rot, gelb, blau, grün) bemalt war. Wohl die Kemenate des Burgherrn, das gut beheizte Haus des Barons und seiner Sippe, wie Brin aus der Rauchfahne, die schnurstracks gen Himmel stieg, und den gegerbten, gefetteten Fellen schloß, die man zum Schutz vor den eisigen Winden in die kleinen Fenster gespannt hatte (denn selbst in Weiden wurden nur die großen Hallen und die Gemächer der Herrschaft mit solchen Vorhängen abgedichtet). Daneben erhob sich, gleichfalls sechskantig, der stolze Bergfried. Auf seiner Spitze, unter dem kupfergrünen Wetterhahn, hing das Banner Bjaldorns, der blaue Schwan auf weißem Schild. Der schartengespickte Turm war aus grobbehauenen Eichenstämmen gezimmert und wuchtig wie der Daumen eines Riesen (wenn man den Bjalaberg einmal mit der Faust eines solchen Sumukindes verglich). Neben demselben, in einem scharfen Knick, erstreckte sich die Hohe Halle über die ganze Ostmauer hin. Auch diese aus mehrmannsdicken Eichenstämmen gefügt – nicht genagelt oder von Flachsseilen zusammengebunden, sondern durch geschnitzte, geschnittene und gequollene Bolzen, Ösen und Kanten waren die feuergehärteten Bohlen so fest ineinander verzahnt, daß man das ganze scheunhohe hölzerne Haus (so man es denn hätte abreißen wollen) vom Dachfirst über die Sparren hinab zu den Säulen und Pfeilern hätte auseinandernehmen müssen, denn kein einziger Balken außer der einen langen Eiche, die die ganze Konstruktion oben abschloß, ließ sich aus seinen Verzahnungen heben, ohne daß man einen Bolzen zerbrochen oder einen Keil zerschlagen hätte. Dieser Eichenstamm, den die Bjaldorner zum Dachfirst bestimmt hatten, aber war so schwer und durchmaß fast zwei Schritt, daß keines Menschen Hand, und auch nicht Firuns grimme Stürme, ihn von seinem angestammten Platze zu heben vermocht hätte! An den Enden, wo einmal Wurzel und Krone gesessen hatten, hatten findige Schnitzmeister die drohenden Fratzen zweier Bären geschnitten und eigenhändig bemalt: Nach Mitternach schaute der Weiße Bär der Lande Firuns, die Lefzen grinsten, daß nadelspitze, messerscharfe Zähne bleckten, aus denen eine feuerrote Zunge leckte, und böse schwarze Augen funkelten herab auf den, der – wenn er den Kopf weit in den Nacken legte – hinaufblickte zum First der Halle; am praioswärts gewandten Ende des Stammes, im Umfange sichtbar kleiner (wo einmal die Krone der prächtigen Eiche gewachsen war), blickte ein brauner Bär der Steppenlande, eher gewitzt und verschmitzt denn unheilvoll, auf den Burghof herab.

Die kaum eindreiviertelschritthohen Türen und winzigen Fenster waren in die hölzernen Wände eingefügt, indem man aus besonders dicken Stämmen (oder zuweilen aus zweien, schmaleren, die nebeneinander sich fanden, jeweils zur Hälfte) ein rechteckiges Loch von rechter Größe herausgesägt und -gehobelt und darein die Rahmen und Läden so eingepaßt hatte, daß sie nahtlos schlossen. Die Fenster mochten einen Spann auf einen Spann messen. Bunte Läden sicherten sie gegen den pfeifenden Sturm, der allzuoft dran rüttelte, und gegen Ifirns Flockenspiel, denn die Weiße Frau suchte ihren tanzenden kalten Kindern nur allzugern ein Plätzchen im Warmen aufzutun. Das steile Dach war über hölzernen Sparren mit Schindeln aus Steppengras und Letta-Schilf spanndick gedeckt, um Schnee und Regengüssen zu wehren, denn darunter fanden sich Speicher für Korn, Brannt, Bier und gepökeltes Fleisch. Auf diese Weise hatte man auch die übrigen Gebäude der Burg vor den Unbilden des Wetters geschützt, nur das Küchengewölbe schmückte ein rotes Ziegeldach, da die Schindeln allzuleicht Feuer fingen. Die Südmauer der Burg, halb mit der Halle verbunden, nahmen die Stallungen ein – aus geöffneten Verschlägen dampfte der warme Atem von Pferden, Rindern und Schweinen heraus auf den Hof und wärmte zur andern Seite zugleich die Halle. Ein wenig abseits gackerten die Hühner in einem kleinen Verschlag.

Zu Brins Rechter schließlich, ganz aus Stein gemauert, den der Ruß im Laufe der Zeit schwarz geräuchert hatte, und ein wenig abseits von den übrigen Gebäuden, stützte sich das große Küchenhaus, windschief vom Alter, auf das ungleich kleinere Backhaus – der verheißungsvolle Duft von frischem Brot wehte trotz der betäubenden Kälte zu den beiden Geweihten herüber.

Brin lief augenblicklich das Wasser im Munde zusammen, er hatte schließlich noch kein Frühstück zu sich genommen, und er fragte sich, ob er nicht einen Knecht um einen der warmen Laibe schicken sollte, als eine grauhaarige Alte, das Mütterchen Libuschenka, im marderroten Mantel – von weißem Schneehasenfell verbrämt – zu den beiden Reisenden schritt (das faltige alte Gesicht mit dem zusammengekniffenen Mündchen und der spitzen Nase erinnerte Brin durchaus an einen Marder, auch die flinken Äuglein, die von einem wachen Geist zeugten). Unzählige Amulette der Zwölfe und anderer guter Geister schepperten und klirrten gegeneinander, als die Greisin umständlich auf die Knie vor Hauka sank, Brin ehrfürchtig den Ring des Meisters küßte. Ihre faltigen, knochigen Finger umfaßten seine vom kalten Wind leicht gerötete Hand erstaunlich fest: »Herr Trautmann von Bjaldorn, mein guter Neffe, heißet Euch, edle Gesandte des Schwertes der Schwerter, auf seiner Burg im Namen der Zwölfe und Ifirns willkommen«, sprach sie mit der Fistelstimme einer Greisin. »Er hat mich gebeten, Euch Gemächer anzuweisen, auf daß Ihr Euch vom Ritte ausruhen und den Staub vom Leibe waschen mögt, ehe Ihr in seine Halle tretet.«

Gern folgten Hauka und Brin der Alten in das bunte Haus des Barons – die Kammer, die sie ihnen zuwies, gleich neben der Kemenate gelegen, war klein und einfach, aber nicht ungemütlich: Zwei grob gezimmerte Kastenbetten, worin getrocknetes Stroh und weicher Farn ein gemütliches Lager bereithielten, standen links und rechts an den hölzernen Wänden, dazwischen, unter einem der abgedichteten kleinen Fenster, eine hölzerne Truhe, in der man die Habseligkeiten verstauen konnte. Oben auf der Kiste warteten eine irdene Waschschale und ein hölzerner Krug voll kristallklarem Brunnenwasser, auf dem eine dünne Eisdecke gefroren war, auf die Erschöpften. Zu Füßen der Truhe glommen rotschwarze Kohlen in einer kupfernen Schale und spendeten eine verhaltene Wärme. Zwei doppeltfaustgroße Feldsteine heizten in dem Kohlebecken auf – man würde sie zur Nacht an die Fußenden der Betten legen.

Mit einem wohligen Seufzer ließ Brin sich auf sein Bett fallen – er wählte das linke – und streckte behaglich die steifen Glieder. Hauka hingegen stand starr im Gemach, musterte die kleine Tür und das winzige Fenster (es wies nordwärts, darunter fiel der Burgberg steil ab), schätzte die Höhe der Decke ab (kaum mehr denn zwei Schritt). Bedächtig runzelte die Nivesin die Stirn und maß die Entfernung von der Tür zum Windauge, wobei sie leise die Schritte zählte. »Eins, zwei, drei ... und zwei Stiefelsohlen.« Gewiß berechnet sie, ob und wo man in diesem Kämmerchen das Schwert am besten schwingen kann, auf daß einem die scharfe Klinge nicht in den Wänden oder der Decke steckenbleibt, und ob wohl ein Feind durchs Fenster einsteigen könnte oder ob mehr als einer zugleich durch die schmale Tür paßt, dachte Brin und grinste, was halb zu einem Gähnen geriet, ehe er in seligen Schlummer sank.

Brin und Hauka hatten sich Wasser über den Leib gegossen (zum erstenmal, seitdem sie Beilunk verlassen hatten, hatte sich Hauka Kettenhemd und Unterzeug über den Kopf gezogen – Brin hätte vor Überraschung fast einen Hustenkrampf erlitten und in den öligen Seifenklumpen gebissen, mit der er sich gerade den Staub aus dem Gesicht wusch), sich mit Brins Hornkamm die Locken ausgebürstet (jeder dem andern, so verfilzt hatten sich die Haare während des langen Weges), einen kleinen Imbiß genommen, die Kettenwämser sorgsam abgerieben und gefettet und gerade die Schwerter poliert, als die alte Vanjuschka endlich an die Türe pochte – so um die dritte Nachmittagsstunde –, um die Gesandten Aylas in die Halle zu geleiten.

Der Weg vom Haus des Barons führte quer über den Burghof. Brin hatte seine Stiefel so überschwenglich gewichst, daß sich der Schnee um seine Spuren schwarz färbte – so wie dem Firunsfuchs unweigerlich seine boronschwarze Schweifspitze hinterdreinhüpft, wenn er sich im Eis bewegt … Vor der Halle von Bjaldorn steckte auf einem Eichenstock ein kleines, aus Zweigen und Stroh geflochtenes Miniatur-Ebenbild der Halle (nicht größer als etwa einen auf zwei Spann und nochmals einen in die Höhe). Wie es überall in den nördlichen Landen Sitte war, hatten die Bjaldorner allerlei hübsche Opfergaben darangewunden und -gehängt, um die alten Hausgeister und die Geister der Altvorderen zu besänftigen: kleine Schmuckbroschen, bunte Tücher und Wimpel, längst verschrumpelte, von Silberreif überhauchte Früchte, ein Wolfsfell, einen fein ziselierten Hirschfänger und mancherlei mehr. Ein Brauch, der wohl von den Nivesenleuten herrührte, weshalb Hauka auch stets andächtig innehielt und einige Worte murmelte (eher fletschte sie die Zähne, wie Brin fand), bevor sie durch die Tür trat.

In dem niedrigen Tor (Brin mußte ein klein wenig den Kopf einziehen, um nicht gegen den flammrot gestrichenen Rahmen zu stoßen) hielten zwei Söldlinge des Barons Stellung. Der junge Meister des Bundes maß die beiden mit dem geübten Blick eines Geweihten der Rondra – beides stattliche Streiter in den Vierzigern, gerade wie die Torwächterin Vanjuschka von Wind und Wetter gegerbt und selbst winters noch von der Sonne gebrannt, in gut gearbeitetes Lederzeug gerüstet und auf lange, feste Spieße gestützt. Wenn alle Kämpfer des Barons aus solch unbeugsamem Eichenholze geschnitzt wären, so hoffte Brin, dann würde Bjaldorn sich gegen alle *derischen* Schrecken zuwenigst angemessen zu verkaufen wissen ...

Laut hallten die Spießschäfte zum Gruße auf die Schwelle nieder, als die Gesandten des Schwertes der Schwerter in die Halle traten. Fackeln rußten in eisernen Halterungen zwischen den winzigen Fenstern. Wiewohl es draußen heller Nachmittag war, herrschte herinnen ein Dämmerlicht. Auf steinernen Quadern inmitten des Saales knisterte und knackte fröhlich ein lohendes Feuer, erwehrte sich hell flackernd der zudringlichen Geister von Firn und Frost, die ein Plätzchen im warmen Hause zu erhaschen suchten.

Die Frauen und Mannen Trautmanns säumten den Weg zum Hochsitz des Barons in zwei Reihen: zur Linken das Waffenvolk, zur Rechten die Gesindeleute. Erwachende Zuversicht und Freude spiegelten sich in den Gesichtern der Leute, Hoffnung blitzte in den Augen, manche mußten gar lächeln, als die Gesandten vorüberschritten, ehe sie den Blick schüchtern und ehrerbietig senkten. Brin befand, daß dies tüchtige und götterfürchtige Menschen seien, abgehärtet und zuverlässig, die zum frohen Tage ihren wenigen Schmuck – einige kupferne und silberne Ringe, Armreife und Ketten – blankgerieben und umgelegt hatten.

Etwa vier Schritt vor dem Baron und seinen Gesippen verharrten die Gesandten.

Der Herr der Halle, der ein nach Art der Nivesenleute ein goldbesticktes Wams aus blauem Tuch über den alten Plattenharnisch geworfen und eine feingliedrige silberne Kette, deren einzelne Glieder schwanenleibförmig aus dem weißen Metall geschlagen waren, um die mächtigen Schultern gehängt hatte, saß leicht vorgebeugt auf seinem hölzernen Hochsitz. Von den düstern Schatten hinter der Empore fast verschluckt – es mochte auch sein, daß er sich erst in diesem Augenblick aus dem Dunkel löste –, stand aufrecht und ungebeugt (vom Kopf bis zu den Füßen verhüllt von einem mächtigen Eisbärenfell) der Weiße Mann, überraschend klein von Wuchs, wie Brin befand. Das schmeidige schneeweiße Fell schimmerte sanft arangefarben im Licht der Fackeln, aus Lefzen und Schnauze blitzten wie Silberdolche die fingerlangen Reißfänge des Bären hervor, die runden kleinen Ohren sträubten sich wie lauschend vom Kopfe ab. Zur Linken und zur Rechten baumelten die gewaltigen Vorderpranken des Ungetüms, messerscharfe, halbspannlange, gewetzte Krallen. Tief in der aufgerissenen Rachenhöhle des Bärenkopfes lag das geheime Antlitz des Erhabenen verborgen, denn stets zeigte sich der oberste Geweihte des Firun in seinem Eisbärengewand, und niemand hatte den Hohegeweihten Firuns jemals ohne die ehrfurchtgebietende Verlarvung gesehen. Und sosehr Brin sich auch mühte, vermochte er doch keinen Blick auf die Züge des Weißen Mannes zu richten. Keine Gefühlsregung ließ sich aus der unbewegten flammenkupfernen Miene unter der Firunsbären-Larve ablesen, kein Ausdruck stahl sich in die schwarzen Augen, die unergründlich im Schatten schimmerten. Wo die muskulösen Arme des höchsten Firungeweihten auf Deren aus dem Vlies herauslugten, steckten sie in einer schlichten Tunika aus grober Schafwolle, die Hände in einfachen Handschuhen aus dem Kleid des Schneehasen. In der Linken wog der Weiße Mann einen schlichten Jagdspieß aus dem hellen Holz der Birke; an seiner Rechten gleißte, von silbernen Schwanenleibern umfaßt, ein geschliffener Eiskristall, der heilige Ring des Firun, und bündelte das Licht von Feuer und Fackeln in seinen unzähligen Spiegeln zu Bannstrahlen. Langsam hob der Weiße Mann die Hand, so wie zum Gruße.

Herrn Trautmanns von Sorgen und Schwermut zerfurchte Stirn umrahmten ein walnußbrauner Bart und leicht lockiges, streng zurückgekämmtes Haar, das an den Schläfen bereits ergraute und sich sichtbar gelichtet hatte; eine Narbe zog sich längs über die rechte Wange vom Ohr zum kräftigen Hals hinab. Die buschigen Brauen krausten sich entschlossen über zwei dicht beieinander sitzenden blitzenden Augen, die prüfend und fordernd Brins und Haukas Blicke erwiderten. ›So, nur zwei Kämpen schickt uns Ayla, die Wehr der Zwölfgöttlichen Lande? So ist unser Untergang besiegelt worden?‹ schien er mit leichtem Vorwurf fragen zu wollen. Dabei verzerrte der Baron den bleichen Mund zu einem grimmigen Lächeln und hieß Hauka und Brin auf diese – auf seine – Weise willkommen. Herr Trautmann maß größer als die meisten seiner Leute und ein geübter Kämpfer; selbst da er saß, wirkte sein Körper, den sechzig Götterläufen, die auf seinen Schultern lasteten, zum Trotze, geschmeidig und gewandt. Wie spielerisch ruhte die Linke auf dem Knauf des langen Schwerts, das an seinem Stuhl lehnte. Der versilberte Griff war dem Wolf nachempfunden und schimmerte schwarz und fahl wie das Fell des Firunswolfs in der madahellen Nacht. Anstelle der Augen glühten zwei kleine Rubine blutrot im Fackellicht. ›Hwëlfagliß‹ wurde die Klinge geheißen, und die Alten wußten zu berichten, daß einst Bjala selbst sie geführt habe.

Über dem Haupt des Barons hing in großer Pracht das Banner der Bjaldorner, der blaue Schwan auf silbernem Schild, herab von den schweren rußgeschwärzten Eichenbohlen, die die leicht gewölbte Decke stützen – obzwar das Wappentuch im Laufe der Jahre leicht fadenscheinig geworden war. Mit einem feinen Seidengarn hatte man das Geschöpf der Ifirn liebevoll in den kostbaren Silberbrokat gestickt, Schnabel und Flügel überdies mit einem dünnen Goldfaden verbrämt – wie beschwerlich mußte es gewesen sein, alle die wertvollen Utensilien so weitab der reichen Märkte zu erstehen!

Zu Herrn Trautmanns Rechter hockte die Jungfer Liwinja, des Barons Töchterlein, in einem steifen, golddurchwirkten, knöchellangen Nivesenmantel; die Jungfer war ein blasses Mädchen von vielleicht dreizehn, vierzehn Jahren und zierlichem Wuchs, maß nicht mehr als sieben Spannen; das semmelblonde Haar, das sie von der Mutter geerbt haben mußte, hatte ihr die Muhme zu kunstvollen Zöpfen und Kränzen geflochten und kleine, milchigweiße, an einem Silberfädchen aufgefädelte Perlen, ›Ifirnstränen‹ genannt, auf dem Kopf zu einem Krönchen gewunden. Die junge Maid hatte die blutleeren Lippen vor Aufregung leicht geschürzt – ihr mausespitzes Näschen zitterte leicht – und blickte aus braunen Rehaugen halb hoffnungsfroh, halb von Zweifeln geplagt auf die Gesandten nieder. Zu Liwinjas Seite stand die alte Muhme Libussa, die weißhaarige Verweserin von Küche und Keller, die Brin und Hauka begrüßt hatte. Ihre faltige, knöchrige Linke streichelte begütigend die schmale Schulter des Mädchens. Auch Mütterchen Libussa hatte ihren marderroten Mantel gegen ein nivesisches Gewand getauscht, wie es Sitte war auf der Bjalaburg. Die Amulette (Greifen, Schwäne, Bären, Wölfe und kunstvolle Zeichen, die Brin nicht zu lesen verstand) baumelten ihr über dem Kleid und klimperten leise, sowie die Greisin sich rührte.

Der Schemel zu des Barons Linker war verwaist – nur ein kostbarer Dolch lag auf dem Sitz. Brin überlegte kurz, ob dort früher einmal Trautmanns Weib gesessen haben mochte. Denn augenscheinlich war der Baron verwitwet.

»Wir grüßen Euch und Eure Gesippen, Trautmann aus Bjalas Haus, und die Edelinge und Freien von Bjaldorn und entbieten Euch Gruß und Glück der erhabenen Ayla, des Schwerts der Schwerter, nach deren Hilfe Ihr riefet!« Hauka sprach die Worte in ihrer kehligen Redeweise (deutlicher als je, befand Brin, klang der nivesische Wolfensang in der Stimme), gemessen neigte sie das Haupt. Sodann wiederholte sie ihren eigenen Namen und den Brins, so wie sie es schon der Wächterin Vanjuschka am Tor aufgezählt hatte.

»Wir grüßen auch dich, Weißer Mann, Erhabener des Firun, den solch unermeßlicher Schmerz ereilte. Möge Rondras Schild von Titanium dein Haus schützen und Kors Spieß von Endurium deines Unglücks wehren.« Vor dem Mann im Eisbärengewand beugte sie die Knie, daß das rote Kettenzeug schepperte, und geschmeidig tat Brin es ihr gleich.

»Willkommen, Frau Hauka, willkommen, Herr Brin, Gastfreunde, auf der Feste Firuns, willkommen, Ihr Gesandten des Schwertes der Schwerter. Wir hoffen, Eure Reise nach dem Bjaldorn war so angenehm als dieser kalten und finsteren Tage nur möglich, und danken Euch für den Beistand, den Ihr uns bringt!« Die volle, tiefe Stimme des Barons durchschnitt scharf die rauchige Luft. Brin meinte, daß ein leichter Spott in den Worten mitklinge, aber dies hätte ebensogut eine Einbildung sein können; laut stampften die Gesindeleute zur Begrüßung mit den schweren Stiefeln auf die hölzernen Bohlen.

Mütterchen Libuschenka reichte den Gastfreunden einen schlichten, silbernen Becher, worin ein dickflüssiges dunkelrotes Getränk funkelte. Zunächst tat Hauka, die nach ihrer eigenen Art (und nach Gewohnheit der Wolfskinder) den Trank mißtrauisch beäugte und daran roch, ob nicht ein Gift darin schlummere, einen tiefen Zug; schließlich Brin, der sogleich einen großen Schluck nahm – und vor Überraschung fast das Gesicht verzog, so unerwartet süß und sämig war das Gesöff, das ihm den Hals hinabrann. Dies mußte gewiß der gerühmte oder, je nach Geschmack, gefürchtete Bjaldorner Schrater sein. Ein so süßer ›Likör‹ – wie im Garethi das Lieköjiri der Nivesen genannt wird, was etwa Liskas süßeste Milch bedeutet – aus dem gegorenen Saft der Kirschen und Waldbeeren, so reichlich mit Honig versetzt, daß er selbst den Trollen und Waldschraten mundete (und die waren schließlich bekannt für ihre Liebe zu Zuckerwerk und Naschereien).

Brin holte tief Luft, jetzt war die Reihe an ihm. »Frau Hauka und ich danken Euch, Hochgeboren, herzlich für Euern Gruß und Trunk, und … und hoffen, Euch eine rechte Hilfe zu sein.« Eine leichte Röte stieg dem jungen Mann ins Gesicht, als er die Blicke der Bjaldorner wie Speerspitzen im Rücken spürte. Die ›Hilfe‹ des Schwertes der Schwerter – wie sollte man dies den armen, hoffnungsfrohen Bjaldornern nur erklären …?

»Ich sehe«, sprach der Weiße Mann leise, aber seine Stimme schnarrte wie Stahl auf Stein und hallte dumpf aus der Maske, »daß Ayla, die Schwester, mir zwei Gefährten schickt: eine Wolfstochter und einen Knaben. So sollt ihr zwei also unser Unglück abwenden und Seinen Unwillen zum Guten kehren?«

Brin schlug die Augen nieder, aber Hauka straffte sich sogleich. »In der Tat sind wir gekommen, erhabenes Väterchen, Euch Hand und Schwert zu leihen gegen den Widersacher der Zwölfe und ihrer Diener, auch wenn wir *ihn* nicht den Fürsten von Frost und Firn nennen. Euer Leid, Weißer Mann«, fuhr sie langsam fort, »dünkt unsäglich und bedrückt das Herz Frau Aylas sehr. Doch wiegt unser eigen Geschick nicht weniger schwer auf der Waage der Götter, und die derischen Heere der Rondra sind versprengt, noch ehe die Feuer der Schlacht von den niederhöllischen Winden zu heißestem Glosen entbrannten!

Ihr habt es den Bitten meines jungen Freundes zu verdanken, Erhabener, daß Frau Ayla ihn an meiner Seite ziehen ließ und wir zu zweit reisten – nicht ich allein. Und mögt auch daran erkennen, welche Bedeutung das Schwert der Schwerter Euch beimißt – daß sie zwei Eminenzen der Kirche Euch sendet.

Die Hilfe, die wir bringen, mag euch gering erscheinen, ihr wackeren Bjaldorner! Doch bedenkt, daß wir Leute des Nordens zu keiner Zeit zahlreich gewesen sind – und uns doch noch stets zu behaupten wußten! So bitte ich, Erhabener, daß Ihr erzählt, was Euch widerfahren ist, und sodann berichten Meister Brin und ich, welche Schrecken das Reich des Kaisers verheeren und was die erhabene Ayla beschloß!«

Ehrfürchtiges und beifälliges Gemurmel erhob sich im Saale (da begriff Brin, daß ›der Kaiser‹ den Bjaldornern, fern aller Wirren, gewiß als geheiligter Gesandter der Zwölfe und höchster Gebieter auf Dere göttergleich erscheinen mußte), erstarb aber augenblicklich auf einen Wink des Barons. »Ihr habt recht, Frau Hauka, wir wollen uns schämen. So einsam ist das Leben hier droben, daß wir gern vergessen, wie weit die Zwölfgöttlichen Lande reichen – gewiß, von Gareth und Perricum haben wir singen und sagen hören, von den goldenen Häusern Praios' und des Kaisers, von der dreihöfigen und vieldutzendtürmigen Feste des Schwertes der Schwerter, doch niemals ist einer von uns dort gewesen.«

Abermals winkte der Baron. Die Bjaldorner ließen sich leise auf den hölzernen Bänken nieder, grob aus dem Holz der Eiche gezimmert; der krausköpfige junge Page Pjerow schleppte ächzend schwere Lehnstühle für Hauka und Brin heran. »Setzt Euch, Gesandte des Schwertes der Schwerter, und hört, wie der Kristall Firuns zersprang! Vanja, Fjadir, ihr seid diejenigen, die das Unglück mit eigenen Augen bezeugen können!«

»Na und?« Aus dem schummrigen Halbschatten nahe der winzigen Fensterscharten löste sich ein Jüngling in Brins Alter, der dort reglos an der Mauer neben einem Ifirnsbildchen gelehnt und den der Rhodensteiner bisher nur aus den Augenwinkeln wahrgenommen hatte. »Das Weiße Väterchen hat doch recht: Was sollen wir mit zwei Schwertern mehr oder weniger? Wenn die Zeit des Ewigen Eises heraufdämmert, dann hilft uns das auch nichts. Gib ihnen zu essen, Vater, und schick sie zurück ins Warme ... Ich war von Anfang an dagegen, um Hilfe zu betteln ...«

Ein Raunen lief durch das Gesinde des Barons, dem sich eine Zornesfalte auf die Stirn geschlichen hatte. »Mein Sohn«, sagte er schließlich, fast entschuldigend, zu Hauka und Brin, »der Junker Fjadir.«

»Gruß Euch, Junker Fjadir«, sprach Brin und tat, als hätte er dessen scharfe Worte gar nicht vernommen, »und auch Euch, gute Frau!« Er schenkte Vanjuschka ein Lächeln und neigte höflich das Haupt, womit er, wie er wußte, deren Herz auf Anhieb gewönne. »Wollt Ihr uns nun berichten, was Ihr sahet?«

»Sehr wohl, Euer Eminenz!« Vanjuschka suchte sich zu sammeln.

»Gewiß, Euer ... äh ... Effizienz!« Das Wort hatte Fjadir einmal von einem wandernden Perainemönch aus Rommilys aufgeschnappt, der dem Vater einen langweiligen Vortrag über alljährlichen Acker- und Fruchtwechsel gehalten hatte; nun schien es doch noch zu irgend etwas gut. Bevor die Gesandten in die Halle getreten waren, hatte er den Vorsatz gefaßt, recht brav zu sein (der Vater hatte ihn ausdrücklich darum gebeten); aber als ihm die Hoffart aufstieß, mit der sich die beiden wandelnden Kettenwämser als ›Helfer‹ Bjaldorns gebärdeten, verwandelte sich seine Laune augenblicklich in jene Bockigkeit, die alle Bewohner der Bjalaburg mehr fürchteten als einen Ork.

Brin war überrascht. So frech war ihm, seitdem er die Spange eines Meisters am Mantel trug, keiner mehr gekommen – schon gar kein Bursche im selben Alter. Dennoch konnte er den Junker schwerlich mit der Klinge zum Schweigen bringen, schon gar nicht hier und jetzt, dazu wog der Dickkopf kaum beleidigend genug.

»Eure *Evidenz* ehrt Euch, Junker!« sagte er schlicht. Wiewohl Fjadir seine Miene fast im Zaum hatte, entglitt ihm doch der linke Mundwinkel – was Brin zweierlei bewies. Erstens: daß der Baronsbalg, wie erhofft, ›Evidenz‹ nicht kannte (übrigens auch keiner der andern Bjaldorner und selbst Hauka nicht, was seinen Erfolg im Grunde schmälerte ...), und zweitens: daß er den Wortwechsel somit wohl gewonnen, zumindest zum Unentschieden geführt hatte.

»Mir scheint«, grollte Hauka indes mit der kehligen Stimme einer Wölfin, »der junge Herr möchte seinen Spott mit uns treiben!« Wie zufällig ballte sie die Hände zu mächtigen Fäusten – was alles in allem vielleicht doch mehr Eindruck machte als Brins Wortspiel.

Fjadir brummte knarzig, hielt aber Frieden, so daß die alte Vanja endlich mit ihrer Schilderung beginnen konnte. Die Wächterin war sichtlich aufgeregt; sie sprach sehr leise und so hastig, daß sich die Worte überschlugen. Niemals hatten ihr so erlauchte Herrschaften gelauscht. »Gemach, Vanjuschka!« mahnte Hauka ungewöhnlich sanft.

Die Wächterin schöpfte tief Luft. »Verzeiht, edle Frau! Hatte Nachtwache zum Neumond von Praios auf Rondra, war eine sternenklare Nacht. War alles still und ruhig – nur der Junker Fjadir, nun ja, der Junker war zum Tempel nuntergeschlichen ...« Vanja überlegte einen Augenblick, ob dies wichtig sei, entschied sich dann aber offensichtlich anders. »Alles in bester Ordnung, wie immer, hab noch lang die Kuppel angeschaut, das hab ich immer getan, war so ein helles und frohes Licht in der Nacht. Hat ja die ganze Burg und das ganze Dorf erleuchtet, nie hat uns Sein Licht verlassen, nicht tags, nicht nachts, nicht sommers, nicht winters. Dann hat's der Junker gesehen, und ich hab's auch gesehen: erst wie ein Nordlicht, nur weißer, nicht so bunt, grünlich, rötlich und gelblich« – Hauka nickte, Brin hingegen hatte noch nie ein Nordlicht gesehen, neigte aber trotzdem den Kopf, da er sich keine Blöße geben wollte –, »sondern fahl und weiß, aber nicht ifirnsweiß, irgendwie kälter und feindlicher, ja: tödlicher ... Und erst sah's aus wie 'ne Schneeflocke, nur mit sieben Zacken, aber dann wie eine Krone und ist wahnsinnig schnell durch den Himmel geflogen, viel schneller als jede Wolke und jeder Vogel. Und als es dann genau über der Kuppel stand, die Krone, mein ich, hat's angehalten. Alles war noch viel weißer als sonst. Das Haar vom Junker war nicht mehr dunkel, fast hellweiß. So hell war's, daß man durch die bleiche Haut die Adern und Knochen sehen konnte, ein dünnes blaues Geästel – irgendwie gespenstisch ... Wir hatten ja auch wahnsinnige Angst, aber konnten uns nicht von der Stelle rühren. Haben immer nur hochgestarrt wie 'n Rotpüschel, das in der Falle sitzt und hilflos auf den Habicht glotzt, der ihm gleich seine Fänge ins Genick schlägt ... Dann ist es immer größer und immer noch heller geworden, daß auch die Adern schon ganz weiß glühten, und ich dachte, gleich müßten wir sterben, aber dann gab's den Knall und das Beben, das hat uns umgeworfen und gegen den Burgfels geschleudert. Ich hatte Glück, bin auf den Herrn Junker gefallen, der lag bewußtlos da.

Als ich mich aufgerappelt hatte, hat erst die ganze Kuppel leicht gezittert, ganz verschwommen vor den Augen, als wie ein richtiges Erdbeben wäre, aber das war's ja nicht – so wie ein straff gespanntes Seil hin- und herschwingt, daß man's gar nicht mehr richtig erkennen kann. Und ich glaub, da war ein Sirren, aber richtig gehört hab ich nichts mehr, weil der Knall so laut gewesen ist, wie ein Knall wie von der Goblinpauke, die's ja mal bei Notmark gegeben haben soll, lauter als 'n Rondradonner – o Verzeihung, Eminenz! Aber zwei Tage lang hat keiner was hören können, so gedröhnt hat's, so ein unendlich dumpfes Dröhnen, daß ich dachte, mein Kopf platzt, und ein paar hören jetzt noch schwer, und die alte Simjoschka, die vorher schon schlecht hörte, die versteht gar nichts mehr, ist taub wie ein Fisch auf beiden Ohren!

Dann hat das Beben ganz plötzlich aufgehört, und ich hab schon gedacht, alles wär vorbei – aber da war ein haarfeiner Riß oben in der Kuppel, na, eigentlich waren's schon sieben, und die sind dann ganz langsam das glühende Eis hinabgekrochen, ganz langsam wie gefräßige Raupen, und ganz gleichmäßig in Zacken, fast wie Blitze – und dann, als sie sich durchs ganze Eis gefressen hatten, von oben nach unten, ist auf einen Schlag die Kuppel geborsten – wie 'ne Eisdecke, durch die von unten 'ne unsichtbare Faust schlägt. Erloschen, als ob jemand 'ne Kerze aus*drückt* – nicht etwa aus*bläst,* nein, da war nicht so was wie Nachglühen oder Qualm –, und die Risse waren plötzlich klaffende Spalten, und das Eis war ganz dreckig und matt ...« Eine dicke Träne kullerte der armen Vanjuschka über die Wange.

»Wie ein dreckiges Gletschermaul«, warf Fjadir unverhofft ein, den die Erinnerung an jene Neumondnacht zu sehr übermannte, als daß er noch ans Schmollen gedacht hätte.

Gut gesprochen, dachte Brin unwillkürlich. Die Risse in der geschändeten Kuppel erinnerten tatsächlich an die klaffenden Brüche und Verwerfungen einer Gletscherzunge. Brin hatte einmal den Hängenden Gletscher in der Schwarzen Sichel auf einem Umritt durch seine Senne besucht. Oben auf dem Berggipfel erschien das Eis unendlich und ifirnsweiß, schimmerte im samtblauen Himmel und war meilenweit sichtbar, gut fünfzig, sechzig Meilen weit an jenem klaren Tag im Efferd, schätzte Brin. An den Gletscherenden im Hochtal aber hatte sich das Eis großteils schwarz, schmutzig und stumpf gefärbt, Schmelzbäche spülten unermüdlich dunkles Erdreich und gewaltige Schieferbrocken aus den düsteren, eisigen Mäulern hinab ins weite Land, und gähnende schrittbreite Spalten fraßen sich in einem beängstigend gleichmäßigen, teils zackigen, teils welligen Muster quer über die ganze Gletscherzunge.

Ebenso besudelt und zugleich doch faszinierend wie

jene Gletscherzunge erschien Brin auch die Kuppel Firuns. »Ganz recht, Junker«, bestätigte Brin und versuchte, einen Frieden zu besiegeln – erntete aber nichts als einen abschätzigen Blick.

»Warum wart Ihr in jener Nacht unten im Tempel?« fragte er dennoch.

Da Fjadir es vorzog zu schweigen, ergriff Vanja das Wort. »Es gab eine Prophezeiung, daß Sein Kristall zerspringen werde, aber wir dachten, der heilige Ring« – der Weiße Mann wies auf den kristallenen Ring, der seine Rechte schmückte –, »also Firuns Ring, sei gemeint …«

Hauka hob erstaunt eine rote Braue. »Eine Prophezeiung?«

»Ja, von Kai … Kailäkinnen, dem ältesten Großväterchen Eures Volkes … Aber ich habe nichts darauf gegeben«, sprach der Baron mit so strenger Stimme, als schimpfiere er sich selbst und wolle zugleich das Thema beenden. »Ich habe noch nie etwas auf den Aberglauben – verzeiht, gute Frau Hauka –, auf den Glauben der Wolfskinder gegeben.«

Brin nickte, noch ehe die Nivesin etwas erwidern konnte – mochte die Wölfintochter das später klären. »Und der Siebenzack, woher kam der? Ich meine, woher aus dem Ehernen Schwert?«

»Der Siebenstern erhob sich gerade östlich von hier!« Überraschend antwortete der Weiße Mann. »Nicht wahr, Junker?« Fjadir nickte.

Der Erhabene räusperte sich und trat einen Schritt vor. In seinem arangeschimmernden Bärengewande stand er nun genau im Mittelpunkt des Dreiecks, das von den Stühlen Haukas und Brins und dem Hochsitz des Barons gebildet wurde. »So will ich nun den Schluß, nein: vielmehr den Anfang jener Geschichte berichten, die Vanjuschka begann. Aber es ist ein recht langer Anfang, und ihr alle werdet euch ein wenig gedulden müssen.«

Der Hohegeweihte räusperte sich sorgsam, augenscheinlich war er es nicht gewöhnt, lange Reden zu halten. Endlich setzte er an: »Im Ehernen Schwert, schnurstracks östlich von hier, ist die viele Meilen lange Schlucht der Madalosen Nacht gelegen – eine alte Mär, die nur wenigen geläufig ist und wohlweislich von den Dienern Firuns gut gehütet wurde. Väterchen Bjala hat sie uns überliefert, und der hat sie von der Sanften Maid Ifirn, der Schwanenkönigin, selbst erfahren – denn nicht ohne guten Grund wurde Firuns kristallene Halle auf diesem Flecken errichtet, nicht ohne Grund fügte er die Bjalaburg auf diesem Dorn aus Sumus Leib! Ja, nicht ohne Grund begegnete Bjala Ifirn auf unserem Schwanenweiher!« Der Weiße Mann sprach schnarrend wie stets, aber in seiner eisigen Stimme schwang ein feiner Unterklang mit. Geradeso, wie einst das Eis der Tempelkuppel von innen heraus geglänzt haben muß, dachte Brin. Jedermann spürte, daß der Weiße Mann eine langvergessene Geschichte preiszugeben im Begriffe stand; und hatten eben noch bestätigende Zurufe Vanjuschkas Rede begleitet, herrschte nun angespannte Stille in Trautmanns Halle.

»Ihr alle – gewiß auch Ihr, Meister Brin – habt von jenem Walsach-Zufluß gehört, dessen wahren Namen man nicht ausspricht, denn es ist zugleich einer der Namen des siebenmal verfluchten Fürsten von Frost und Kälte …«

»Nagr …«, wisperte der Junker Fjadir keck – und verstummte. Zuckte jäh zusammen, als ein heulender Windstoß im Rauchfang das lohende Feuer inmitten der Halle fauchend auflodern ließ. Funken stoben, beißender Qualm wurde in den Saal geblasen, machte die Umsitzenden husten. Draußen dunkelte es bereits. Dichte graue Wolken ballten sich über Bjalas Burg. Es würde frischen Schnee geben in dieser Nacht.

»Ja, *so* lautet sein Name. Aus einem schroffen Fels von schwarzem Marmelstein, drei Tagesritte praios- und zwei rahjawärts von Notmark gelegen, stürzt dieser namenlose Fluß aus dem Ehernen Schwert herab weit in die Tiefe, über hundert Schritt weit. ›Fjornifoss‹ – denn er ist gutteils das ganze Jahr lang gefroren – oder«, diesmal schlug der Erhabene das Zeichen Praios' zur rechten Zeit, »›Umdoreels Fall‹ wurde er geheißen von den wenigen, die ihn jemals erblickten. So wunderschön er anzuschauen sein muß – vielschrittlange Zapfen, herabtropfende Stalaktiten, emporwachsende Stalagmiten, schillernde Brücken, fein gedrechselte Säulen, gleißende Gewölbe, hauchzarte, filigrane Figuren, wo das wirbelnde Naß im sprudelnden Fall gefriert, und all dies aus Eis, dazu wallende Nebel, da das kristallene Wasser sprüht, und über alldem ein farbenfroher Tsabogen –, so böse ist seine niederhöllische Seele! Wüchse nicht Tsas schillernde Himmelstreppe, über die Mond für Mond Ifirns Schwanentöchter nach Dere herabsteigen, um die Bosheit des Flusses zu bannen, so wäre seine Wesensart noch viel heimtückischer.

Bevor aber der namenlose Fluß an jenem Wasserfall in die Tiefe stürzt, fließt er verborgen vor dem Antlitz der Götter und Menschen tief unter dem Fels, was auch gut ist, denn sein Quell entspringt noch viel höher und weiter im Ehernen Schwert: entspringt am Ende jener lichtlosen schwarzen Schlucht, die sich so tief hinabfrißt zwischen zwei gewaltigen Berggipfeln, daß weder Praios' noch Madas Auge ihren Grund jemals zu erblicken vermochte, und die wir darum die Schlucht der Madalosen Nacht nennen.« Für einen Augenblick hielt der Weiße Mann inne; nahm einen Schluck vom Schrater und wischte sich den klebrigen Mund achtlos am Handschuh ab.

»Vor sehr langer Zeit schon, in uralten Tagen, schickte sich der siebenmal verfluchte Fürst der Kälte an, alle Lande seinem Willen zu unterwerfen. Da spie der Fjornifoss unentwegt den bösen Geist des niederhöllischen Frost-Bronnjarn aus. Bald war das kalte Eis bis zum

Walsach, bald bis zu Letta und Born, schließlich zur Misa vorgedrungen – kein wärmender Schnee, bloß schinderischer, entherzter Frost, und alles erfror jämmerlich, was sich ihm in den Weg stellte!

Da einte Ifirn endlich die Heerscharen Ihres ergrimmten Vaters. Sie selbst war Seine Marschallin. Am Mittfirunstage wurde große Heerschau gehalten. Da sammelten sich vor allen anderen die Himmelswölfe, die Wilde Jagd und Firuns Heulende Meute, da kamen die grollenden Firunsbären, die grimmen Silberwölfe und schlauen Blaufüchse, die edlen Silber-, Höcker- und gar die Schwarzschwäne, die schnatternden Eisgänse, Schneehühner und Schneetauben, die tollkühnen Steinadler, Schneeulen und Firunsfalken, die krächzenden Raben, Dohlen und Drosseln, aber auch die tapfern, wendigen Birken, Lärchen und Erlen, die hochgewachsenen Fichten, Kiefern und Tannen, ja selbst die spindeldürren Hafer-, Roggen- und Gerstenhalme! Fürwahr, unerschöpflich war das wohlgestalte und gutgerüstete Heer des Gottes an Zahl bemessen! Denn nur die schwarzen Grim- und Rauhwölfe hatten sich auf die Seite Seines unerbittlichen Feindes geschlagen und sich in die Madalose Schlucht Seines Widersachers zurückgezogen, wo sie bitteren Hunger litten und wütend knurrten und heulten.«

Abermals kostete der Erhabene vom süßen Likör.

»Da Firun aber auf Seinem pechschwarzen Roß Eisegrein das silberne Horn Haugriff blies, setzte sich der lange Zug in Bewegung. Welch eine Augenweide war das, Seine Heerscharen im Hornesklang ausschreiten zu sehen! Wie ein weißes Banner wirbelte der zarte Schnee ihnen voran! Fröhlich wie Dutzende Posaunen jubelten die Winterwinde in den Himmeln! In Ihrer silbernen Himmelskutsche, von den lieblichen Schwanentöchtern durch die Lüfte gezogen, eilte Ifirn dem Heerzug voraus, der sich Meile um Meile auf den finsteren Frostesfürsten zu bewegte.

›Euch kann nichts geschehen, solange ich bei euch bin!‹ rief Ifirn, so sanft und schön wie das fröhliche Spiel der Schneeflocken, und wohlgemut folgten ihr die Scharen. Von Furcht erfüllt wichen die eisigen Waffenknechte des Frostesfürsten geschwind immer weiter zurück und suchten sich in den Schatten und Schluchten vor den Augen Ifirns zu verbergen.

Als es aber den Walsach zu überqueren galt, da verlangsamten Hafer, Rübe und Kirsche den Schritt. ›Was ist mit euch, wollt ihr denn nicht weiter?‹ brummte eine breite Tanne, die so wuchtig dreinschritt, daß es eine Freude war. ›Nein, wir fürchten den finsteren Frostesfürsten‹, wisperten sie. ›Kommt, kommt‹, sang die Weiße Maid, ›niemand braucht sich zu fürchten, solange ich bei euch bin!‹ Da folgten Hafer, Rübe und Kirsche noch eine Weile, letztlich aber blieben sie doch zurück und siedelten auf dem grünen Lande, das ja nun vom Eise befreit war. Auch das Schneehuhn und die Gerste fielen alsbald ein gut Stück ab. ›So kommt, so kommt!‹ lockte die liebliche Ifirn. ›Ach nein, gute Frau, wir fürchten den finsteren Frostesfürsten gar zusehr, und hier ist es doch recht schön!‹ So sprachen sie, und die Weiße Maid hieß sie ziehen. Am Fjornifoss aber verließen auch die Drosseln und Dohlen, die Hirsche und Hasen den Zug, die Erlen, Lärchen und der Roggen. Allein die Birke stieg noch ein wenig ins Gebirge hinein, bis auch ihr die böse Kälte arg an den Blättern zauste. ›Was ist mit dir, schlanke Freundin?‹ brummte die gutmütige Tanne. ›Ach, der Frostesfürst schreckt mich allzusehr!‹ klagte die Birke und zitterte wie Espenlaub.

›Eilt euch, eilt euch!‹ rief Ifirn unermüdlich. ›Ich selbst bin ja bei euch!‹

Am schwarzen Felsentor aber, das die Schlucht der Madalosen Nacht schützte, scherten auch die Föhren und Fichten aus dem Heerbann aus, die Karene und viele andere Geschöpfe. Die Schlucht dräute in schrecklicher Düsternis und Kälte. Denn obwohl das Madamal hoch am Himmel stand, schien sein Licht doch nur fahl auf den schwarzen Fels. Allein die Bären, Wölfe, Aaren- und Schwanenvögel marschierten dem Banner nun noch hinterdrein – und die Tanne. Aber auch der wurde es mit einem Male mulmig zumute. ›Liebe Tanne, so gib doch nicht auf, wir sind ja schon fast am Ziele!‹ bat die Weiße Frau flehentlich, aber alles Bitten half nichts. ›Nein, nein, liebe Frau, jede meiner Nadeln wiegt schon schwer wie ein Eiszapfen!‹ klagte der Baum und drängte sich so nahe an die steilen Wände der schwarzen Schlucht wie nur irgend möglich.

Mittlerweile hatte der Heerzug jene tiefen Gründe erreicht, wohin das silberne Madamal seine bleichen Schatten noch niemals geworfen hatte. Da hielten auch die Silberwölfe plötzlich inne. ›Ach, ihr mutigen Wölfe, so seht nur, der Frostesfürst, er weicht ja schon!‹ rief die Sanfte Frau.

Immer weiter zog sich der siebenmal Verfluchte in die Mondlose Klamm zurück. Mit eingekniffenen Schwänzen schlich sein eigenes finsteres Wolfsgesindel hinterdrein. ›Ja, ja!‹ grollten die Silberwölfe und bellten wütend ihren schwarzfelligen Verwandten hinterdrein, die lieber feige flohen als sich zum Kampfe zu stellen. ›Aber wir sind doch Liskas Kinder und mögen Mada, den Schänder unserer armen Mutter, nicht ganz aus den Augen lassen!‹

So verblieben nur die Silberschwäne und Firunsbären in Ifirns Gesellschaft. Wacker zogen sie voran, bis der namenlose Fluß fast ganz in seinen niederhöllischen Quell zurückgezwungen war. Ängstlich strich das schwarze Wolfsgeschmeiß um das kümmerliche Bächlein herum. So weit aber waren Firuns Banner die Schlucht hinaufgewandert, daß sie an einen Ort gelangten, wohin sich auch an den wärmsten Sommertagen niemals ein Sonnenstrahl verirrt hatte. Da froren selbst die Bären unter ihrem dichten Pelz und die Schwäne unter ihrem glänzenden Gefieder erbärmlich. So befahl Ifirn, die erkannte, daß Sie den siebenmal verfluchten Frostesfürst nicht ganz aus der Welt verbannen könne, den starken Bären, einen Wall aus dem schwarzen Felsgeröll aufzuwerfen, fast so hoch wie die Mondlose Schlucht, und strich mit ihren eigenen Silberdaunen über den finsteren Stein. Auf diese Weise errichtete die Weiße Maid ein Wehr, das der Frostige Fürst nicht zu durchbrechen vermochte, und befreite die Welt von seinem Übel! Sodann führte sie Ihre Streiter heimwärts in das ebene Land, wo Sommer und Winter nun wieder im göttergefälligen Wechsel herrschten. Die Schwarzen Höllenwölfe aber, kaum daß ihnen das Weiße Heer den Rücken kehrte, erklommen den Gipfel des Ifirnswalls, gerade so weit, als es ihnen Ihr Bannkreis gestattete, und kläfften den göttlichen Scharen nach, schrill vor Haß und Zorn.

Aus ihren klaffenden, stinkenden Mäulern heult seitdem der kalte Winterwind, den wir ›Wolfsodem‹ nennen. Auch fand der Frostesfürst über die Äonen ein, zwei winzige Löchlein in Ifirns Wehr, so daß der Fjornifoss heute wieder kalte Wasser speit – aber nicht genug, um die Lande zu verheeren. Statt dessen aber machte der siebenmal Verfluchte sich daran, mit seinen Wassern jenen unendlich tiefen Kessel aufzufüllen, den Ifirn selbst dadurch geschaffen hatte, daß Sie die Schlucht kurz vor ihrem Ende absperrte.«

Der Erhabene leerte in einem langen Zug das Schraterkrüglein.

»Und auf unserm kleinen Weiher wachten stets Ifirn und ihre Schwanentöchter und blickten treu ostwärts, um den Grimmen Gott zu warnen, wenn es geschähe, daß der namenlose Fluß die Schlucht eines Tages überschwemme und abermals seine eisigen Schrecken in die Welt trage. Diese Wacht übertrug Ifirn schließlich Bjala und uns, seinen Kindern und Kindeskindern, und darum fügte Bjala die Halle von Kristall und seine Feste an diesem Fleck!«

Der Weiße Mann schwieg einige Herzschläge lang.

Sehr, sehr leise heulte irgendwo in der Ferne ein Wolf. Als der Erhabene fortfuhr, klang sein Stimme belegt und von Trauer erfüllt. »Ich aber vernachlässigte meine Wacht – in unsern Tagen ist es dem Frostigen Fürsten zweifelsohne gelungen, aus seinem Verlies zu entweichen und seine Rache an unserm Gestrengen Herrn zu suchen! Ich habe drei Boten ausgesandt, seitdem ich Schwester Ayla rief, Geweihte Firuns allesamt, um zu schauen, wie weit der siebenmal Verfluchte seine Knechte schon ausschickt. Keiner der drei kehrte zurück. Da hegte ich die Hoffnung, daß, wenn Frau Ayla meinem Ruf folgte, eine geweihte, bewaffnete Schar gegen die schwarzen Wölfe und Schrecken ziehen könne ... Aber meine Pfeile verfehlten ihr Ziel ...

So Schmach und Fluch über mich, den törichten Diener Firuns!«

»Nein, Erhabener, die Schuld lastet nicht auf Euch.« Brin, den das Leid des Weißen Mannes dauerte, stemmte sich langsam aus dem Stuhl hoch. Ein wenig staunte er über sich selbst, daß er an Haukas Statt so freimütig das Wort ergriff.

»Jedenfalls nicht mehr auf Euch als auf jedem von uns ... Wir alle schliefen, als *er* aus *seiner* Verbannung zurückgerufen wurde. Nein, nicht der siebenmal verfluchte Fürst von Frost und Kälte, aber jener hat einen Verbündeten gefunden, einen mächtigen Verbündeten ...

›Bethanier‹, ›Herr der Welt‹, ›Alveraniar des Verbotenen Wissens‹, ›Beherrscher der Sieben Elemente‹, ›Gebieter der Sieben Sphären‹, auch ›Dämonenmeister‹ heißt *er* sich.«

Brin flüsterte, um *seine* Aufmerksamkeit nicht zu wecken, und blickte die Bjaldorner mitleidig einen nach dem andern an. Gern hätte er ihnen weitere Furcht und schlimmeren Schrecken erspart. »*Sein* wahrer Name aber lautet Borbarad ...«

Fünftes Kapitel

Bjalas Banner

Bjaldorn, im Boron und Hesinde 1020

Mehrere Wimpernschläge lang sank eine so vollkommene Stille über die Halle, daß Brin sein glühendes Blut in den Ohren rauschen hörte. Eisige Schauder rannen ihm quälend langsam den Rücken hinab – er zitterte. Wie stets, wenn er *seinen* Namen im Munde führte.

Hauka und Brin berichteten den Bjaldornern die nicht minder lange Geschichte von der Rückkehr des Bethaniers schließlich von Anfang an. Wie *sein* Geist im Jahre 1016 beschworen worden und das Weidener Land deswegen zu zeitlosem Staub zerfallen war, wie des Dämonenmeisters verderbter Geist seitdem über den Landen geschwebt und düstere Pläne gewirkt hatte, bis er zum Praiosfest 1020 *sein* sorgsam gewebtes Spinnennetz unausweichlichen Unglücks über die Welt warf. Von Maraskan, dem dschungeldampfenden, sumpfigen Eiland im Osten Aventuriens, suchten *seine* Scharen das Reich des Kaisers heim. Schwarze Scharen, abgrundtief mordlustig, denn nur gewissenlose Ketzer schlossen sich *seinem* Banner freien Willens an – und allein diese zählten schon genug, daß einem angst und bange werden konnte. Dazu stockte er seine Heere mit Dämonen und Wiedergängern auf. »Jeder, der für den Kaiser und die

Zwölfe stirbt, findet sich in den Reihen *seines* bleichen Heeres wieder«, fauchte Hauka (und fast meinte Brin, daß dieser Gedanke selbst der kühnen Nivesin Furcht machte), »von namenloser Hexerei aus dem Reich Borons gerissen: Des Kaisers Waffenmagd mag der eigenen Gefährtin gegenüberstehen, die ehedem an ihrer Seite gefochten und gefallen, nun aber willenlos und blutig als Leichnam übers Walfeld wankend!«

Und nicht nur das Reich des Kaisers, auch die Lande weiter im Süden und im Norden schienen vor *ihm* nicht sicher zu sein. Ja, nachgerade im gesamten Osten Aventuriens sponnen *seine* Handlanger ihr Gespinst aus Lüge und Furcht und bedrohten die göttergewollten Kronen – eine Herrschaft nach der andern fiel *ihm* in die Hände. Und wer wußte schon, wie die Dinge zu Thorwal und im yaquirischen Reiche standen? Mochte gut sein, daß auch dort seine Verbündeten wie giftige Schlangen längst aus ihren verborgenen Nestern gekrochen waren …

Eins fügte sich nun zum andern: die Prophezeiungen des alten Nivesenschamanen Kailäkinnen, daß der Winter diesem Sommer nicht weichen werde; daß dieser Winter 1020 am kältesten und grausamsten seit Vaterväter Gedenken wütete; die eisigen, dem siebenmal verfluchten Fürsten der Kälte geweihten Freipfeile *seiner* Mordbuben, die den Herzog Ehrenstein und die Königin der Amazonen gemeuchelt hatten; der kalte Frost auf Kurkums Ruinen (der Bethanier war im Bunde mit den ärgsten und ältesten Feinden der Zwölfe, den Erzdämonen, und dem Frostesfürsten vor allen andern). Denn *er*, der Göttersohn, vermochte mit *seiner* Macht den verfluchten Dämonen breitere Breschen als jemals zuvor in die dritte Sphäre, die Sphäre der Menschen, zu brechen.

Und die guten Götter sind unschlüssig, ob wir Sterbliche nicht solch hoffärtige Sünder waren, daß wir *seine* Strafen und Höllen verdienen – so muß es sein. Hätte sonst Firun zugelassen, daß Seine Halle entweiht wird, Praios, daß ein untoter Greif in des Kaisers Haus *seine* lästerlichen Ketzereien verkündet? Rondra, daß ... Oder sollten die Erzdämonen, dachte Brin und verspürte für den Bruchteil eines Wimpernschlags eine solch nie gekannte Angst, daß ihm der Atem stockte, zuletzt doch die Oberhand gewonnen haben in ihrem ewigen Kampf gegen die Zwölfe?

Als die Gesandten des Schwertes der Schwerter ihre lange Rede endigten, war eine sternenlose Winternacht über Bjaldorn gesunken. Von Zeit zu Zeit schimmerte das Madamal, einem diffusen Irrlicht gleich, silberblaugrau durch den himmlischen Brodem. Jeden Augenblick würde der Schnee fallen, den Ifirns dunstige Alveraniare schon seit dem Nachmittag angekündigt hatten. Fjadir konnte die weichen Flocken förmlich riechen; schwer wie reife, süße Beeren an herbstlichen Sträuchern hingen sie in den grauen Wolken.

»Glück, Frau Hauka, nicht wahr?« fragte er. Die Nivesin nickte. Wären die Gesandten mitten im dichten Nornja in das heraufziehende Schneetreiben geraten, dann hätte wahrscheinlich ihr letztes Stündlein geschlagen. So unberechenbar war das Wetter im Norden – selbst für das alte Nivesenvolk, das schon durch die Große Brydja gewandert war, als die güldenländischen Questadoren Aventurien noch nicht einmal entdeckt hatten: An manchen Tagen schien Praios strahlend vom Himmel, dafür biß sich eine klirrende Kälte unbarmherzig wie ein tollwütiger Wolf in den Leibern der Menschen fest, und kein Mantel konnte dick genug sein, um wirklichen Schutz zu bieten. An anderen Tagen war der Himmel trübe, und die Wolken trieben tief und lustlos dahin, ja von Tag zu Tag sanken sie noch immer tiefer und wurden vom Schnee, den sie in sich gebaren, immer schwerer – solche Witterung drückte einem so übel aufs Gemüt, daß keiner lachen mochte und keiner scherzte. Auf diese düsteren Praiosläufe – sofern man Praios überhaupt am Himmel auszumachen vermochte! – folgte irgendwann und so unvermittelt, daß niemand den genauen Zeitpunkt vorherzusagen vermochte, ein tage- und nächtelanger Sturm, der den Neuschnee schritthoch nach Deren herabblies und das Land wüstengleich einebnete unter einer weißen Decke. Dies war das gefürchtetste Wetter, denn die Flocken wirbelten dann so dicht, daß man kaum die eigene Hand vor Augen erblickte: Wer zu solchen Stunden kein Dach über dem Kopfe hatte, der verfehlte über kurz oder lang den Weg und erfror schließlich jämmerlich. Und mochte bloß hoffen, daß nicht die Wölfe oder Luchse seine steifgefrorene Leiche fanden, sondern Zwölfgöttergläubige Gesellen …

Derweil befahl das Mütterchen Libussa den Küchenknechten und -mägden, das Abendmahl aufzutragen: dicke Kohlsuppe mit geräuchertem Speck und Kartoffelstückchen – was im Reich des Kaisers, da die Kartoffel nur im Bornland geerntet wurde, als ungeheurer Leckerbissen galt –, dazu grobes, aber schmackhaftes dunkles Brot und ebenso dunkles würziges Bier, versetzt mit ein wenig Honig. Die Herrschaften und das Gesindevolk speisten aus denselben Schüsseln und tranken aus denselben Krügen, waren allein nach Tischen unterschieden. Der Baron wies Brin den Platz zu seiner Rechten, Hauka den zu seiner Linken zu. Neben Hauka saßen der Weiße Mann und Junker Fjadir, zu seiten Brins die Jungfer Liwinja und die alte Muhme Libuschenka.

Von Zeit zu Zeit wechselte Brin ein höfliches Wort mit dem Baron, der sich in allzu ungezwungenen Worten, als daß sie seine großen Sorgen hätten verbergen können, nach der Reise und den Geschicken der Orkenwehr – die, wie er sagte, den Bjaldornern von den Liedern der Bänkelsänger recht bekannt gemacht sei – und der Weise des Orkenkampfes erkundigte, der die Geweihten der Rondra im Weidenlande sich bedienten, um das Schwarzgepelz von den Burgen und Weilern fernzuhalten. Denn im Nornja-Wald, erzählte der Baron, streunten seit jeher Orken umher, mit nichts als Raub und Brand im Sinn, auch wenn der letzte regelrechte Kriegszug der Bjaldorner sich zu Zeiten seines Großväterchens, des ersten Trautmanns, ereignet habe.

Ebenso versuchte Brin, ein Gespräch mit der Jungfer anzuknüpfen. Aber das Mädchen, das ihm im Sitzen gerade bis zur Schulter reichte, war augenscheinlich zu verängstigt nach allem, was sie just und jäh erfahren hatte, und rührte ihren Eintopf kaum an. Liwinja wirkte noch blasser als zuvor, und irgendwie erinnerte sie Brin noch deutlicher als zuvor an eine hilflose Maus, die, in die Ecke getrieben, keinen Ausweg sieht, der lauernden Katze zu entwischen. Ab und an füllten sich ihre Augen mit Tränen, als sie dumpf über ihrer Suppenschale brütete, wehem Seelenschmerz, den sie jedesmal verstohlen fortblinzelte, ehe die Muhme oder Brin dies entdecken sollten. Der junge Geweihte bemerkte es wohl und mühte sich, das Mädchen nach Kräften zu trösten, indem er ihm manchen Schabernack von den frechen Knappen auf dem Rhodenstein erzählte, wenn sie den alten Burgsassen Norre von Bjaldorn (der dem Mädchen dem Namen nach geläufig war) zur Weißglut trieben. Dann verzog die Jungfer die Lippen zu einer Grimasse, die dem Lächeln recht nahe kam – aber keinesfalls mochte Brin annehmen, sie hätte ihre Sorgen darüber für ein Augenblickchen vergessen.

Nein, fröhlich verlief dieses erste Abendmahl auf der Bjalaburg nicht; selbst von den Gesindetischen ließ sich nichts anderes als das laute Schmatzen der Mägde und Knechte und das eintönige, geschäftige Scheppern der hölzernen Löffel in den Suppenschalen vernehmen. Zu allem Übel lag die Halle in einem schläfrigen, schummrigen Halbschatten; vom offenen Feuer, das in der Mitte des Saales glomm, aber nun nicht mehr geschürt wurde, einmal abgesehen, steckten nur links und rechts des Tores zwei Fackeln in eisernen Haltern, und auf des Barons Tafel brannten duftende, golden-bienenwächserne Kerzen in versilberten fünfarmigen Leuchtern.

Auch hatte das emsige Mütterchen Libuschenka zwei Mägde angewiesen, sauberes weißes Linnentuch über das fleckige rußgeschwärzte Eichenholz zu decken.

»Wann wir das letzte Mal die Landwehr …?« Baron Trautmann rieb sich nachdenklich mit der Linken den vollen Bart. »Hmm, ich denke, das war damals, als der alte Trautmann, mein ifirnseliges Großväterchen, der Orkenplage Herr geworden und das Gesindel auf lange Götterläufe – bis zum heutigen nämlich! – aus dem Bjaldorner Bezirke verscheucht hatte, soweit sein eigen und seiner Schlachtschitzen Schwert und Bogen langten.« Er blinzelte Brin kaum merklich zu.

»Auf dem Brydaberge, dem höchsten der Nordwalser Höhen, kamen der Weiße Mann und das Großväterchen Trautmann mit den Schraten zusammen, die als erwählte Geschöpfe Firuns und Wächter Seiner Waldpfründe gelten, und in langen Gesprächen und gegen den Preis von fünf Fässern Schrater, glaube ich, gelang es ihnen, die guten Waldgeister zur Hilfe zu überreden und zugleich den alten Rechtsspruch zu erneuern, daß die Bjaldorner den alten Nornja im Umkreis von zwei Tagesmärschen roden und holzen dürften gegen jährlichen Zins, ohne die Strafe der jähzornigen Waldkönige zu fürchten. Die Orken müssen in jenen Tagen im Walde zweifelsohne schlimmer gewütet haben als das Feuer!«

Nicht lange nach dem Abendmahl hatte der Baron – zwei Stunden früher als gewöhnlich – die Fackeln und Kerzen in der Halle löschen lassen, worauf sich das gemeine Gesinde auf dem Hallenboden im weichen Stroh zum Schlaf zusammenrollte. Den Weißen Mann, Junker Fjadir, Hauka und Brin hatte Trautmann zum vertraulichen Rat in seine Kemenate gebeten, wo sie nun um einen kleinen Tisch im Licht einer einzelnen Kerze beisammensaßen, süßen Schrater schlürften und die Lage der Dinge besprachen. Liwinja hockte auf einem Schemel vor der Feuerstelle und tat, als sticke sie fleißig. Tatsächlich aber verschwamm ihr die Nadel aus Walbein vor den Augen, wann immer die Nivesin und ihr rothaariger Begleiter neue Schrecknisse aus den Landen im Süden verkündeten, und sie stach sich mehrere Male in die Fingerkuppen, so daß sie schließlich die Handarbeit in den Schoß sinken ließ und mit weitaufgerissenen Augen dem Gespräch der Erwachsenen lauschte.

»Großväterchen Trautmann hatte seine Schitzen und Freien aus den kleinen Weilern Brydaborn, Norntal, Fjorinswohld und Lettjaskaja und die Wehr Bjaldorns zusammengerufen und vor den Nornja geführt«, fuhr der Baron fort, »derweil von der Bergeskuppe die Schrate die Orken wie Hasen aus den Wäldern trieben (von damals noch geht der Spruch von den ›orkischen Hasenherzen‹ in Bjaldorn um), so daß sich die Schwarzröcke wohl oder übel den Unseren zur Schlacht stellen mußten. Ja, und seitdem hat sich kein Ork mehr vor die Wehren Bjaldorns gewagt ... Aber warum fragt Ihr?«

»Seht, Hochgeboren, die Sache verhält sich so«, erläuterte Hauka, »Ihr könnt fürderhin, wie mein eigenes Volk« – ihre Hände ballten sich zu Fäusten – »versuchen, Euch vor *ihm* zu verbergen. Mag sein, daß *er* sich damit begnügt, Firuns kristallene Kuppel zu beflecken. So könnt Ihr beten, daß Ifirn Euch Ihren Segen spende und der Tempel aufs neue geweiht und geheiligt werde.

Ihr mögt auch, wie der Erhabene sprach« – Hauka neigte ehrfürchtig das Haupt –, »mittwinters strackwegs durch Schnee und Eis ostwärts ziehen und das Eherne Gebirge erklimmen, um den Schwarzen Wölfen des siebenmal Verfluchten Einhalt zu gebieten. Es wäre dies zweifelsohne eine Queste, die den Göttern sehr gefällig wäre, und der junge Meister Brin und ich würden als Gesandte des Schwertes der Schwerter mit Euch reiten –

bedenkt aber, was Ihr den gequälten Seelen Eurer Schlachtschitzen aufbürdet! Gegen einen der *unheiligen* Zwölf selbst zu ziehen, scheint mir für das Sinnen der gemeinen Leute zuviel verlangt – Ihr würdet ihre gepeinigten Seelen den Höllen preisgeben ...

Drittens, und das scheint mir die beste Lösung zu sein, habt Ihr die Wahl, Euch mit Eurer Landwehr dem Heerhaufen anzuschließen, den die rondragefällige und weithin gerühmte Gräfin Thesia von Ilmenstein auf ihrem Schlosse zusammenruft, um dem verräterischen Notmärker Einhalt zu gebieten. Euch mag zu Ohren gekommen sein, daß der Graf die duckmäuserischen Bronnjaren Ostseweriens und eine vielköpfige Söldnertruppe um sich schart – vorgeblich, um die Festumer Pfeffersäcke zu bestrafen, in Wahrheit aber, um *ihm* zu dienen ...«

Trautmann seufzte schicksalsergeben. »Dann ist es also wahr ... Seit Jahren gehen Gerüchte, der alte Uriel schleppe den Gedanken mit sich herum, seinen Haufen gegen Bjaldorn zu führen. In sehr alten Tagen nämlich war die Bjalaburg dem edeln Hause Notmark lehnspflichtig, ehe wir die Gedingebande auflösten und den Zehnt treulich zum Tempel Firuns brachten. Zunächst waren wir wachsam, aber als Sommer um Sommer verstrich, ohne daß der alte Graf vor unsern Wällen erschien ... Er muß ja inzwischen, weiß Ifirn, weit über siebzig Lenze zählen. Aber daß er sich nun anschickt, das Bornland heimzusuchen, das ist ein starkes Stück ...!«

Der Baron lehnte sich auf dem Stuhl zurück und schloß die Augen. Augenscheinlich wog er die Vorschläge Haukas sorgfältig gegeneinander ab.

»Wie viele Leute könnt Ihr zu den Waffen rufen?« fragte die Nivesin nach einer Weile.

»Unser eigenes Dutzend Schlachtschitzen«, antwortete Fjadir anstelle seines Vaters, »dazu etwa fünf Dutzend Bjaldorner Bürger und drei weitere Dutzend aus den Weilern und Gehöften des Bjaldorner Bezirks … Macht gut hundert Spieße, alles in allem, aber das ist auch das äußerste … Dazu kommen die Schitzen, Vögte und Edelinge von Fjorinswohld, Norntal und Brydaborn, die zum Roßdienst belehnt sind, also so zehn Reitersleute, mit Lanze, Brünne, Schild und Schwert oder Axt … Aber all dies ist ja seit Großvaters Zeiten niemals mehr zusammengetrommelt worden – da werden die Waffen und Rüstungen wohl schartig sein.«

»Ihr meint also, wir sollten Bjaldorn den Rücken kehren?« Trautmann erhob sich und wandelte in der Kemenate auf und ab. Ab und an nippte er an seinem Becher. »Gut denn, daß es wintert – auch wenn es ein solcher Winter ist. Im Sommer könnten wir unsere Äcker niemals ohne Hege lassen, wenn wir nicht winters Hunger darben wollen.

Es wird mir eine Ehre sein, die Bekanntschaft der Gräfin zu machen. Ihr müßt wissen, der Vater meiner armen Gemahlin war ein geflügelter Lehnsmann der Ilmensteinerin und wußte manche Zote von den Festen auf dem Ilmenstein zu berichten …«

»Vater?« Fjadir staunte ungläubig. »Vater! Die Bjaldorner sind die Mägde und Knechte Firuns … Hast du's nicht gehört? Ihre Wacht hat Sie *uns* übertragen! Wir haben die Pflicht, den erzbösen Frostesfürsten zurückzuschlagen …« Hilfesuchend blickte der Junker den Weißen Mann an, aber der Erhabene zeigte keinerlei Regung.

»Wir wollen in den Süden ziehen«, bekräftigte der Baron. »Ich wäre Euch nichtsdestoweniger dankbar, edle Frau Hauka, Eminenz Brin, würdet Ihr auf der Bjalaburg weilen, mir zur Hand gehen und dem Waffenvolk ein wenig Waffenkunst und Ordnung einbleuen.«

Hauka nickte. »So lautet der Wunsch des Schwertes der Schwerter, Schild und Wehr der Zwölfgöttlichen Lande: Euch in allem zur Seite zu stehen!«

»Fürwahr, niemals wußte ein Erbe aus Bjalas Haus solche Waffenmeister an seiner Seite!«

»Niemals trug ein Erbe aus Bjalas Haus den Geweihten der Rondra die Ehre an, seinen Haufen in die Schlacht zu führen!« Brin verneigte sich.

»Vater!«

»Nein, Fjadir! Das ist altes Geschwätz! Mein Entschluß steht fest! Wir ziehen in den Süden! He, Pjeroschka!« Baron Trautmann riß die Tür der Kemenate auf, wovor auf einer harten hölzernen Bank, an die Rückmauer des Ofens gerückt, sein junger Page schlummerte. Der Baron weckte den schmächtigen Knaben, der vor den warmen Steinen gedöst hatte, jählings aus seinen Träumen. »Lauf und ruf mein Waffenvolk zusammen! Los, Pjerow, Bursche, so beeil dich!«

Pjeroschka setzte sich auf und blinzelte mehrmals, ganz so, als wisse er nicht recht, wo er sei (noch nie hatte ihn der Baron nächtens geweckt), rieb sich verwirrt den Schlaf aus den Augen und sprang dann erstaunlich behende von dannen, gerade als der Baron seinen hölzernen Krug nach dem Bengel werfen wollte.

»Des Barons Wache! Des Barons Wache!« hörte man ihn draußen mit sich überschlagender Stimme auf dem dunklen Hof krakeelen.

Zur Mitternachtsstunde vom zwölften auf den dreizehnten Boron verkündete Trautmann von Bjaldorn im Fackelschein auf dem Hof der Bjalaburg seinem Dutzend Schitzen (während alles Gesindevolk im Unterwams neugierig zu den Fenstern und Türen herausspähte), daß zum erstenmal seit Großväterchens Tagen Bjalas Schwanenbanner in die Schlacht getragen werde. Der Baron schritt unablässig vor seinen Leuten auf und ab, stellte sie Hauka und Brin allesamt mit Namen vor. »Vanjuschka die Weibelin, der junge Darnje, Salwinja aus Notmark, Goljew der Einäugige, Rowinja, Jadvina aus Treie, Wulfjan, Tinke, Ifirnja, der dicke Torjin, Aljischa und Paale.« Und klopfte jedem einzelnen auf die Schultern.

»Ihr kennt den Grafen Uriel, die alte Warzensau?« rief er so laut, daß ihn jeder verstehen konnte.

»Ja«, murmelten die Bjaldorner.

»Und ihr wißt, wie oft der Graf geprahlt hat, daß er uns verlogenen Bjaldornen den Garaus machen werde?«

»Ja!« grollten die Bjaldorner.

»Ihr kennt die armen Geschöpfe, die sich vor seiner Willkür zu uns geflüchtet haben? Weil er sie auspeitschen und ihnen die Hand abschlagen ließ, da sie in ›seinem‹ Wald nicht mehr als ein paar Pilze für ihre Kinder gesammelt hatten, die vor Hunger weinten? Weil er sie an einen Baum hatte nageln lassen, da sie im Winter ein einziges Kaninchen in der Schlinge fingen?«

»Ja«, zürnten die Bjaldorner. Solch ausgemergelte und unglückliche Kreaturen suchten und fanden oft in Bjaldorn eine Freistatt.

»Und ihr wißt, warum unserer Salwinja hier das linke Ohr fehlt?«

»Weil es hieß, ich hätte zu lauschen gewagt, als ein Spielmann nur für den Grafen und seine feine Sippe sang!« knurrte die Büttelin.

»Dann vernehmt auch, ihr wackeren Bürger von Bjaldorn, daß die Warzensau sich jitzo mit dem siebenmal verfluchten Fürsten des Frostes verbündet hat! Daß sie ein Heer sammelt, um uns und alle anderen Diener der Zwölfe zu unterjochen ... Wollt ihr euch das gefallen lassen?«

»Nein, bei Firun!«

»Recht so!« schmetterte der Baron. »Morgen in der Frühe, Ronwinja, Tinke, Paale, reitet ihr nach Norden, Westen und Osten und bestellt im ganzen Bezirk von Bjaldorn, daß wir in die Schlacht ziehen – in die Schlacht gegen den Feind Firuns und Seiner Tochter!«

»Wider die Warzensau!« riefen die Bjaldorner und warfen die Mützen hoch in die Luft.

Als der Baron so gesprochen hatte, fiel endlich der Schnee, der sich schon den ganzen Tag lang angekündigt hatte. Und während Brin der anmutigen Walsarella zuschaute, die die leichtfüßigen Flocken vor dem Windauge tanzten, und die eigenen kalten Füße recht nahe an den warmen Stein schmiegte, wurde er sacht in den Schlaf gewiegt.

Fjadir hingegen lag noch stundenlang wach auf seiner Pritsche, grübelte, bis der Morgen graute. Vor Zorn war ihm so übel, daß er keinen Schlaf fand. Was mochte dem Vater nur das Recht geben, die alte Bestimmung der Bjaldorner ein ums andere Mal so achtlos in den Wind zu schlagen?

Ehe die Boten des Barons aufbrechen konnten, verstrichen allerdings zwei geschlagene Tage – der Schneefall wollte, da er endlich begonnen hatte, schier nicht enden. Einmal stapften Hauka und Brin den gewundenen Torweg zur Halle von Kristall hinab, aber der Weiße Mann verwehrte ihnen den Einlaß in den Tempel. Solange Firun offensichtlich Sein Wohlgefallen von den Bjaldornern abgewandt habe, wolle er niemanden in Seinem Hause empfangen, sprach er.

So blieb den beiden nichts anderes übrig, als einmal enttäuscht um die Halle herumzulaufen. Die sieben kreisrunden Kammern (Brin bestaunte aufrichtig die filigranen Fensterscheiben aus hauchdünnem Eis), die der Kuppel als Sockel dienten, waren abwechselnd aus schwarzem und rotem Marmor erbaut worden – die eisige Heimstatt Firuns mochte kleiner bemessen sein als die Hohetempel der andern Elf, aber weniger kostbar und wunderbar beschaffen wirkte sie gewiß nicht! Ein Weilchen verharrten Hauka und Brin andächtig an dem Weiher, auf dem sich Ifirn Bjala gezeigt hatte – eine dicke Eisschicht bedeckte den kleinen See –, ehe sie auf die Bjalaburg zurückkehrten.

»Warum hat Ifirn dies geschehen lassen?« fragte Brin.

Aber Hauka zuckte nur ratlos die Achseln und wandte sich zum Gehen.

Nicht lange blieb den Gesandten des Schwertes der Schwerter solche Muße. Noch im Laufe der ersten Woche erfüllte eine rege Geschäftigkeit die alte Bjalaburg von den tiefsten Kellergewölben hinauf bis zur höchsten Turmspitze. Der Baron hatte seinen Entschluß und seine Beweggründe, dem Grafen Notmark die Fehde zu erklären, dreimal im Laufe dreier Praiosläufe auf dem Marktplatz – von der Treppe des kleinen Traviatempels aus – verkündet, und von Mal zu Mal hatten mehr Menschen seinen Worten gelauscht. Schließlich zeigte sich, daß so viele Bjaldorner dem Ruf zu den Waffen freiwillig folgten, daß Herr Trautmann die eigentliche Landwehr gar nicht einbefehlen mußte. Nach und nach trafen überdies die Lehnsleute des Barons aus den Weilern lettaaufwärts und nornjaeinwärts auf der Feste ein; Häufchen von zehn, zwanzig Köpfen, und alle wollten sie einquartiert und verköstigt sein. Auch mußten Schwerter, Spieße, Schilde und Rüstungen gezählt und ausgebessert, genügend Brot und Bier für hundert Waffenleute und ein Troß zusammengestellt sein. Bald herrschte auf der kleinen Burg ein Gedränge wie in einem summenden Bienenstock. Die allgemeine Hochstimmung – angesichts des dräuenden, unvermeidlichen Leids schien sie Brin gleichwohl unpassend – griff schließlich auf das Dorf über und erfaßte auch solche, die mit den Belangen des Feldzuges gar nicht unmittelbar betraut waren (die Alten, die Kinder) und die oftmals nicht einmal Verwandte auf der Feste oder unter dem Waffenvolk des Barons besaßen. Dennoch erfüllte die Aussicht, dem verhaßten Notmärker einen ordentlichen Denkzettel zu verpassen – ›Saustechen‹ nannten die Bjaldorner die Unternehmung bald nicht ohne Schadenfreude –, die braven Bürger mit einem Gefühl der Zufriedenheit.

Brin und Hauka hielten, wann immer das Wetter dies zuließ, stundenlange Waffenübungen für die Landwehrleute auf dem Markt ab. Zwar waren die Bjaldorner geschickt im Umgang mit Dolch und Hirschfänger, ohne die sie niemals vor die Türen ihrer Häuser traten, aber Spieß und Bogen nahmen sie doch seltener zur Hand und bedurften einer dringenden Auffrischung ihrer Kenntnisse. Wenn Hauka den Umgang von Schwert, Schild und Spieß erläuterte, unterrichtete Brin den Gebrauch des Bogens – und umgekehrt. Dazu blieben ihnen kaum mehr als drei Wochen, denn für den fünfzehnten Hesinde, auf tollkühne Weise mitten im tiefsten Winter, war der Abmarsch nach dem Süden festgesetzt worden – auf keinen Fall wollte man Gefahr laufen, den Zug der Gräfin Thesia zu verfehlen.

Auch wenn Fjadir von offenen Widerworten und Gegenreden einstweilen absah, war doch unverkennbar, daß er Hauka und Brin – und letzteren mehr noch als die Nivesin – nicht eben als Heermeister auf seines Vaters Feste schätzte. Augenscheinlich wurmte den Junker sehr, wie freimütig Herr Trautmann die Leitung des Waffenzugs an die ›Gäste‹ aus dem Süden abgegeben hatte. Auf den ausdrücklichen Wunsch des Barons hin nahm er zwar widerwillig an den Übungen teil (Fjadir war seines Vaters Knappe, und da derselbe augenblicklich beileibe keine Zeit für den Unterricht erübrigen konnte, hatte er es so angeordnet), fügte es aber zumeist so, daß er in Haukas Schar mittat.

Ein paar Male noch versuchte Brin, Frieden mit dem eigenwilligen Junker zu schließen. Im Grunde war ihm der Erbe der Bjalaburg nicht unsympathisch, und außerdem sah er in Fjadir den einzigen Menschen auf der Bjalaburg, mit dem er sich wahrscheinlich freundschaftlich hätte verstehen können – es ziemte sich für einen edelgebürtigen Meister des Bundes ja weiß Rondra nicht, *allzu*oft mit den Gesindeleuten zu scherzen und zu plaudern; und der Baron und Hauka und auch das

Mädchen Liwinja waren sehr schweigsame Gefährten. Fjadir allerdings zeigte nicht die geringste Lust, auf Brins Angebot einzugehen. Fast hatte es den Anschein, als ob er sich nur um so verstockter gebärdete, je mehr der Rhodensteiner sich mühte, das eisige Schweigen zu brechen.

»Sagt, Junker«, hob er einmal an, »ist es nicht fein, Erbe einer so wehrhaften und alten Burg wie der Bjalas des Bogners zu sein?«

»Weiß nicht«, brummte der Junker.

»Ihr wißt nicht? Ihr seid mir putzig! Da sich doch der Hohetempel eines Gottes hier erhebt – und überdies die Bjaldorner wahrhaftig aus dem unbeugsamen Holz des Nornja geschnitzt scheinen ... Manch ein Graf in des Kaisers Reich würde Euch darum beneiden, Ihr Glückspilz!«

»Möglich«, beschied der Junker knapp.

»Nun, lieber Fjadir, nicht jeder kann von sich behaupten, Nachkomme eines Göttergeliebten und fürderer Herr eines so ausgezeichneten Bezirks zu sein – weder das Schwert der Schwerter noch irgendein Meister des Bundes kann auf einen solchen Ahnherrn verweisen ...«

»Kann schon sein, mein Meister!« rief Fjadir und verneigte sich so übertrieben tief, daß sein langes Haar den Schnee streifte.

Muß ja nicht sein, grummelte Brin bei sich ...

Ein andermal glaubte Brin, daß es Fjadir vielleicht versöhne, wenn die Bjaldorner ihn als ihren eigentlichen Heermeister anerkennten. Und wann immer einer der Landwehrleute sich mit diesem oder jenem Ansinnen bezüglich des ›Saustechens‹ an ihn wandte, riet er demjenigen in höflichen Worten, sich doch besser an den Junker Fjadir zu halten. Der sei schließlich der Erbe von Burg und Land und habe überdies an jedem Kriegsrat teilgenommen, wohingegen er ja nur ein Zugereister aus dem Süden sei … Als der Junker aber zufällig herausfand, wer die Leute mit ihren Fragen zu ihm schickte, hieß er sie prompt, sich zur ›jungen Eminenz‹ zurückzuscheren und ihn gefälligst in Ruhe zu lassen!

Und so gab Brin seine Bemühungen alsbald auf.

Dafür verstand er sich mit der Jungfer Liwinja von Abendmahl zu Abendmahl besser, und bald nachdem sich das Mädchen an die Kriegsvorbereitungen gewöhnt hatte, lachte sie sogar des öfteren über seine Scherze.

»Und der alte Norre hat wirklich geglaubt, er hätte Euch verhext, nachdem Ihr in sein – wie sagt Ihr? – ›Pentagramm‹ getreten seid?«

»Ja! Er wollte nur demonstrieren, wovor sich ein Geweihter der Rondra hüten solle, und meinte, wenn er ein Pentagramm zeichne, dann habe es ganz gewiß keine Wirkung – es geschehe nur zu Beispielzwecken. Aber dann habe ich geschnattert wie ein Huhn und mit den Armen geflattert und dem Hintern gewackelt … ›Treibt nicht Euren Scherz mit mir, Knappe Brin!‹ hat er da gerufen. Dann hat aber der Linnert auch angefangen, und Turike … Da ist Norre dann ganz bleich geworden und hat gestammelt, er habe doch nur ein Beispiel geben wollen, und das sei ja noch nie geschehen …«

Liwinja kicherte vergnügt. In solchen Augenblicken erinnerte sie Brin an die jungen Mädchen daheim. Meist aber, wenn die Jungfer sich unbeobachtet wähnte, trug sie jenen leidvollen Ausdruck im Antlitz, der Brin an den einer verängstigten Maus gemahnte und seine Seele im innersten Punkte mitleidig rührte.

Eines Abends traf er Liwinja in der Waffenkammer, als sie mit großen Augen einen Bogen in der Rechten wog. Erstaunt lupfte er die Augenbrauen.

»Sagt, Herr Brin, findet Ihr, daß ich zu klein gewachsen bin für mein Alter?«

»Aber gewiß nicht, Jungfer«, erwiderte er höflich und erkannte zu spät das Fußeisen, in das er getreten war.

»Habt Ihr nicht erzählt, daß man auf dem Rhodenstein adligen Pagen von zwölf Jahren die Kunst des Schwertfechtens und Bogenschießens beibringt?«

»Nun ja, ja, so sprach ich wohl ...« Ohrfeigen hätte er sich mögen.

»Dann müßt Ihr mich unterrichten!« Flehentlich blickte Liwinja zu ihm auf.

»Gewiß«, versprach er.

»Schließlich werde ich«, erklärte sie, und blickte abermals ernst wie eine Erwachsene, »sobald mein Vater und Bruder mit Euch nach Ilmenstein ziehen, die Herrin auf der Bjalaburg sein. Da ist es doch nur recht und billig, wenn ich mich zu wehren weiß.« Dem konnte Brin freilich nur zustimmen, und gemeinsam wählten sie sorgfältig ein kurzes Schwert und einen leicht zu spannenden Bogen aus.

Rasch zeigte sich, daß die Jungfer, so schmächtig und zerbrechlich sie von Gestalt wirkte, doch aus Bjalas Haus stammte – als so gelehrig, zäh und ausdauernd erwies sie sich. Überdies war sie eine lustige Schülerin, die über ihre eigenen Fehler und Tölpeleien zu lachen verstand. Und da einem blutigen Anfänger des öfteren allerlei kleine und große Mißgeschicke unterlaufen, war es ein fröhliches Unterrichten.

Einmal, als zufällig auch Fjadir seiner Gruppe zugeteilt worden war, führte Brin den Bjaldornern den tumben ›Ochsentritt‹ vor, einen alten Söldnertrick, den er selbst allerdings nie angewandt hätte. Zwar mühte er sich nach Vermögen, den Landwehrleuten die zwölf heiligen Gebote des göttingefälligen Kampfes in die Schädel zu hämmern (zuweilen fragte er sie gar ab: »Erstens?« – »Du sollst nicht fechten mit unrechten Waffen.« – »Zweitens?« – »Du sollst nicht fechten von rücklings oder von der Seiten«, und so weiter und so weiter), aber er sagte ihnen auch, daß sie gegen *seine* Schergen nicht zum rondragefälligen Kampf verpflichtet seien.

Der Ochsentritt sah vor, mit dem Eisen überkopf zu finten, den Feind derart zur hocherhobenen Wehr zu zwingen und demselben zugleich den schweren Stiefel in Unterleib oder Bauch zu rammen oder zumindest ihm vors Schienbein zu treten – der Göttin gewißlich ein Dorn im Auge. Die Schwierigkeit (für den Ungeübten) bestand darin, in der Hitze des Gefechts in Blitzeseile zu entscheiden, wann ein Schlag eine Finte und wann eine ernstliche Gefahr darstelle, und demgemäß die verletzlichen Weichteile oder aber den nicht minder empfindlichen Schädel zu schützen. Eine irrtümlich getroffene Entscheidung mochte rasch den Tod bedeuten.

»Falsches Spiel«, schimpfte Fjadir beleidigt, da er nach dem ersten Versuch mit einem blauen Fleck davonhumpelte.

Liwinja aber, als sie sich unversehens auf dem Rücken wiederfand und das Schwert ihr in hohem Bogen entglitten war, lachte vergnügt und blinzelte Brin fröhlich an. »Gerissen, Herr Brin, doch eher Fuchs als Löwe …«

»Ihr seid so anders als Euer …«, rutschte es Brin da heraus, ehe er sich auf die Zunge biß.

»Was wolltet Ihr sagen?« fragte die Jungfer, während sie sich aufrappelte und den Schnee vom wattierten Rock klopfte.

»Nichts! Nur so …«

»… anders als mein Bruder? Ach, das gibt sich, Ihr werdet sehen, Herr Brin!«

Liwinja behielt recht. Einmal am Praioslauf pflegte Brin seiner Schecke, einer Stute namens ›Schwarzschnauze‹, einen Besuch abzustatten und sie eine Viertelstunde lang im Burghof herumzuführen. Schwarzschnauze war eine Tralloperin unreinen Geblüts (schmückte sich darum auch nicht mit der Grafenkrone, den diese Weidenschen Rosse gemeinhin ihr eigen nennen, wenn sie aus des Herzogs Marstall stammen). Die Stute war ihm allerdings so lieb geworden, daß er es nicht übers Herz gebracht hatte, sie durch eine leibhaftige ›Gräfin‹ zu ersetzen, als er plötzlich zum Meister des Bundes erhoben wurde und sich ohne weiteres ein edleres Roß aus den Ställen des Rhodensteins hätte wählen können.

Eines Tages traf Brin bei einem dieser Besuche auf Fjadir, der sich als Knappe seines Vaters um die Drauhager Rosse des Barons zu kümmern hatte – zweifelsohne prachtvolle Tiere. Da auch das Stallgesinde sich samt und sonders zur Wehr gemeldet hatte, mußte der Junker gar manchesmal eigenhändig zur Mistgabel greifen und die Verschläge der väterlichen Pferde ausmisten. Brin erwog kurz einen Gruß, befand aber schließlich, daß dies in diesem heiklen Augenblick die Sache nur noch verschlimmern würde.

Trautmann hatte Anfang Hesinde einen zusätzlichen Schweinezehnt erhoben zur Verköstigung seines Haufens, was dazu führte, daß die borstigen, stinkenden und quiekenden Viecher aus Platzgründen in leerstehende Roßkoben gesperrt worden waren. Der Junker war demgemäß über und über von Schlamm und Schmutz bespritzt.

»Heda, Prahlalrik aus Weiden«, rief Fjadir unvermittelt, »wie kommt's, daß Ihr eine so billige Mähre reitet?« Brin zuckte zusammen. Das mußte dem Burschen Hauka verraten haben, daß der gescheckte Tralloper nur als halber Tralloper galt …

Brin trat zögernd näher zum Junker hin, sog hörbar die Luft ein, die stechend nach Pferde- und Schweinemist stank, und ahmte, laut und gekonnt, das Schmatzen und Grunzen einer Sau nach.

»Hä?« fragte Fjadir, der nicht recht verstand …

»O verzeihet vielmals, Herr Junker Mistgabel! Ihr seid unserer Sprache mächtig? Und ich dachte schon, Ihr beherrscht nur die Schweinesprache, da Ihr, ebenso wie solch ein Borstenvieh, das Suhlen im Unrat zu schätzen scheint ...« Brin zog eine spöttische Grimasse, ehe er dem Junker den Rücken kehrte.

Mit einem wütenden Aufschrei stürzte sich Fjadir auf den jungen Geweihten, aber das hatte Brin ja erwartet, voller Ingrimm bereit, dem Kerl die verdammte Hoffart auszuprügeln. In Windeseile hatte er die Fäuste zur Abwehr erhoben und stand leicht vorgebeugt, um den ersten Schlag abzufedern. Er schätzte die Aussichten in diesem Gefecht ungefähr gleich ein: Fjadir war etwas stämmiger, er selbst dafür ein wenig größer gewachsen; zudem kannte der Junker wahrscheinlich allerlei faule bornische Gemeinheiten. Die Bornländer waren für ihren Faustkampf eher berüchtigt als berühmt, denn die einzige Vorschrift lautete: ›Bis einer aufgibt, tot ist oder nicht mehr kann!‹ Er ließ also Spucken, Warzenkneifen, Fausthiebe und Tritte zu, während Brin im rondragefälligen Ring- und Faustkampf unterrichtet worden war, der dies alles strikt verbot.

Tatsächlich drohte dem Rhodensteiner mehrmals der Atem zu vergehen, wenn der Junker ihn an den Haaren riß und ihm das Gesicht fest ins schmutzige und erbärmlich stinkende Stroh preßte, und ob wilden Faustschlaghagels sah er endlich dem Blaufleckenbarsch nicht unähnlich. Genausooft aber wand sich Fjadir hilflos in den Schlinggriffen des Geweihten, der ihn mit Beinen und Armen erbarmungslos umklammert hielt und dabei unentwegt versuchte, den Junker auf den Rücken zu werfen.

Endlich ging beider Atem schwer und rasselnd, als Brin zur sogenannten Ramme ansetzte: Er bückte sich flink, um Fjadirs Bein hochzureißen und den Gegner zugleich mit der Schulter hinüberzustoßen. Gleichwohl gelang es dem Junker im allerletzten Augenblicke, als Brin schon hoffte, der Fall sei entschieden, des Rhodensteiners Taille verzweifelt zu umklammern. Beide stürzten, hoffnungslos ineinander verkeilt, schwer zu Boden. Quälende Augenblicke lang, in denen ihr Atem in beständig kürzeren, hechelnden Stößen entwich und die Muskeln vor Erschöpfung immer heftiger zitterten, lagen sie so im schlammigen Stroh. Aber da beide so eisern festhielten wie eine Amboßzwerg-Zwinge, rührte sich nichts auch nur um einen Spann zur einen wie zur andern Seite.

»Frieden?« keuchte Brin.

»Ja … nein … doch, ja«, grinste Fjadir und gab sich geschlagen.

Sechstes Kapitel

Zu den Schraten

Auf den Nordwalser Höhen,
Mitte Hesinde 1020

Aber alle Pläne, die Baron Trautmann, der Weiße Mann, Junker Fjadir, Hauka und Brin sorgfältig geschmiedet hatten, wurden mit einem Male hinfällig.

Am zwölften Hesinde gegen Nachmittag, drei Tage vor dem Aufbruch des Bjaldornschen Heerbanns nach Vierwinden (ein grauwolkenverhangener Himmel und leichtes Schneegestöber erschwerten die Sicht), verkündete der Türmer den Bjaldornern, die trotz des üblen Wetters das Hauen und Stechen auf dem Markt recht eifrig übten, daß sich ein einzelner Reiter den Wällen nähere. Die Leute hielten überrascht inne, mitten in Schlag, Stoß und Schuß. Seitdem vor einem Mond die Gesandten des Schwertes der Schwerter um Gastung gebeten hatten, war kein Reisender mehr nach Bjaldorn verschlagen worden, und mittlerweile lag der Schnee noch ein gutes Stück höher auf Sumus Leib und die klirrende Kälte spürbar grimmiger in der Luft.

Hauka stand am nächsten zum Tor, weshalb der junge Darnje den Reitersmann an die Wölfintochter verwies: ein hageres Männchen, großgewachsen, aber spindeldürr, vom weiten Ritt sichtlich entkräftet und ausgezehrt, auf einem nicht minder mageren, struppigen

Drauhager. Die knollige Nase des Reiters, die unter der Karenfellkapuze hervorlugte, schien blaugefroren vor Kälte. Auf den pelzummäntelten Schultern türmte sich dem Mann fingerhoch der Schnee, rundum glänzte sein Gewand silbrig von Ifirns Kristallen. Weiße Dampfwolken stiegen Roß und Reiter aus den Nüstern gleich dem Feuerodem eines Drachen.

»Der Baron? Wo ist der Baron?« stieß der Mann aufgeregt hervor. Selbst seine Lippen waren bläulich verfärbt. Unstet blickte er um sich, ertrug auch Haukas blitzende Blicke nicht. Die Heermeisterin blinzelte mißtrauisch. »Führt mich zum Baron, ich bitte Euch!«

Die Nivesin zuckte mit den Achseln. Der Mann wirkte so fahrig auf sie, als führe er irgend etwas Geheimes im Schilde, aber ein Spion Notmarks oder ein gedungener Meuchler, angeworben, den Baron von Bjaldorn vor der Zeit zu Boron zu senden, war er gewiß nicht (wahrscheinlich wußte der warzengesichtige Notmärker ja gar nicht, daß Bjaldorns Wehren gegen ihn zögen), sah vielmehr so schwach aus, als ob man ihn vom Pferde heben müßte. Wahrscheinlich hütet er geheime Kunde (aus Ilmenstein?), dachte sie, weshalb er so rasch so weit geritten ist. Sie faßte sein Roß bei den Zügeln und führte es zur Bjalaburg hinauf. Tatsächlich saß der Kerl so steif, daß es zwei Mägde und Hauka selbst brauchte, um ihn aus dem Sattel zu hieven und in die Halle zu tragen. Wenig später hockte der frierende Reiter, von Kopf bis Fuß in dicke Wolldecken gewickelt, so nahe am Feuer der Hohen Halle als irgend möglich. Die deftige Suppe, von der er vorsichtig nippte, brannte so heiß in seinen zitternden, tauben Händen, daß er einen Gutteil verschüttete.

Trautmann von Bjaldorn wandelte, im Licht einer blakenden Kerze und in Begleitung seines Sohnes und des Rhodensteiners, durch die unterirdischen Kellergewölbe der Feste, die teils vom Wasser aus dem Fels gewaschen worden waren, teils von Hand in denselben geschlagen, und ordnete die letzten Lebensmittel für den Troß nach Ilmenstein, markierte manche Truhe mit einem Kreidekreuzchen, stolperte hier und da über längst vergessenes Gerümpel aus Kindertagen und gab, seiner sorgenvollen Miene zum Trotz, lustige Geschichten aus Zeiten zum besten, da das Verderben noch nicht über Bjaldorn gekommen war …

Endlich fand sie Helmjan, der dicke Küchenjunge. »Herr!« schnaufte er. »Ein Reiter, der nur Euch sprechen will! In der Halle!« Fragend runzelte Trautmann eine Braue, aber da sowohl Helmjan als auch Fjadir und Brin schwiegen – was hätten sie auch anderes tun sollen? –, wandte er sich schließlich wortlos um und stieg die gewendelte lange Treppe hinauf. Fjadir, Brin und zuletzt der keuchende Helmjan folgten hinterdrein.

Ungelenk erhob sich das hagere Männchen, als die vier in die Halle traten. Mit seiner Knollennase und dem schütteren grauen Haarkranz, der unter der Mütze verborgen gewesen war, sah es recht komisch aus – tappste trotz der schmerzenden Glieder dem Baron einige Schritt weit entgegen. Trautmann indes verharrte stocksteif. Eine Weile – so lange, daß es Brin schon peinlich berührte – musterte der Baron reglos den Fremden.

»Stormin!« rief er endlich. »Stormin, bist du es?«

Der Reiter nickte, lachte, und dann lagen sich die beiden Männer in den Armen.

Stormin, Baron Stormin von Firunshag, war, wie Brin rasch erfuhr, ein Vetter Frau Gusinjes, der so unglücklich und allzufrüh im Kindbett verstorbenen Gemahlin Herrn Trautmanns, der Mutter Fjadirs und Liwinjas.

Auch der Firunshager hatte seiner schönen Base lange den Hof gemacht und sie stürmisch umworben, ehe diese sich für den lustigen und edelmütigen Bronnjaren aus dem Norden entschied und fortzog, um an seiner

Seite Herrin auf Bjalas Burg zu sein. Ein-, zweimal noch hatte Onkel Stormin, wie Fjadir ihn nun nannte, da er den Alten wiedererkannte, seine Gesippen zu Bjaldorn besucht, war aber über die Jahre, vom plötzlichen Tod der ehedem so Geliebten bis ins Mark erschüttert, davon abgekommen. Zudem hatte er Trautmann niemals recht verzeihen können, daß dieser die liebliche Jungfer Gusinje für sich gewonnen hatte, und stets schwelte ein unterschwelliger Zwist zwischen den beiden Herren.

Dieser war nun freilich längst vergessen, und eine sehr kurze Weile schwelgte man in Erinnerungen, wie lustig Gusinje, Stormin und Trautmann zu dritt auf der Jagd durch die Wälder gestreift, auf die felsigen Gipfel der Nordwalser Höhen geklettert waren, um den wilden Klippziegen nachzustellen, und mit dem Spieß nach den Lachsen in der Letta gestochen hatten.

Sogleich aber blickte Trautmann wieder sehr ernst drein. »Du bist gewiß nicht, lieber Stormin, mitten im Winter zu uns gekommen, um von unserem Schrater zu kosten … Obwohl mir das natürlich das tausendmal liebste wäre …«, fügte er kaum hörbar hintan.

»Nein, Freund Trautmann, das hätte ich auf den Frühling verschoben – falls wir jemals wieder einen solchen erleben. Nun aber führt mich dringendere Kunde herbei, und ich hoffe sehr, ich komme noch zur rechten Zeit …« Dankbar zeichnete Onkel Stormin Ifirns Zeichen vor dem Herzen. »Von einem alten Freund aus dem Notmärkischen ist mir zu Ohren gelangt, daß Uriel, die Warzensau, ein Heer sammelt …«

Trautmann nickte und wies unbestimmt auf Hauka. »Soviel hörten wir auch … Übermorgen wollen wir aufbrechen, uns der Gräfin Thesia anzuschließen.«

Der Onkel schüttelte den Kopf. »Das wird nicht nötig sein … Der verfluchte Graf sammelt ein Heer, um mittwinters walsachaufwärts zu ziehen. Zweifelsohne heißt sein Ziel – Bjaldorn! Höre, Trautmann! In weniger als zwei Wochen werden die Mordbuben des Notmärkers vor deinen Wällen stehen!«

Schweigen senkte sich herab, nur das Feuer knackte.

»Er muß mit den Dämonen selbst im Bunde stehen«, zischte der Onkel. »Auf dem Karrenweg von Vierwinden ist der Ritt, wissen die Götter, beschwerlich genug und fast nicht durchführbar, ein mutiges Unterfangen. Ein ganzes Heer *und* einen Troß jedoch querfeldein in *diesem* Winter, da selbst das Väterchen Born bis zum Grunde gefriert, durch Wald und Steppe zu führen – das vermag nur einer, der seine Seele verpfändet hat!« Ihn schüttelte es vor Ekel.

»Wie dem auch sei!« rief der Baron. »Wenn die Warzensau gegen uns zieht, so wollen wir das Schwein gebührlich empfangen. Der alte Uriel mag sich nicht einbilden, er könnte uns überrumpeln ... Wie viele Leute hat er bei sich?«

»Ich weiß es nicht genau. Über zweihundert gewiß, vielleicht dreihundert. Wohl auch Reiterei. Außerdem heißt's, er mache sich mit Goblins gemein dieser Tage, auf daß sie die schmutzigen Dinge für ihn erledigen ...«

Selbst Hauka, so schien es Brin – obwohl dies stets schwerfiel zu entscheiden, so dunkel war die Haut der Nivesin –, erblaßte ein wenig. »Das sind *sehr* viele«, sagte sie schlicht. »Ungleich mehr, als Ihr jemals aufbieten könnt, Trautmann ...«

»Wann wird er hier sein?«

»In ein, zwei Wochen, schätze ich ...«

»Wir werden Boten schicken!« donnerte der Baron. »Wenn wir uns eilen, reicht die Zeit! Salwinja, Paale, zu mir!« Der Baron winkte den Schitzen, die an dem niedrigen Tore wachten. »Reitet wie der Wind zu Frau Thesia und Herzog Dermot, überbringt ihnen meinen Gruß und ein gesiegeltes Schreiben. Wir flehen die erlauchten Fürsten der Zwölfe um Hilfe an. Der Herr über Paavi schuldet mir noch einen alten Gefallen; den kann er nun, da unser Wohl und Wehe auf Messers Schneide steht, auf Treu und Verderben einlösen …

Dir aber, Stormin, unsern Dank auf ewig. Wären wir übermorgen aufgebrochen, hätte eine Woche später die Warzensau unsere Wälle wehrlos und unbemannt angetroffen …« Ihn schauderte bei diesem Gedanken.

»Ruft die Schrate, Trautmann von Bjaldorn, Herr über Bjalas Halle!« In der schmalen Türe stand, wie aus dem Nichts, der Weiße Mann. Sein Bärengewand funkelte und schimmerte wie stets im Feuerschein. »Erneuert, Sohn, den alten Bund Bjalas. Bittet die Waldkönige, Euch zu helfen. Mag gut sein, daß sie Euch erhören.«

»Die Schrate, erhabenes Väterchen? So wie der Großvater?«

»Ja! Niemand weiß, wie die Herren des Waldes sich je entscheiden. Warum aber soll Euch verwehrt bleiben, was Eurem Großvater einst zum Glück gereichte?«

Der Baron nickte zum Zeichen seines Einverständnisses. »Die Schrate, weiß Ifirn. Aber wer soll gehen, sie zu suchen? Ich selbst kann schwerlich von dannen reiten …«

»Einer aus Bjalas Haus, mein Sohn, so sagt es das Gesetz.«

»Ich bin unabkömmlich …«

»Laß mich gehen, Vater«, bat Fjadir, fast zornig schon, daß man seiner nicht eher gedachte.

»Du?« sann der Baron. »Das ist doch wohl zu gefährlich …«

»Vater!«

»Nun«, sagte Brin, »dann werde ich mit ihm reiten. Ich habe ohnedies noch nie einen leibhaftigen Schrat gesehen – da ist es langsam an der Zeit!«

Zwei Praiosläufe nachdem der Firunshager den Bjaldornern seine schreckliche Kunde überbracht hatte, ritten Salwinja, die einohrige Schitzin, und Onkel Stormin Seite an Seite auf dem Karrenweg nach Vierwinden hinab. Zur gleichen Stunde hatte Paale Bjaldorn Richtung Paavi verlassen, und Brin und Fjadir waren in den Nornja hineingezogen, zu den Nordwalser Höhen hin.

Der Sturm brauste am frühen Morgen schon, als ob er den alten Wald an diesem einen Tage fällen, die mächtigen Wurzeln allesamt aus Sumus Leib reißen wolle, zerrte an den Zweigen, warf sich mit Urgewalt gegen die Stämme der Bäume, peitschte und zwang die hohen Tannen zu so demütigen Verbeugungen, daß ihre Spitzen fast Sumus Leib berührten, wirbelte den Schnee vom Boden und den Zweigen derartig auf, daß das Schneegestöber kaum dichter hätte sein können, wenn es aus den düsteren Wolken herabgefallen wäre. Was im übrigen jeden Augenblick zu fürchten war ...

Wenn die beiden Reiter versuchten, miteinander ein paar Worte zu wechseln, riß ihnen der Wind die Sätze heulend von den Lippen und trug sie ins Nichts. So ritten sie schweigend und mit eingezogenen Schultern Seite an Seite, klappten die Mäntel über die Köpfe, zogen sie tief vors Gesicht und trieben ihre geschundenen Rosse Schritt für Schritt den Weg entlang.

Gegen Mittag lichtete sich der dunkelgraue Himmel halbherzig, und Praios' Rund ließ sich als magere weißliche Scheibe weit südwärts hinter den schneeschweren Wolken erahnen. Auch der Sturm flaute ein wenig ab, jaulte gleichwohl noch immer so laut, daß die beiden Reiter die gewaltigen Vögel, welche schon seit geraumer Zeit mühsam hinter ihnen heranflogen, nicht hörten – obwohl diese sehr ungeschickt und geräuschvoll durch die Luft schwankten – und ihre empfindsamen Pferde die Bestien nicht rochen. Drei Adlerweiber, häßliche, verwachsene Frauen, flatterten heran, verfolgten auf Geheiß ihres Herrn die ahnungslosen Reisenden. Alles zu morden, was nach Süden eile, so lautete ihr Befehl ... Blutrote und schwarze Ringe umkränzten im Wechsel die fieberglänzenden, irren Augen, fahl schimmerte ihre kalkweiße Haut von kaltem Schweiß. Sie bleckten die rissigen und geschwollen Lippen, entblößten die fauligen, schimmligen Zahnstummel … Kicherten vor Freude, malten sich das Grausen der Opfer aus.

Dann ging alles sehr schnell vonstatten. Hinterrücks schlugen zwei der Bestien die messerspitzen Krallen in Arme und Schultern der überraschten Salwinja. Spitz schrie die Schitzin auf, aber noch bevor sie ihren Spieß zu fassen kriegte, wurden ihr die Arme grob und gewaltsam hoch und nach hinten über den Kopf gerissen. Mit dumpfem Ruck sprangen ihr die Oberarme aus den Schultergelenken. Ehe sie sich versah, fühlte sie sich in die Lüfte gehoben, schwankend davongetragen. Hilflos strampelte sie mit den Beinen, verlor einen Stiefel – und, Ifirn sei es gedankt, beizeiten die Besinnung.

Stormin von Firunshag kreischte schrill, wenn auch kaum lauter und gellender als das tosende Sturmgeheul, da die dritte Harpyie ihre Krallen in sein hageres Gesicht schlug. Blut spritzte. Zu spät ließ der dünne Mann die Zügel fahren und schlug die Hände schützend vor die Augen. Sich vor Schmerz krümmend, rutschte der hagere Mann, geblendet und wimmernd, seitlich aus dem Sattel. Hilflos ruderten seine Arme, suchten vergeblich nach Halt auf der glatten Pferdekruppe. Sein Stiefel verfing sich im Steigbügel, als das Roß in panischer Furcht davonstob – auf der Flucht vor den krallenbewehrten Klauen der Harpyie, die nach seinen weichen Nüstern schnappten. Gnadenlos wurde Stormin hinter dem galoppierenden Pferd hergeschleift. Meilenweit – einem leblosen Sack gleich.

Schließlich waren ihm sämtliche Knochen im Körper gebrochen.

Das Heer der Notmärker hatte sein Nachtlager an diesem schauerlichen Tage in einem haushoch von Schnee bedeckten, aber windgeschützten Talkessel am Walsachquell aufgeschlagen. Milchig und grau hingen die Wolkenschleier über den Gipfeln der nahen Walberge. Vom

Ehernen Schwert, das irgendwo dahinter Abertausende Schritt hoch aufragen mußte, Aventurien wie eine Mauer der Götter vom sagenumwobenen Riesland schied, war so gut wie nichts zu sehen an diesem dunstigen Abend.

Graf Uriel von Notmark lenkte seinen müden Apfelschimmel am Rande des Kessels auf die eingeschneiten Hügel hinauf. Das Roß schnaufte, so schwer wog der altersfette, stahlgepanzerte Reiter auf seinem Rücken, und tief sanken seine Hufe in das wollweiche Weiß. Von dort oben blickte der warzengesichtige Graf auf das Gewimmel seiner Leute hinab. Unweigerlich gemahnte ihn das scheinbar planlose, dabei höchst arbeitssame Getümmel an einen geschäftigen Ameisenhaufen. Fünfzig Jahre lang hatte er auf diesen Augenblick warten, wie ein gefesselter, wütender Bär auf Burg Grauzahn hocken, tatenlos zusehen müssen, wie das alte Geschlecht Notmark zum Gespött des Bornlands geriet. Der Graf hatte am eigenen Leib erlitten, wie die alten Sitten achtlos und eilfertig über den Haufen geworfen wurden, der Knecht sich zum Herren aufspielte, der Bronnjar weniger galt als der Festumer Pfeffersack. ›Bronnjaren‹ hießen sie, weil entweder einzig jene Großen seit jeher im Lande am Born die Geschicke lenkten oder jene allein eine Brünne schnüren durften oder das Brunnenrecht besessen hatten, so genau wußte man dies nicht mehr. Unverrückbar aber hatte gegolten, daß nur den Bronnjaren Gewalt über Leben und Tod der elenden Leibeigenen gegeben sei. Bis in die Tage seines glücklichen Vaters jedenfalls. Nun aber, so schien es Uriel, stemmte er sich als einziger noch, wie eine sturmfeste, erdverwachsene Eiche, gegen den hanebüchenen Unfug, den die fettgefressenen Bürgerfratzen von Festum und Neersand verzapften und der langsam – von Schiffern, Kaufleuten, Norbardenpack – walsachaufwärts nach Notmark gesickert war ... Dem Graf schwollen Zornesadern auf der Stirn, als er so dachte, und der Schweiß rann ihm trotz der grausamen Kälte unter der warmen Fellmütze hervor.

Dann aber hatte *er* ihm diesen spindeldürren, brünstigen Kerl namens Mengbillar geschickt, und seitdem kehrten sich die Belange des Grafen zum Besseren. Zwar war Notmarks Name, wenn schon nicht geehrt, so doch seit jeher gefürchtet gewesen, aber mit soviel Ehrerbietung wie dieser Tage war man ihm selten begegnet. Die Bronnjaren Ostseweriens scharwenzelten an seinem Hof herum, nannten sich stolz Bundesgenossen, waren aber doch nur willfährige Vasallen und überließen ihr Waffenvolk seinem Befehl. Darüber hinaus hatte er von den alten Schätzen auf Burg Grauzahn und aus den ›Spenden‹ der Bundesgenossen Mietlinge in solcher Zahl gedungen, wie sie das Bornland noch niemals gesehen hatte. Ja, mit diesem Gefolge würde er sich schon Geltung verschaffen. So zog er zunächst gegen Bjaldorn, die abtrünnige Feste, die seit Jahrzehnten schon den Zins verwehrte, den sie Notmark schuldete. Sein Lebtag lang hatte Uriel davon geträumt, die menschenleeren, aber unendliche Rechtmeilen umfassenden Pfründe von Bjaldorn seinem Eigengut anzufügen und dem Baron das dicke Fell zu gerben. Nun rückte der Augenblick unaufhaltsam heran. Wie gut sich dies mit *seinen* Plänen aufging … Schließlich war *ihm* diese Kuppel von Kristall lästig wie ein Fliegendreck. Jedenfalls bewirkte *seine* Macht, daß sich auf dem Schnee gut einherschreiten und -reiten ließ, geradeso, als wandle man auf festem Grund.

Drunten, in der Mitte des Talkessels, erhob sich Uriels eigenes goldenes Zelt, schmuck wie ein einsames Goldstück zwischen lauter angelaufenen Silber- und Kupfermünzen. Ein gräuliches Gekräusel stieg aus dem kleinen Rauchfang, man heizte also schon. Recht so … Daneben, kleiner, stand das blaue Zelt seiner faulen Tochter Tjeika, der nichtsnutzigen Marschallin, die er mit väterlicher Gewalt geheißen hatte, sich seinem Heerzug anzuschließen. Die Heimstatt des unheimlichen Mengbillar war aus pechschwarzem Tuch geschneidert. Das vierte Zelt gehörte der dicken Edlen Nokja von Dutlindhusen, einem törichten Weib, das die Bronnjaren aus Uriels Kriegsrat als ihre Gesandte an seine Seite gestellt hatten. Keiner der reichen Adelsleute hatte Lust verspürt, Uriel auf dem ungewissen Weg in die mörderische Kälte zu begleiten (weshalb sie auch von der Beute nichts abkriegen würden, höhnte der Graf, das sollten sie ja nicht glauben – die wäre allein die seine). Da das Pack aber auch nicht gänzlich auf seine Rechte – schließlich bezahlten sie ja für den Kriegszug – zu verzichten gewillt war, hatten sie die Edle, die gar nicht begriff, wie ihr geschah, zur Gesandten bestimmt ... Das fünfte Zelt aus schlichtem zweckmäßigen grauen Tuch bewohnte die Rittmeisterin Girte von Strangnitz, ein grobschlächtiges, aber unverbrüchlich treues Frauenzimmer, das die mürrischen Mietlinge eng an der Kandare hielt.

Um dieses kleine Rondell herum wuchsen die großen Zelte der gemeinen Söldlinge aus dem weißen Feld. Näher zum Grafen hin die der Fußleute. Zwei Banner zu Rommilys geheuerter Mietlinge, gold- und mordlüsterner Gesellen, die freimütig den lächerlichen rotschwarzen Wimpel ihres Schimärengötzen Kor gegen das rot-schwarze Banner des Bethaniers eingetauscht hatten, schlicht ›Darpatier‹ genannt. Aus Paavi sollten noch einmal zwei weitere Banner gemeiner Söldner zum Haufen stoßen. Am fernen Ende des Tales die Zelte der Kavallerie, beides, schwere und leichte Reiterei, letztere ›Beilunker‹ genannt nach der Bedonblüte ihres Banners; eilig hatte man eine Koppel für die über hundert Pferde gezimmert. Unfern standen die klapprigen Leiterwagen, auf denen das Troßzeug befördert wurde.

Noch weit hinter den Berittenen, fast schon nicht mehr im eigentlichen Talkessel, hatten die Goblins ihre kärglichen kalten Zelte aufgeschlagen – hielten sich wohlweislich abseits von den Menschen, die die flinken

Diebe nicht gut leiden mochten und gern von Zeit zu Zeit einem Rotpelz das Fell über die Ohren zogen. Die kleinen Stinker hausten in schiefen Verschlägen aus Weidenruten und löchrigen alten Karenfellen, wodurch der Wind wie durch ein Fischernetz pfiff. Wie die Schweine im Koben drängten sie sich zu Dutzenden aneinander, um nicht zu erfrieren ...

Eben errichteten die Menschen, schattenschwarze kleine Gestalten, nicht größer als ein Daumen, von Uriels Warte aus betrachtet, die letzten Unterkünfte, spannten die letzten gewachsten Zelttuche. Die ersten Feuer flammten auf, bald würden Braten und Eintopf brutzeln ...

Da fiel sein Blick auf ein seltsames Gespann, das durch die schmale Schlucht heranschwankte, die in den Kessel hineinführte. Zwei riesige schwarze, weißbrüstige Vögel, überaus ungeschickte Flieger, die in den Lüften taumelten, als seien sie trunken, schleppten den Leib eines besinnungslosen Menschen in den Fängen. Flogen stumm und torkelnd über das Heerlager hinweg zum Zelt des Grafen hin. Uriel griff nach seinem Streitkolben. Man wußte nie. Mit einem herben Sporentritt setzte er seinen Schimmel in Bewegung, den Berg hinab. Da ließen die Vögel – Harpyien, wie Uriel zu seinem gelinden Entsetzen erkannte – ihre große Beute fallen, genau vor Mengbillars Zelt.

Ab und an, dachte der finstere Graf, als sein Roß vorsichtig Huf um Huf den steilen Hang hinabkletterte, muß man sich wundern, welch lichtscheues Gesindel der Kanzler in Diensten hielt ...

Eine Viertelstunde später trat Uriel in das dunkle Zelt seines Vertrauten ein. Ein aus groben Latten gezimmertes karges Kastenbett war das einzige Möbelstück in dem runden Raume. Die blutenden, wundgerissenen Arme seltsam unmenschlich verdreht, war an die vier Pfosten desselben eine dunkelhaarige Frau gefesselt.

Vier schwarze Kerzen blakten auf den Pfosten. Die Luft roch unangenehm süßlich, war stickig und warm – *zu* warm, wenn man die Kälte draußen vor dem dünnen Stoff bedachte. In gleichmäßigem Fluß tropfte das heiße Wachs auf Hände und Zehen der Ohnmächtigen. Dann und wann zuckte sie leise stöhnend unter dem Schmerz. Der dürre Zauberer wuselte speichelnd hin und her, neigte sich vor seinem Herrn, ließ sein Opfer nicht aus den Augen, als hätte er Angst, daß man es ihm wegnehmen könne wie einem Hund den Knochen. »Ihr gebt mir die Ehre, Herr«, jammerte er, »und ich habe gar nichts, das Euch die Zeit verkürzt, keinen Wein, keinen Kuchen, o weh, Euch wird langweilig werden, Hochwohlgeboren ...«

Der Graf wischte das Geplappere achtlos beiseite.

»Verbinde ihr die Augen«, brummte er statt dessen. »Dies gemeine Pack guckt immer so schreckhaft, wenn ein Herr die Peitsche zeigt ...«

Mengbillar gehorchte seinem Grafen, riß einen Streifen aus seinem linnenen Unterwams, gelbbefleckt von getrocknetem Harn. Schlang den stinkenden Stoff über die geschlossenen Augen der Frau, schob das volle Haar zurück. Erstaunt sog er die Luft zischend zwischen den Zähnen ein.

»Seht, Herr«, wisperte der schwarze Zauberer, »man hat ihr einmal ein Ohr abgeschnitten. Das könntet Ihr gewesen sein ...«

Der Graf von Notmark blinzelte unschlüssig auf die roten Hautwülste und häßlichen Narben, wo einmal die Hörmuschel gesessen hatte. Irgendwie kam ihm das Weib vertraut vor. Aber wenn er sich alle leibeigenen Viecher hätte einprägen wollen, die er je in seinem langen Leben auf die eine oder andere Weise gerecht gezüchtigt hatte, dann wäre er zu wenig anderm gekommen – und das war das Gesindel nicht wert. »Weiß nicht«, brummte er. »Kann sein. Also fang an!«

Zunächst schnitt Mengbillar der Frau die Kleider vom

Leib: Wams, Hosen, Mieder, befingerte alle Saume und Nähte, wurde schließlich in den Ärmelaufschlägen fündig. »Ein Brief mit dem Schwanensiegel, Herr!« murmelte er und reichte Uriel das gefaltete Pergament.

Derweil sein Herr das Schreiben aufriß und sich zum Licht einer flackernden Kerze hinabbeugte, wandte Mengbillar den gierigen Blick nicht vom Leib der Gefangenen.

»An die Schlampe Thesia«, blaffte der Graf. »Wollen Reiter von ihr haben ... Sieh dir das an.« Unwillig fuhr der Kanzler herum und studierte mit wäßrigen Augen die tintenen Zeilen, die engverschlungenen Lettern.

»So so, sie betteln um Hilfe – dann wissen sie also, daß wir kommen!«

Graf Uriel lief tiefrot an. Selbst hier kreuzte die verruchte Ilmensteinerin seinen Weg. Zornig ballte er die Hände zu Fäusten.

»Bitte, Herr, meine Schuld ist es nicht!« winselte der Magier.

»Schon gut, schon gut«, knurrte der Graf. »Dann mach dich wenigstens nützlich und prügle aus ihr heraus, wie viele Leute der feine Herr Trautmann von Bjaldorn auf seiner Burg verschanzt hat!« Ärgerlich wandte er sich ab.

Als der Graf eine halbe Stunde später zurückkehrte, lag die Frau, leblos und mit verbundenen Augen, wie zuvor gebunden auf dem Bett. Dünne Blutfäden rannen ihr aus den Mundwinkeln. Flach hob und senkte sich ihre Brust. Diesmal aber war sie bei Bewußtsein – das gewahrte Uriel. Zu seiner Zufriedenheit fand er sie, da er näher herantrat, leicht zitternd.

»Ich weiß, was Ihr wissen wolltet, Herr«, lallte Mengbillar mit seiner Fistelstimme, trunken vor Wonne. Er reckte sich zum Ohr seines Herrn hinauf und flüsterte diesem, was er in Erfahrung gebracht hatte. »Über hundert, aber weniger denn hundertfünfzig Leute unter

Waffen, zehn Reiter, zwei Geweihte der Rondra – mehr nicht …«, wisperte er.

»Gut, Kanzlerlein«, flötete der Graf in seinem Baß und grinste böse. »Gut gemacht … Nun gehört sie dir. Mach mit ihr, was du willst …«

»Danke, Herr, vielen Dank«, speichelte der Zauberer und fiel unterwürfig auf die Knie.

Entsetzt bäumte sich Salwinja auf. Sie sollte dieser grausamen Gestalt *gehören*? Angst schnürte ihr die Kehle zu. Furchtbare Angst wie eben, als der Dürre sie aus der Ohnmacht erweckt und gezwungen hatte, in seine wäßrigen weißlichen Augen zu starren, in denen sich geplatzte Äderchen wie Vipern wanden – wie eine Masse aus schleimigem, frischem, blutgesprenkeltem Eiter waren seine Augen. Und seine winzigen nachtschwarzen Pupillen hatten sie in ihren Bann gezwungen, nicht wieder losgelassen. Durch ihre Augen hatte er in die Tiefe ihrer Gedanken gespäht. Nichts konnte sie vor ihm verbergen …

»Du sagst mir doch die Wahrheit?« säuselte er mit Fistelstimme. »Oder möchtest du, daß ich dir dein verbliebenes Ohrläppchen absäbele?«

Als sie schwieg, zog er ihr ein silbernes Messer langsam durch die trockenen Mundwinkel, daß ihr Rachen brannte, sich mit süßem Blut füllte. Noch immer hielt sein Blick sie gefangen, bohrte sich immer tiefer in ihr gemartertes Hirn. Noch immer schwieg sie. Der Bleiche senkte den häßlichen Kopf, von Beulen entstellt, fast berührten sein schmaler Mund den ihren zum Kuß. Seine schleimige spitze Zunge leckte ihr das Blut von den Lippen. »RESPONDAMI VERITAR«, züngelte er, faßt lautlos hauchte er die Worte.

Sie konnte den Blick nicht von dem dürren Scheusal wenden, das auf ihr hockte. »Hält dein feiger Herr mehr als fünfzig Köpfe unter Waffen, sprich, du Schlampe!« zischte er unvermittelt – und ließ sie nicht aus den Augen.

Und dann hatte sie ihm antworten müssen. Obwohl

Abscheu, Tränen und Furcht ihr die Kehle zuschnürten wie eiserne Fesseln, obwohl sie, bei allen Zwölfen, nicht reden wollte, und schon gar nicht die Wahrheit preisgeben, war ihr das leise Ja wie ein Husten unabsichtlich und unerbittlich entfahren, ehe sie es einhalten konnte, war emporgestiegen wie stinkender Atem, für den sie sich vor sich selbst schämte. Und Frage um Frage sog er auf diese Weise aus ihrem wehrlosen Blick, nichts half, er wußte endlich alles über Bjaldorns Wehr …

Salwinja verabscheute sich selbst. Mehr noch aber fürchtete sie ihren Peiniger. Hatte unablässig kitzelnd von ihrem Blut geleckt … Ekel und Entsetzen bemächtigten sich ihrer.

»Nicht ihm!« wimmerte sie flehentlich.

»Wie – gefällt er dir etwa nicht?« lachte der mit der dunklen Stimme.

»Gnade!« bat sie.

Mengbillar kicherte, verstrich mit den knochigen Fingern liebevoll das Blut auf ihren spröden Lippen. Der mit der sonoren Stimme schwieg.

»Wer bist du, du Ungeheuer?« stöhnte sie, der Ohnmacht nahe.

»Wer ich bin?« fragte der tiefe Baß – die Stimme klang dumpf, dröhnend und ölig zugleich.

Aber da ahnte Sawanja es bereits. Diese Stimme gehörte ihrem alten Schänder selbst, dem feisten Grafen, der ihr einst das Ohr abgeschnitten hatte …

Uriel brach in dreckiges Gelächter aus. Sein stoppelbärtiges Doppelkinn wippte heftig auf und ab.

»Ich, mein Vögelchen? Ich bin der neue Herr über Bjaldorn!«

Namenloser Haß loderte in Salwinjas Brust, ihre endlose Furcht verkehrte sich in Rachsucht, raubte ihr den Atem und die klaren Sinne. »Freu dich nicht zu früh!« schrie sie, von bodenlosem Abscheu erfüllt.

Augenblicklich verstummte das Gelächter. Für einen Moment herrschte Stille.

Jetzt kicherte Salwinja, grell und hämisch. »Denn Herr Trautmann von Bjaldorn führt einen berühmten Sauspieß ...« Ihre Stimme troff vor schrillem Hohn. »Fest genug für eine fette Mastsau wie dich!«

Sie hörte den Grafen schnauben, als wolle ihn der Schlag treffen: kurz und fassungslos.

Dann herrschte Stille.

Salwinja wartete – äonenlang. Bebte kaum merklich, verkrampfte die Muskeln. Überall konnte seine Rache sie treffen. Sie war verletzlich.

Endlich vernahm sie, wie der breite Streitkolben aus dem Gehänge gezogen und unter dem Rascheln des Pelzes gehoben wurde. Da schloß sie die Augen.

Bitte, liebe Ifirn, flehte sie, beschütze Bjaldorn! Mach mich nicht sinnlos!

So vollendete der Graf von Notmark das blutige Werk, das er vor Götterläufen so halbherzig begonnen hatte. Enttäuscht seufzte Mengbillar.

Zur selben Zeit hatten Fjadir und Brin ihre Nachtstatt in einem Wacholderhain aufgeschlagen. Jeder in vier dicke Decken aus Karenfell gemummt (gerade nochmals so viele dienten ihnen als Unterlage, um die durch Mark und Bein kriechende Kälte des Schnees zumindest notdürftig zu dämpfen), lagen sie zu beiden Seiten eines prasselnden kleinen Feuers einander gegenüber. Den ganzen Tag lang waren sie keiner lebenden Seele begegnet, dennoch hielt Brin Lirondiyan griffbereit, und Fjadir plazierte seinen Spieß sorgsam zwischen sich und dem Feuer. Das Glimmen des silbernen Stahls und der matte Glanz des geschliffenen Holzes verströmten eine wohlige Aura der Geborgenheit in der endlosen Nacht. In den Flammen rösteten dicke Brotschreiben und geräucherte Fischstückchen, die unterwegs steinhart gefroren waren, beides duftete verführerisch. Aus hölzernen Schalen schlürften sie heißen Kräutertee. Wärmten sich genüßlich die klammen Finger am Holz.

Der würzige Dampf, der von dem leckeren Gebräu aufstieg, prickelte auf der kalten Haut, löste den gefrorenen Rotz, der nun in einem fort aus der Nase rann, sich vermengte mit den salzigen kalten Tränen, die der schneidende Wind – so geschützt ihr Lagerplatz beschaffen war – noch stets den Augen abtrotzte. Brin fuhr sich alle Augenblicke mit dem Handschuh durchs Gesicht, wann immer ihm der schleimige Brei in den Mund zu laufen drohte. Fjadir hingegen zog unentwegt die Nase hoch, wobei er jedesmal mißmutig die Stirn zu krausen schien. Sie schwiegen, solange sie tranken und aßen.

Einige Armlängen abseits standen, dicht aneinandergedrängt, bis obenhin warm eingewickelt und fesseltief im Schnee, die ehrfurchtgebietende Schwarzschnauze, Fjadirs scheuer Fuchs, der auf den Namen ›Berschin‹ hörte, und ein zähes kleines Maultier, das sie – der Einfachheit halber, auch wenn es natürlich nicht zutreffend war – schlicht ›Esel‹ riefen und das des Tags geduldig zwei Fässer süßen Beerenlikörs, Geschenke des Barons an die leckermäuligen Schrate, und zwei Säcke – einen Proviant- und einen Hafersack – auf dem breiten Rücken schleppte. So tüchtig Esel sich einerseits zeigte, so lahmfüßig gab er sich andererseits; aber schneller als im Schritt ließ sich ohnehin nicht vorankommen, und so tat es nichts …

»Wie konnte Bjala der Bogner den alten Bund mit den Schraten schließen?« fragte Brin endlich, als sie satt, müde und so zufrieden, wie man es in einer solchen Winternacht abseits einer menschlichen Hütte und angesichts der schlimmen Lage eben sein kann, dem heimeligen Knacken des Feuers und dem abklingenden Heulen des Windes in der Ferne lauschten.

»Das weiß wohl niemand mehr genau«, brummte Fjadir. »Ich bin mir nicht einmal sicher, ob Bjala selbst oder seine Schwester Frinja den Pakt besiegelte. Die Mär geht, daß der Bogner eines Tages mit Ifirn durch die Nornja-Wälder gestreift sei, an einem schönen Sommertage, als die üppigen Kronen der Bäume sanft im Wind rauschten, Scharbockskraut und Klee blühten, die Vögel lieblich sangen, die Grillen zirpten und die Frösche quakten.« Wehmütig schweifte sein Blick in die Düsternis, verweilte auf einem reifglänzenden dornreichen Brombeergestrüpp.

»Und um Ihr, der Geliebten und Göttin, zu beweisen, welch fürtrefflicher Schütze er sei, spannte er seine Sehne – der Sage nach die Sehne eines weißen Hirschs – in den schweren Bogen und zielte sorgfältig auf ein wildes Veilchen, das prächtig in einem Astloch blühte, zwischen all den Stämmen hindurch, auf gewiß über zweihundert Schritt. Schon schnellte der Pfeil von Sehne, sauste zischend durch die Luft, da rührte sich der knorrige Baum und fing mit hölzernen Klauen den fliegenden Pfeil aus der Luft, gerade so, als sei's ein lahm geworfener Stein – just bevor er den zierlichen Stengel des Blümchens sauber durchschneiden und zitternd ins Holz fahren konnte. ›Hoho, mein Sohn, bist ein guter Schütze!‹« Fjadir verstellte leicht die Stimme, um das Knarren des Schrates nachzuahmen. »›Aber meine kleine Freundin, tsts, die sich so vertrauensvoll an mein Ohr neigt, tsts, die laß einstweilen den Sommer in stiller Freude mit mir teilen, so wie ihr es ja auch miteinander tut, tsts, Menschlinge, hoho ...‹«

Beide grinsten. »So gewann Bjala die Freundschaft der Schrate, und als seine Schwester Frinja nicht lange darauf seinen Leichnam begrub, an jenem Orte, wo er Ifirn begegnet war, da weinten die alten Waldkönige um den von Freundeshand Gefallenen. Frinja bestattete den Bruder und seinen treuen Bogen auf dem Gipfel des Brydaberges – wohin wir nun reisen –, dem höchsten weitum, von wo er das Land seiner Geschwister und Geschwisterkinder viele Meilen weit überblickt. Noch heute möchte man zuweilen meinen, wenn Flyrijas über die Walserberge bläst und die Bäume im Nornja leise singen, daß Bjalas Geist voll Wonne und Frieden in glückseliger Erinnerung über die Senke streicht und seiner Kindeskinder Heimstatt liebkost.

Frinja aber trat das Erbe an, das Ifirn selbst ihrer Sippe bestimmt hatte, und fügte die Kuppel von Kristall und unsere Feste – und weil sie sehr klug war, gelang es ihr, mit den alten Schraten einen Pakt zu schließen, daß sie Holz aus dem Nornja schlagen dürfe, ohne den rächenden Zorn der Waldwächter zu fürchten. Nicht lange, da zogen aus allen Himmelsrichtungen Leute herbei, um an Bjalas Dorn zu siedeln und Nornja und Brydja mit ihrer Hände Mühen Gerste, Hafer, Roggen und Rüben, Holz und Wild abzutrotzen.

Tja, so viele Geschichten erzählen die Alten von den Waldkönigen, daß man gar nicht recht weiß, was wahr ist und was falsch – so oder so aber scheint unser Geschick unzertrennlich mit dem Wohl und Wehe der Schrate verknüpft. Da sie Seine weiten Wälder bewachen, heißt's, sie seien geliebte Geschöpfe Firuns – sofern der Grimme Alte überhaupt irgendein Wesen auf Deren schätzt außer unserer Lieben Frau Ifirn ... So mag es aber angehen, daß die braven Bjaldorner und die kauzigen Schrate ein und demselben Gott dienen und ihr Handeln darum auf unzertrennliche Weise, von der wir Sterbliche nichts wissen, zu einem Schicksalsknoten verbunden wurde.«

»Wie das?«

»Keine Ahnung ... Bjaldorn ist vom Nornja umzingelt, eine verlorene Wacht, einsam wie Swafnirs Buckel im Meer der Sieben Winde. Und hinter dem ewigen Wald ist nichts als die weite, weite Steppe gelegen, die unendlich ebene Brydja, wo die Karene im Gras weiden und die Geier in den Himmeln kreisen. Wir haben nichts als den Wald und den Wind der Steppe ... Das Mütterchen Libuschenka sagt immer, daß Bjaldorn an dem Tage sein Ende finde, da die Bäume des Nornja zu

Asche vergehen – wen wundert's. Die Holzfäller glauben's anders. Da sie Tag um Tag aufs neue mit den jähzornigen Schraten in bitteren, wenn auch unblutigen Streit darüber geraten, welche Stämme zu fällen seien und welche nicht, behaupten sie, daß an jenem fernen Praioslauf, da die Bäume vor unseren Mauern weichen und das Weite suchen, statt um jeden Fußbreit Boden zu ringen, ein großes Unglück hereinbrechen werde.

Manche fürchten auch, die Schrate dienten Firun als Vollstrecker Seines Willens, und an dem Tag, da Er Seine Gnade von uns nimmt, würden sie zu Dutzenden aus dem Nornja ziehen und Bjaldorns Wehren unter ihren Tritten zerstampfen.«

»Und was glaubst du?«

»Ich weiß es nicht – fest steht aber, daß alle Frauen und Herren auf der Bjalaburg seitdem den alten Pakt von neuem schlossen und gut damit gefahren sind. Oftmals halfen die Schrate, wenn Orken und Diebsgesindel aus dem Nornja sich vor den Wällen zusammenrottete, oft wiesen sie den Unseren, die sich im Walde verirrten, den Heimweg. Zuletzt in Großväterchens Tagen. Vater freilich hat den Bund nicht besiegelt, bis heute ...«

Da Brin schwieg, fuhr Fjadir nach einer Weile fort: »Früher war er anders – ich meine den Vater –, glaube ich, bevor Liwinja geboren wurde und Mutter in der Wochenstube starb. Recht weiß ich's nicht, war ja noch sehr jung damals. Aber das Mütterchen Libussa meint, da sei er mit Mutter tagelang durch die Wälder gezogen und habe sich mit den Schraten und Elfen in Scherz und Spiel vergnügt. Seitdem wir aber Mutter zu Grabe trugen, hockt er auf der Bjalaburg, griesgrämig und mürrisch wie ein Kauz, der bei Praioslicht geweckt wird, reitet nur einmal im Jahr auf den alten Pfaden durch seine Weiler und Besitzungen und schaut nicht nach links und rechts, vernimmt nicht das Werben des Waldes, das liebliche Locken der Baumfeen ...«

Fjadirs Stimme war mit der langen Rede immer leiser

und schläfriger geworden – nun konnte er die Müdigkeit nicht länger im Zaume halten. »Gute Nacht …«, gähnte er.

»Gute Nacht«, wünschte Brin.

Aber als der junge Geweihte sich auf den Rücken drehte und sein Blick in die Ferne schweifte, vermeinte er, hier und da kleine Flammenkerle auf den schwarzen Zweigen der Bäume tanzen zu sehen. Bläuliche Lichter huschten über firn- und reifglitzernde Zweige, hüpften von Ast zu Ast, umspielten fröhlich die kahlen Skelette der Bäume. Leise knisterten die Flammen des Lagerfeuers. Der Wind hielt den Atem an.

»Fjadir, sieh doch!« rief er. »Nordlichter, nicht wahr?« fragte er hoffnungsfroh.

»Famerlorsfeuer.« Der Junker blinzelte unwillig. »Es wird Gewitter geben!«

»Famerlorsfeuer! Gewitter? Im Mittwinter …?«

Aber Fjadir schlummerte schon, erschöpft, wie er war, und gab keine weitere Antwort. Brin allerdings fand keine Ruhe – Gewitter im Mittwinter, das war schwerlich Rondras Werk … Die Göttin zürnte in Ihrem Mond, suchte Praios und Efferd, die nicht minder stolzen Brüder, einzuschüchtern ob ihres Wütens, aber nicht zu Zeiten Firuns, Tsas, Hesindes. Und wenn doch die Löwin brüllte, dann mußte Ihr Groll unermeßlich sein und Ihre Strafe unendlich.

Bald löste taghelles Wetterleuchten die kleinen Famerlorsfeuer ab. Einer zu hellstem Gleißen entfachten Zwergenlaterne gleich, die rasch auf- und abgedeckt wird, erflackerten die düsteren Wolkenheere, brannten in grell-kaltem Licht. Der Himmel grollte, murrte von Mal zu Mal ungehaltener, als ob er unaufhaltsam in tosende Wut, ja ungezügelte Raserei geriete. Brins Sorge wuchs. Keine Viertelstunde verstrich, und blutrote Blitze zuckten durch die Schwärze der Nacht. Zerfetzten den finsteren Himmel mit der geballten Wucht der Elemente, als wollten sie ihn spalten oder zerschmettern, so erfüllt war die Luft vom Zorn der Niederhöllen, vom Haß der dunklen Heerscharen. Kors blutsaufender Spieß konnte keine klaffenderen Wunden reißen als diese urgewaltigen, spitzen, scharfzackigen Blitze, die krachend in das boronsschwarze Firmament schlugen, sich anschickten, den Sphärenschild zu zerschmettern unter feurigen Hieben, flammende Tore in die Höllen aufzustoßen, den siebenmal Verfluchten Wege nach Dere zu brechen. Der Donner barst und brüllte in erbebender Wucht, senkte sich für winzige Augenblicke zum lauernden Knurren, nur um gleich darauf abermals rasend anzuschwellen und gewaltiger noch und schwärzer zu schreien, nicht enden wollend, so daß die Eingeweide sich furchtsam zusammenkrampften, der Atem vor Entsetzen für Herzschläge aussetzte, damit man vor Furcht zitternd lauschen konnte: ob dies noch der Donner sei oder schon das Ende der Welt.

Zum erstenmal in seinem Leben empfand Brin, der Geweihte der Rondra, abgrundtiefe Angst in einem Gewitter. Er klammerte die Arme überkreuz vor die Brust, zog den Kopf zwischen die Schultern, drückte das Gesicht tief in die weichen Decken, preßte den zitternden Körper flach auf Sumus Leib. Rondra! flehte er, wehre Dich, vernichte *seine* Blitze mit den Deinen! Laß es ein Ende haben!

Statt dessen aber züngelten die entfesselten Gewalten noch gleißender, zogen noch dichter heran. Mit ihnen heulten die Wölfe. Und mit diesen der Sturm, der, eben schon schlummernd, nun mit urwütiger Gewalt über Sumus Leib peitschte, ein letztes Mal aufbrauste, ehe er erschöpft darniedersank.

Fuhr in das Feuer, aufglühte der Zunder, erlosch. Wurde ausgespustet wie eine Kerze. Endlich verstummte, diesmal endgültig, auch der Sturm. Nicht aber das ferne Klagen der Wölfe.

Brin schreckte aus dem Schlaf auf, als Schwarzschnauze wieherte und stampfte. Es graute: Ein bleicher Tag kroch heran. Verwirrt blickte er zu Fjadir, aber der Junker zappelte nur unter seinen Decken, hatte sich über Nacht in die Felle verstrickt …

Brin fuhr hoch: Vor ihrem Lager lauerte ein Wolf! Ein riesenhaftes nachtschwarzes Ungetüm, ein Geschöpf des siebenfach Verfluchten! Undeutlich und schattenhaft löste sich die Silhouette der Bestie finster aus dem Dämmerlicht. Wie Kohlestücke aus den Feuern der Höllen, so rot glühten die Augen, starrten unverwandt, ruhten Ewigkeiten lang auf Brin. Der heiße Atem dampfte. Dies Tier war riesig, furchteinflößend groß für einen Wolf, fast kalbsgroß, geschmeidig und schlank. Der Kiefer knackte, als er den Rachen einen Spaltweit öffnete. Der magere Körper bebte, die Lefzen zuckten gierig, als ein grollendes Knurren aus der Tiefe der Kehle heraufrollte, aus dem Rachen schwoll, stinkend und grausam – und Brin aus seiner Starre riß.

Hastig griff er nach Lirondiyan, die Klinge verkantete sich in der Scheide vor Hast; er schlug die schweren Decken zurück, rappelte sich auf …

Da wandte der Wolf sich um und verschwand, so schemenhaft, wie er dagestanden, im Wald. Nur seine Spuren, fünfkrallige, riesige Pfoten, bewiesen, daß er ein derisches Wesen, keine Kreatur der Niederhöllen gewesen war.

Sogleich sattelten Brin und Fjadir die Rosse und führten sie auf den schmalen Pfad zurück, ritten in den Tag hinein. Nicht lange, und in einigem Abstand folgten ihnen die Wölfe; fünf, sechs Tiere. Ausgemergelte Kreaturen mit stumpfem, tiefschwarzem, struppigem Fell, aber lohenden Augen und dampfenden Nüstern. Die Rippen stachen sichtbar durch die Haut, wie Höcker ragten die Schulterknochen aus den dürren Leibern. Auf dünnen Läufen bewegten sie sich, staksig und doch nicht ohne Anmut. Deutlich war das sehnige Spiel der

Muskeln zu erkennen. Die Schnauzen gesenkt, witternd und grollend vor Hunger, kamen sie näher, langsam, Schritt für Schritt.

Als die Bestien auf zwanzig Schritt heran waren, nestelte Fjadir einen Dolch aus seinem Sattelbeutel, wandte sich halb um, zielte. Die schmale Klinge streifte den vordersten, größten Wolf – den nächtlichen Besucher? – an der weichen Flanke. Haare stoben. Hell jaulte der Köter auf, knickte ein, sprang in weiten Sätzen ins Dornicht. Die übrigen knurrten, kniffen die Schwänze ein – und trollten sich.

Von da an sahen sie die Wölfe zwar nicht wieder, aber sie spürten wohl (und mehr noch die Rosse), daß die Schwarzen ihrer Fährte heimlich folgten, im Walde verborgen, und sie nicht aus den haßglühenden Augen verloren.

Drei Tage lang wanderten Brin und Fjadir so auf dem schmalen Pfad durch den Nornja. Bald zeigten sich schwarze Ringe unter ihren Augen, sie gähnten unverhohlen und drohten auf dem schwankenden Rücken der Rosse in einen alptraumhaften, unruhigen Schlaf zu fallen, denn sie waren ja gezwungen, nächtens Wache zu halten, das Feuer zu schüren, die schreckhaften Pferde zu besänftigen, derweil ihnen das jammernde, klagende Wolfsgeheul, das nicht dem Madamal, sondern allein der sternlosen schwarzen Nacht und ihnen beiden galt, das Gemüt zermarterte und mit fortwährender Furcht erfüllte.

Endlich aber erreichten sie wohlbehalten und zu ihrer großen Freude den kleinen Weiler Brydaborn, wo sie eine behagliche Nacht lang vor dem warmen Ofen schlummerten. Berschin und Schwarzschnauze stellten sie im Stall der gutmütigen Ilmjescha ein.

Von nun an mußten sie zu Fuß reisen. Kein Pfad, der für Pferde gangbar gewesen wäre, wand sich die Nordwalser Höhen hinauf zum Brydaberge, dem Schratenplatz. Nur Esel, trittsicherer als die großen Pferde, würde sie begleiten und mürrisch, aber folgsam die schweren Fässer, Decken, Brennholz und Proviant schleppen.

Brin und Fjadir keuchten bald, so anstrengend war das Wandern, überdies bergauf, ins Gebirge hinein. Bis zu den Waden versanken sie im Schnee, oft blieben die Stiefel darin stecken, mußten mühsam und vorsichtig freigezurrt werden, damit nicht Fuß und Strumpf daraus hervorschlüpften, der Schuh sich aber nicht vom Flecke rührte. Quälend langsam zog die eintönige weiße Landschaft an ihnen vorüber, Gestrüpp, Bäume und steile Klüfte zwangen sie zu ungeahnten Umwegen. Schwer drückte der ewig graue Himmel aufs Gemüt. Der steife Wind blies von vorn, so daß sie den Kopf meist senkten und sich nur ab und an nach ihren stummen schwarzen Verfolgern umsahen. Sie sprachen selten miteinander, und wenn, dann zankten sie sich.

Nachmittags wallte Nebel auf, der sie früher, als Fjadir geplant hatte, dazu nötigte, das Lager aufzurichten. Die Nacht wurde so finster, daß man die Hand nicht vor Augen erkennen konnte. Angespannt und schweigend durchwachten sie die bitterkalten Stunden, sehnten sich nach dem Morgen. Aber auch der kam nur zögernd, frostig und grau.

»Das ist der Brydaberg – da müssen wir hinauf«, ächzte Fjadir und wies mit der Spießspitze steil in die Höhe. »Dort oben ist der alte Schratenplatz gelegen …«

Brin mußte den Kopf *sehr* weit in den Nacken legen, um den schneebedeckten Gipfel in den Nebelwolken erkennen zu können.

Bis über die Knie versanken sie auf dem steilen Hange im weichen Grund, zogen sich an Zweigen und Ranken aus der eisigen Umklammerung, krochen eher bäuchlings voran, denn daß sie kletterten. Gleichgültig und ungerührt bahnte sich derweil Esel seinen Weg, schräg zum Hang, schob den Schnee mit dem breiten Körper einfach beiseite. Eine Zeitlang versuchten sie, in seine Spuren zu treten, aber das nutzte wenig. Schon nach einer halben Meile schnappten sie keuchend nach Luft, schmerzte ihnen die Brust, da sie die eisige Luft einsogen wie hechelnde Hunde – und viele hundert Schritt lagen noch vor ihnen. Immer häufiger verlangte es Brin oder Fjadir nach einer Rast, und immer schwerer vermochte der eine den andern dazu zu bewegen, sich wieder zu erheben und den so wichtigen Weg fortzusetzen.

Endlich ließen sie die letzten kahlen Bäume hinter sich zurück, sahen den Schratenplatz gerade vor sich. Die Wolken hingen so tief über dem Gipfel, daß Brin meinte, man könne mit der Hand danach greifen. Die Lichtung auf dem Gipfel erstreckte sich etwa über zwei Meilen, stieg sacht zur Mitte hin an. Der Schnee, jungfräulich und vom Wind gänzlich glattgestrichen, bedeckte bretteben das gesamte Rund – nichts, keine Erhebung, keine Senke, war darunter auszumachen. Nur auf dem kleinen Buckel in der Mitte ruhte ein ungeheuerlicher Findling, ein viele Quader schwerer grausilbener Felsbrocken von der ungefähren Form eines Eis. Leergefegt von Schnee, so harsch pfiff der Sturm über den Gipfel.

»Der Schratenstein«, murmelte Fjadir, »zu seinem Fuße muß Bjala der Bogner irgendwo begraben liegen …«

Unter Aufbietung ihrer letzten Kräfte und des letzten Willens schleppten sie sich zu dem Felsen hin, ließen sich einfach in den Schnee fallen und verschnauften eine Weile, ehe sie sich in den Windschutz des Findlings kauerten und in ihre Decken wickelten. Deutlich waren ihre Spuren über die Lichtung zum Waldrand hinabzuverfolgen – sie hatten Ifirns vollkommenes Reich entweiht. Aber wenigstens, dachte Brin, sieht man, daß wir da sind …

»Und nun?« fragte er.

»Weiß nicht … warten?« erwiderte Fjadir.

Da hockten sie, angespannt und aufgeregt. Brin war ganz sonderbar zumute – gewiß weil er sich fragte, ob wohl ein Schrat ihre Anwesenheit bemerken würde; aber auch da er vermeinte, Bjalas alten Geist zu spüren an diesem wunderlichen Ort ... Augenblicke verstrichen gleich Stunden. Endlich dösten sie ein, Schulter an Schulter gelehnt, als Fjadir mit einem Male hellwach und aufrecht saß: Der Wind, der um den Schratenstein strich, trug ihm ein leises Knarren zu, wie von einer alten Bohle in Bjalas Halle, die unter den stampfenden Tritten des Gesindes wehmütig knarrt und ächzt.

Rasch spähte er um den Stein herum, erstarrte, halb vor Schreck, halb vor Faszination: Ein solches Wesen hatte er – bei allen Zwölfen – noch nie gesehen. Durch den Schnee stapfte, schwankend und biegsam, eine junge Birke. Obwohl der Baum – der Schrat – gewiß fast doppelt mannshoch war und bei jedem Schritte ächzte und stöhnte, bewegte er sich erstaunlich flink und behende. Die breiten Füße – Entenfüßen nicht unähnlich, knorrige Wurzeln wuchsen wie Zehen – brachen kaum durch die Schneedecke. Zwei lange, schrecklich dürre Beine – zusammen etwa vom Umfange eines alten Birkenstamms – trugen einen Brustkorb, der sich nach oben hin leicht verbreiterte, fast halslos in einen wuchtigen Kopf überging ... An der Stelle von Haaren sprossen dem Schrat kurze Äste und dürre Zweiglein aus Kopf und Kinn (und auch aus dem Schritt, wie Fjadir überrascht und – trotz allem – leicht belustigt bemerkte), herbstbraunes Laub knisterte an den Zweigen. Zwischen dem Blattwerk auf dem Haupte hatte sich eine Krone von Schnee verfangen, die den Hölzernen nicht zu stören schien – im Gegenteil. Denn der Schrat trug keine Kleidung, aber ein feines silberschwarzes Borkenkleid, das von rauhem Reif schimmerte wie von Brokat. Aus den wuchtigen Schultern baumelten zwei astdicke Arme herab, biegsam und gelenkig, krallengleich gebogene Zweige gemahnten an Finger. Der knorrige Kopf ahmte die Züge eines Menschen entfernt nach – ein aus zwei gefleckten Rindenwülsten geformter Mund, eine weißborkige, stumpfe Stupsnase, die unwillkürlich an einen abgesägten Ast erinnerte, zwei Astlöcher dort, wo Ohren sitzen sollten. Aus großen silberweißen Augen mit einer winzigen, unbeweglichen Iris in der Farbe goldenen Laubes starrte der Schrat auf die beiden Menschen und das Maultier herab. Es fiel schwer, den durchdringenden Blick aus diesen seltsamen Augen zu deuten – aber unfreundlich war er gewiß nicht. »Soso, tsts tsts.« Mehr sagte das sonderbare Wesen nicht. Die Stimme war überraschend hell für ein so großgewachsenes hölzernes Wesen und klang auf gewisse Weise heiser wie raschelndes Laub, seltsam eintönig. Irgendwie hölzern, dachte Fjadir, neuerlich belustigt.

Die beiden jungen Männer sprangen geschwind auf die Füße, da der Schrat vor ihnen stand. Aber vor Aufregung und Überraschung hatte Fjadir gänzlich die Sätze vergessen, die er sich schon vor dem Aufbruch zurechtgelegt hatte, stotterte, hielt inne – schaute ratlos Brin an, aber der wußte auch nicht weiter, ganz gefesselt vom Anblick des merkwürdigen Wesens … »Ich bin Fjadir, äh, Fjadir von Bjaldorn, aus Bjalas Sippe, und das ist mein Weggefährte Brin …« Die beiden jungen Männer verneigten sich ehrerbietig. »Wir grüßen Euch, Herr Waldkönig, und überbringen Euch Gruß und Geschenk von meinem Vater, dem Herrn über Bjaldorn, und vom Diener Firuns …«

»Soso, tsts, da kommen zwei Menschlinge, tsts, mitten im Winter, tsts, den weiten Weg mitten im Winter …«

»Jawohl, Herr Waldschrat … Wir sind gekommen, Euch um Hilfe zu bitten, den alten Bund zu erneuern – denn Bjalas Halle wird von einem Heer bedroht …« Langsam gewann der Junker an Sicherheit. »Von einem Heer, das die ganze Welt und alle Geschöpfe der Götter und guten Geister zu unterjochen ausgezogen ist, Herr Schrat …«

»Tsts, aus unserm Walde, tsts?« Der Schrat sprach so langsam, als überlege er mühsam.

»Nein, nein, Herr Schrat, nicht aus Euerm Walde, sondern aus der Ferne …«

»Nicht aus dem Walde, tsts, aus fernen Gestaden.« Abermals hielt der Schrat inne. »Aber der Bund, tsts, der Bund gilt nicht, tsts, für die Ferne.«

»Wie …?«

»Der Bund, tsts, den Euer Bjala schloß, tsts, gilt für unsern Wald, tsts, und alles, was in unserm Walde haust, tsts, aber für nichts, tsts, das nicht aus unserem Reiche stammt.«

Betroffen tauschten Brin und Fjadir einen Blick.

»Bitte, Herr Schrat!« rief Fjadir. »Mag sein, daß unser Feind nicht im Nornja haust, aber bedenket doch – alle Lande der Zwölfe, alle Geschöpfe, die dem Guten dienen, Ihr, wir, wir alle sind bedroht, das heilige Haus Firuns, Eures Vaters, wird zerstört werden …«

»Nein, nein, so gilt nicht der Pakt, tsts, nicht so, tsts, nur im Walde!«

»Dies sendet Euch mein Vater, den alten Bund zu erneuern …« Fjadir wies hilflos und hoffnungsfroh zugleich auf die Fässer. Der Schrat knickte, ohne seine Stellung zu verändern, gerade über den Beinen in einem unglaublichen Winkel nach rechts hinten ein, schnupperte lange und ausgiebig an den Fässern. »Hmhm«, knarrte der Schrat, das es fast wie ein Lachen klang, »lecker, tsts, lecker!« Fast spielerisch leicht hob er die schweren Gefäße vom Rücken des Maultiers.

»Seht, Herr Schrat, diese Fässer und so viele Ihr wollt noch dazu, als Preis für Eure Hilfe …«, hob Fjadir von neuem an.

Der Schrat blickte den Junker lange an. Fast schien es Brin, als reiße der Hölzerne seine großen Augen noch ein Stückchen weiter auf. Aber das war gewiß Einbildung. Schließlich sagte er nur: »Nein, nein, nicht aus dem Wald, tsts, und Dank, tsts!«

Und so entschwand der Holzkerl in weiten Schritten, unberührt von Schnee und Kälte, unter jeden seiner starken Arme ein großes Faß geklemmt.

Brin und Fjadir blickten dem Schrat hinterdrein, bis er zwischen den Bäumen verschwunden war – und dann sahen sie einander bitterlich enttäuscht an. Der Junker war aschfahl, weiß wie die Wolken und der Schnee rundum. Dafür also hatten sie sich eine schreckliche, entbehrungsreiche Woche lang durch Schnee und Eis geschleppt und würden sich eine weitere Woche plagen müssen, mit der Furcht im Nacken, die Heimstatt von Uriels Haufen umzingelt und eingeschlossen vorzufinden, und ohne eine Schar von Schraten, die den Notmärkern hieb- und stichfest einbleuen würde, daß sie von Bjaldorn besser die Finger ließen …

Hatte auf dem Herweg wenigstens von Zeit zu Zeit Hoffnung ihre Schritte beschwingt, das Wachen bei Nacht erleichtert, aller Qual einen Sinn gegeben, hängte sich nun die Mutlosigkeit bleierner und unentrinnbarer an ihre Fersen, als die schwarzen Wölfe des Erzdämonen dies jemals vermocht hätten. Zäh verflossen die Tage, kalt, zähneklappernd, klamm und feucht, ohne ein einziges freundliches, scherzhaftes Wort; nur das Nötigste besprachen sie miteinander, leise, in Sätzen, die sie durch die Zähne preßten, so daß nur Bröckchen und unzusammenhängende Stücke herauskamen, unlustig, den Mund zu öffnen und zu allem Überfluß der beißenden Kälte auszuliefern.

Als sie endlich ihre Rosse zurück auf den alten Karrenweg von Vierwinden her führten, erfüllte Dank ihr Herz. Wenigstens an Leib und Seele heil und unbeschadet kehrten sie zurück … Nur noch wenige Wegstunden bis Bjaldorn lagen vor ihnen.

Aber ein Aufatmen war ihnen nicht vergönnt. Plötzlich hielt Brin den Junker mit einem Wink zurück, wies weit in die Ferne. »Bei Rondra!« rief er entsetzt und schlug die behandschuhte Hand dumpf aufs Herz.

Tief unten im bewaldeten Tal war der schmale Pfad im Nornja angefüllt mit Menschen und Tieren. Leise drangen das Wiehern der Pferde, das Kläffen der Hatzmeute und die Rufe der Menschen zu den beiden jungen Männern herauf, als der Heerwurm gemächlich heranzog. Brin wagte kaum, den bewaffneten Haufen zu schätzen, konnte auch schwerlich alles erkennen: Er mochte sich auf viele hundert Köpfe belaufen.

Brin trieb Schwarzschnauze mit einem Sporenhieb voran. »Wir wollen deinem Vater die befürchtete Kunde bringen ...«

Drohend ballte Fjadir die Hand zur Faust und reckte sie dem Notmärker hin, ehe er Berschin an den Zügeln herumriß und dem Fuchs die Sporen gab, dem Rhodensteiner hinterdrein.

»Krepier doch, warzige Notmark-Sau!« brüllte er, und seine sonst so dunkle Stimme schrillte vor Haß und Zorn.

Siebentes Kapitel

Die Notmärker vor den Wällen

Bjaldorn, Ende Hesinde 1020

Von diesem Tage an wehte das schwefelgeschwärzte Kriegsbanner der Rondra gleichauf mit dem silbernen Ifirnsschwan über dem Bergfried von Bjaldorn. Dennoch dauerte es noch einen ganzen Praioslauf und einen halben, bis sich der schwerfällige Wurm des Notmärkers den Nornja-Weg heraufgewälzt hatte – ein disziplinierter, waffenstarrender Zug war dies: Keine unwilligen Landwehrhaufen hatte Uriel von Notmark mit sich genommen, sondern geworbene Söldner, Gestalten ohne Gewissen, die für Gold mordeten und brandschatzten und in furchteinflößender Ordnung einherschritten.

Im Gefolge des warzennasigen Grafen zog überdies die grimmigste Kälte heran, derer sich die Ältesten der Dörfler entsinnen konnten; nistete sich in den dunklen Nischen und verborgenen Winkeln der Bjalaburg ein und fiel die Bjaldorner heißhungriger an als das wildeste Wolfsrudel; das Wasser wäre bis zum Grund der Brunnen gefroren, wenn man nicht alle Stunde mühsam einen schweren Stein hinabgesenkt hätte, um die frische Eisdecke zu zermalmen. Die Schwerter froren in den Scheiden, die Pfeile in den Köchern und das Eisenzeug an den Körpern der Krieger fest. Das Praiosrund flirrte weißgleißend in einem gräulichen Dunstgewaber, das vom Himmel kein Fleckchen durchblicken ließ, und stieg kaum über den Horizont herauf – als ob über Nacht ein Panzer aus Firn den Flammenball ummantelt und frostige Ketten die Sonne wie eine Gefangene an Sumus Leib gefesselt hätten, so schien es Brin.

Die Bjaldorner floh ein wenig die Zuversicht, als sie so erbärmlich schlotterten und sich wie die Schafe aneinanderdrängten, da lohende Feuer kaum Hitze spendeten – doch waren sie Firuns arge Unbill schließlich und endlich gewohnt und ertrugen den feindlichen Frost, als wäre er eine lästige Zecke, die sich nun einmal unverhofft, aber unabänderlich festgebissen hätte. Zumal sie ja glaubten – glauben wollten! –, daß es den Schergen des Bethaniers jenseits der Wälle kaum besser ergehe. Und wenigstens von innen wärmten Schrater, Brannt und Bier, wenngleich zögernd, und linderten die gröbste Not. Und so es denn zum Kampfe käme, behaupteten sie, würde es ihnen ja ohnehin heiß und hitzig werden.

Aber noch anderes bezweckte und bewirkte die erzdämonische Kälte. Widerwillig anerkennend mußte die Wölfintochter den Helm lupfen: Binnen Stunden vereiste der samtweiche, pulvrige Schnee, der das Land rundum bedeckte, wurde schier versteinert. Rosse in stählerner Schabracke tänzelten darauf, ohne daß auch nur ein Hufeisen durch die schorfige Kruste aus Frost und Harsch gebrochen wäre. Was die Bjaldorner hilfreich gewähnt hatten, verwandelte sich vor ihren Augen unaufhaltsam in einen stumpfglänzenden Turneiplatz des siebenmal verfluchten Erzdämonen ... Der niederhöllische Fürst bat Herrn Firun zur letzten Tjoste!

Der Baron, sein Sohn und die Gesandten des Schwertes der Schwerter standen oben auf der Brüstung des Bergfrieds, in dicke Fellmäntel gemummt, die Hände in Fäustlingen über einem glühenden Kohlebecken (nichtsdestotrotz brannten die Fingerkuppen prickelnd vor Kälte), und schauten zu, als sich die tödliche Umklammerung während der kurzen Nachmittagsstunden unausweichlich zusammenzog wie die Schlinge des Henkers. Die Augen tränten im beißenden, eisigen Wind. Flyrijas, Firuns Atem, war, gleich jener Nacht zwischen Praios und Rondra, da die Kuppel barst, wie auf ein geheimes Zeichen hin verstummt. Der erzdämonische Wolfsodem stürmte von Osten, von den schneebedeckten Gipfeln des Ehernen Schwertes herab, gewann an Gewalt und Geschwindigkeit, gerade wie auch ein Schneeschlag immer schneller und schneller zu Tale stürzt. Heißer Atem dampfte den vieren aus den Nasen. Keiner sprach. Wer den Mund öffnete, glaubte, die Zähne bissen in Eis, und zuckte von dem plötzlichen Schmerz zusammen. Auch schickte die Kälte sich augenblicklich an, den Gaumen mit Reif zu benetzen, den Schlund hinabzukriechen und sich in den Eingeweiden, kalter Furcht gleich, festzubeißen.

Nur mit einem Nicken des Kopfes und leichten Handbewegungen verständigten sich die vier Menschen und wiesen einander auf die Handlungen des Feindes hin. Rund um die Wälle Bjaldorns flammten in der Dämmerung die Feuer des notmärkischen Heerlagers auf. Aber der alte Warzenkeiler, verschlagener als ein Lindwurm, ging das Unterfangen zu gerissen an, als daß er die Stärke seines Haufens den Bjaldornern so leichtfertig verraten hätte. Vielmehr ließ sich der tanzende Flammenschein der gewiß mannshohen Lagerfeuer nur durch die Schwärze der sternenlosen Nacht und den Schemen des Waldes erahnen. Auch der Zeitpunkt war geschickt gewählt. In fünf Tagen würde Madas Ausbleiben den Mondenwechsel verkünden. Schon jetzt waren die Nächte stockfinster und auf schinderische Weise kälter noch als die Tage. Den größten Teil seines Heeres hielt Graf Uriel hinter Hügelkuppen und Waldeinschnitten achtsam verborgen. Dort lauerten seine Mordbuben, unsichtbar und doch bereit, aus dem Nichts zuzustoßen – warteten auf Plänkler, die Mengbillar in Paavi geworben hatte. Sollten andere die Drecksarbeit machen, grunzte der Graf. Die eigenen, zu Notmark gegen gutes Gold geworbenen Söldner, ›seine Kinderchen‹, wie er sie nannte, würde er gegen die Ilmensteinsche Schlampe besser brauchen können.

So krochen einstweilen nur die Rotpelze nahe genug an die Wälle und Tore Bjaldorns heran, um dem Grafen und seinen Offizieren Meldung zu erstatten, falls die Bjaldorner sich versammelten und Kampf im Schilde führten. Zerlumpte und ausgemergelte Gestalten, diese Goblins, die halbherzig das rot-schwarze Banner des Bethaniers, die verruchten Farben Notmarks, vor sich herschoben und im Schutze roh zusammengenagelter Bretterwände über den zwei Schritt hohen Schnee schlichen. Aber diese Wehren hätte es gar nicht gebraucht, denn Hauka hatte die Schlachtschitzen und Landwehrleute angewiesen, die kostbaren Pfeile nicht ob solch unsicherer Schüsse zu vergeuden, sondern geduldig zu warten, bis der Feind nahe genug vor den Mauern auftauche.

Zugleich verhinderte der Graf auf diese Weise, daß der eine oder andere Mietling, dem die Kälte und Angst draußen auf dem Felde zusehr in die Glieder fuhr, überhaupt daran denken mochte, zu den Belagerten überzulaufen. Denn die Bjaldorner würden die Goblins kaum willkommen heißen und die stets verspotteten und verachteten Rotpelze keinen der verhaßten Notmärker Menschen-Söldner ihre Stellung ungehindert passieren lassen. Ja, nicht einmal Ausschreitungen gegen die mißliebigen kleinen Viecher mußte die Warzensau nur mehr befürchten und keine Diebstähle und Stibitzereien der lästigen kleinen Langfinger …

Hinter den Wällen Bjaldorns beäugten stets ein Dutzend Leute der Landwehr und abwechselnd ein halbes Dutzend Nivesen oder Norbarden unter dem Befehl zweier Schlachtschitzen argwöhnisch den notmärkischen Haufen – sowohl Hauka als auch Mütterchen Libuschenka war es leichtgefallen, in diesen Zeiten die friedliebenden Nomaden zu den Waffen zu rufen. Das Nivesenvolk hatte, mit wolfengleicher Witterung und von den Weissagungen des alten Kailäkinnen aufgerüttelt, längst geahnt, daß der Augenblick kommen würde, wo das geschmiedete Eisen den Zwist entscheiden müsse. Und die dem Gold verfallenen Norbarden, als sie sich überzeugt hatten, daß es kein Entkommen mehr gebe, waren allemal entschlossen, ihr kostbares Hab und Gut so teuer wie irgend möglich zu verkaufen. Baron Trautmann versprach ihnen sogar einen kleinen Sold, wenn sie sich seiner Schar anschlössen. Obzwar er fürchtete, daß er denselben niemals werde zahlen müssen, denn das Geschick der Belagerten sah düster aus!

Unablässig betete der Baron darum, daß die Gräfin von Ilmenstein aus dem Süden oder Herzog Dermot von Norden Entsatz schicken oder daß sich – was angesichts des nun seit Monden erloschenen Tempels und zahlloser ungehört verhallter Gebete nicht sehr wahrscheinlich dünkte – doch irgendein Wunder ereignen und Ifirn, die Weiße Frau, sich der Bjaldorner erbarmen möge.

Hauka hatte eindringlich geraten, das Dorf aufzugeben – niederzubrennen! –, die Alten und Kinder auf der Burg einzuquartieren und sich hinter dem zweiten Wall zu verschanzen, der nur die Feste und die Halle von Kristall schützte. Das aber hatten die wackeren Schlachtschitzen, denen Trautmann davon erzählte, rundheraus abgelehnt. Sie wollten der Warzensau keinen Fußbreit weichen und schon gar nicht in vorauseilendem Gehorsam die eigenen Häuser brandschatzen! Und gegen den Willen aller mochte der Baron, was die Wölfintocher sehr verdroß, sein Ansinnen nicht durchsetzen. So waren nur sämtliche Vorräte in die Speicher der Bjalaburg geschafft worden. Allerdings befahl er, Wasser auf die Wälle zu gießen – wenigstens rutschen und purzeln sollten die Notmärker, wenn sie sich an die Wehren zu schleichen versuchten. Zwei Drittel der Bjaldorner Wehr hatten ihre Lager drunten in den Häuschen hinterm Wall aufgeschlagen, um rasch zur Stelle zu sein. Ein Drittel hielt Wacht auf der Burg.

Und während der Graf sich der eisernen Fessel freute, die er um Bjaldorn gelegt hatte, und die Bjaldorner um einen Ausweg flehten, wurde der wolkige Dunst immer düsterer, und kaum merklich wandelte sich die Gräue des Tages zur Schwärze der Nacht.

Zur dritten Morgenstunde riß der schrille Schrei des Horns Brin aus seinem unruhigen, traumlosen Schlaf: »Alarm! Zu den Waffen!« So klagte es in die Düsternis. Fjadir, der neben dem Rhodensteiner seine karge Bettstatt eingerichtet hatte, stand schon auf den Füßen, den glatten Spieß in beiden Fäusten. Matt funkelte die blankpolierte stählerne Spitze im Licht einer fernen Fackel. Der Erbe der Bjalaburg hatte vor Zorn, Kälte und Furcht gar nicht schlummern können. »Goblins!« zischte er, nachdem er einen Blick aus dem unverhangenen Fenster über den Wall geworfen hatte.

»Viele?«

Fjadir nickte hastig, schnaubte vor Aufregung – oder seufzte oder schluchzte, so genau konnte Brin das nicht unterscheiden, denn von draußen drangen die ersten Rufe der Bjaldorner Landwehrleute laut und durcheinander zum Windauge herein – und stürzte zur Tür hinaus. Seinen Helm und den kleinen Schild mit dem aufgenieteten blaustählernen Schwanenvogel vergaß er in der Eile in einer dunklen Ecke. Brin fluchte: Wenn selbst der Junker beim ersten Angriff so aus der Fassung geriet, daß er die Hälfte seiner Rüstung liegenließ, wie sollten dann erst die gemeinen Landwehrleute ihre Siebensachen beisammenhalten?

Auf den Wällen wimmelte es von Bjaldornern, vor den Wehren von Goblins. Die Nacht war so schwarz und mondlos, daß man kaum mehr als umherhuschende Schemen erahnen konnte. Die Bürger mühten sich, die so oft unter Trautmanns und Haukas Anleitung eingeübten Plätze in Windeseile zu besetzen – stolperten dennoch übereinander, schimpften und fluchten. Erst als Brin seine Befehle erteilte – laut, klar, schneidend –, trat eherne Stille ein. Selbst eine Reiterschwadron hätte sich unbemerkt an die Palisaden schleichen können. Seit Jahrzehnten war dies kleine Dorf nicht mehr berannt worden und jede Übung mit dem Ernst und der Hektik einer wirklichen Schlacht natürlich nicht zu vergleichen. Endlich aber starrten Dutzende Bögen und Armbrüste, Spieße und Schwerter von den Wällen hinab auf die Rotpelze.

Rasch zeigte sich, daß die Warzensau nicht Ernst machte – die Goblins wagten sich kaum weiter als auf dreißig Schritt vor (so weit vermochte man etwa zu schauen), tauchten schattengleich aus der Schwärze auf, verschossen ziellos den einen oder andern Armbrustbolzen und huschten in die schützende Düsternis zurück. Den Bjaldornern blieb nichts, als auf gut Glück einige Pfeile ins finstere Nichts zu senden. Nach kaum einer Zehntelstunde rief ein schriller Pfiff die kleinen Kreaturen endgültig zurück.

Noch zweimal weckte das Horn die Bjaldorner, und jedesmal verlief das Spiel nach denselben Regeln. Der Weiße Mann verbot, die Pfeile sinnlos von der Sehne schnellen zu lassen. So begnügte man sich damit, dem Schattenspiel der Goblins gaffend beizuwohnen. Dabei hatten die Rotpelze, bedachte man die geringe Kunstfertigkeit ihrer Schaustellerei, gar kein so vielköpfiges Publikum verdient.

Als sie im Morgengrauen zum drittenmal auf ihre harten Strohlager sanken, fiel der erschöpfte Junker augenblicklich in einen unruhigen Schlaf; er war umhergeeilt, hatte hier und dort nach dem Rechten gesehen, Befehle und Anweisungen erteilt … Bleich vor

Sorge, daß der Notmärker doch stürmen – und Fjadirs Heimat in eine Wüste aus Blut, Feuer und Schnee verwandeln könnte. Diesmal wälzte sich Brin noch länger schlaflos hin und her. Den einzigen Vorteil, den die Bjaldorner auf ihrer Seite wußten, sah er darin, daß Uriel ihre genaue Stärke nicht beziffern konnte. Mit etwas Glück mußte es einfach gelingen, den warzengesichtigen Diener des Bethaniers so lange hinzuhalten, bis Hilfe heran war, hoffte er. Falls sie denn käme.

So ging es Nacht um Nacht – Graf Uriel setzte viel daran, den Bjaldornern Schlaf und Mut zu rauben. Aber obzwar die Stimmung immer gereizter wurde, gelang es ihm doch nicht, die wackeren Leute zu zermürben. Und: Nun, da wirkliche Gefahr drohte, gelang das Besetzen der Wälle von Mal zu Mal rascher. Auch gewöhnte man sich an die nächtliche Düsternis. Nicht lange, da lag ein Dutzend Goblins bleich und kalt im Schnee. Niemand machte sich die Mühe, ihre steifgefrorenen Leichname fortzuschaffen. Purpurrote, eisige Blutlachen schmückten das weiße Feld wie dämonische Blumen. Unfruchtbaren Stempeln gleich ragten die gefiederten Pfeile daraus empor.

Einmal, am dritten Tage, nachdem des Grafen Leute vor dem Dorfe aufgetaucht waren, glaubte Brin, der freiwillig auf dem Turm wachte, tatsächlich, daß Herzog Dermot aus Paavi Entsatz schicke.

»Heho, Herr Der ...«, rief er und hob den Arm, um den Schitzen im Hof die Frohbotschaft zuzuwinken, biß sich aber im rechten Augenblick auf die Zunge.

Denn es war nur ein frommer Wunsch gewesen – bei genauerem Hinsehen. Auf dem Weg von Mitternacht zog ein bewaffneter Haufen heran: fünfzig, sechzig Frauen und Männer, so schätzte Brin. Langmähnige, bärtige, kräftige Gestalten stapften da auf dem schmalen Karrenweg. In weißen Wölkchen dampfte der Atem aus ihren Mündern. Speere und Spieße ragten wie dürre

Strohhalme in die Luft, graues Stahlzeug blinkte unter warmen, aber zerlumpten und hier und da fadenscheinigen Mänteln aus Pelz und Wolle hervor. Auf den Rücken geschultert, schleppten sie dicke Ballen Gepäcks. Aber kein Banner wehte ihnen voran, und kein Berittener führte sie an. Auch hielten sie nicht Ordnung, sondern wanderten miteinander, wie es ihnen gerade in den Sinn kam. Nein, dies war gewiß kein herzogliches Banner. Eine Schar gewissenloser Knechte hatte er da vor sich, habsüchtige Goldsucher und Abenteurer womöglich, ehedem nach Paavi geeilt, um dort ihr glänzendes Glück zu versuchen – und nun, gescheitert, gekommen, um *seinem* Banner ihre Seele zu verpfänden!

Brin ballte die Faust. Wie war ihm solches Pack zuwider! Solche, die, von der Gier nach dem Gold verblendet, nicht mehr klar gucken konnten und gar nicht sahen, welch tödliche schwarze Schatten das Banner des Bethaniers auf den Leib Sumus warf.

Im Lager der Notmärker wurden die rauhen Gesellen aus der nördlichen Herzogsstadt unter lautem Jubel willkommen geheißen – vornehmlich, da sich herumgesprochen hatte, daß jene die Vorhut bilden sollten, wenn der Graf zum Sturm blasen lasse. Furchteinflößend war die Hauptfrau der Plänkler, ein wüstes Weib aus dem Gjalskerland, eine Barbarin, schlimmer als die Thorwaler noch: über zwei Schritt groß, hüftlang wehte ihr das schimmligblonde Haar. Kleine Knochen – Finger- und Zehengebeine – hatte sie in die fettigen Strähnen geflochten, so daß es bei jedem Schritt schepperte. Geschultert trug sie eine doppelblättrige breite Axt, lang wie ein Schwert, den Griff von der abgezogenen, gedörrten Haut menschlicher Opfer umwickelt, damit er sich in ihre gewaltigen Fäuste füge; auf dem Leib nichts als ein aus groben Fellstücken zusammengenähtes Wams und geschnürte Stiefel. Wenn sie sprach, grollten die Worte, alte, fremde, grunzende Klänge, aus ihrem

Leib hervor wie Lava aus den Tiefen des Vulkans. Die Gjalskerin befahl ihren Leuten nicht oft etwas, aber wenn sie es tat, dann spurten diese sogleich und suteten sich, ihr zu Gefallen zu sein. Mit dicken Strichen von schwarzer und roter Paste hatte sie die grobschlächtigen Züge ihres Gesichts betont – eine breite Nase, höckrige Wangenknochen, zwei dumpfe, unangenehm wäßrige Augen, einen Mund, den sie nie schloß und der den Blick auf eine Reihe stumpfer schwarzer Zahnstummel freigab.

Graf Uriel selbst war nicht zugegen, als die Plänkler begrüßt wurden. Was sollte er sich mit schäbigem Gesindel abgeben? Aber der alte Notmark sah sich das Ereignis aus der Ferne an und gewahrte scharfäugig, daß der Türmer droben auf der Bjalaburg eilfertig hin- und herhüpfte, als er des Haufens von Paavi her ansichtig wurde. Zufrieden wandte er sich ab. Sein Plan würde aufgehen.

Wenn man die Bjaldorner glauben machte, ein leibhaftiger Ilmensteinscher Reiterzug komme den Weg heran – ein Pulk, zu schwach, um sich allein durch die notmärkischen Reihen zu schlagen, aber stark genug, um den Bjaldornen, so sie sich mit demselben vereinten, wertvolle Hilfe zu bieten? Dann würden die verdammten Feiglinge endlich aus ihrer Schanze gekrochen kommen – und ein letztesmal zucken wie die Maus, über der die Falle mit einem gehässigen Schmatzen zuschnappt. Und genau dies hatte Graf Uriel von Notmark im Sinn.

Wenig später versammelten sich im goldenen Zelt des Grafen – dem einzigen Orte nördlich des Bornlands, an dem eine freundliche Wärme die Haut liebkoste – Uriel selbst, die Edle Nokja von Dutlindhusen und Rittmeisterin Girte von Strangnitz zum kleinen Rat. Der Graf saß an einem Tischchen, auf dem sich Papiere stapelten. Die beiden Frauen standen. Marschallin Tjeika fehlte.

Ihr sei unwohl, hieß es. Dafür lungerte wie stets, ohne sich um die mißbilligenden Blicke der stolzen Adelsfrau zu scheren, der unheimliche Mengbillar bei seinem Herrn herum.

Der Graf mühte sich, gleichzeitig der Bronnjarin, auf deren Zustimmung er – rein theoretisch – angewiesen war, seinen Plan zu erläutern sowie einen schrumpligen Apfel mit einem silbernen Messerchen zu zerschneiden. Wobei ihm letzteres augenscheinlich wesentlich mehr Sorgen bereitete als ersteres.

»Ihr wollt unter dem Banner Ilmensteins reiten, Hochwohlgeboren?« Verwundert kratzte sich die dickliche Nokja am Dutt. »Aber Ihr sagt doch, die Ilmensteinerin habe uns Sewerier schmählich verraten? Warum …«

Uriel schnaubte fassungslos. Seine Nasenflügel blähten sich wie die Nüstern eines schäumenden Stiers. Gab's das? Diese halsstarrigen Möchtegern-Bronnjaren konnten einem alles verderben …

Verschreckt verstummte die Edelfrau und faßte sich an den weißen Hals.

»Meine Liebe! Was wollen wir wohl damit bezwecken? Wir müssen den feigen Dachs aus seinem Bau locken, um ihm das Fell über den Kopf zu ziehen«, polterte der Graf, während er mit dem silbernen Messerchen in der Luft herumfuchtelte. »Oder wollt Ihr, mein Täubchen, länger als nötig in dieser Arschkälte bibbern?«

Eifrig schüttelte die Dutlindhusenerin den Kopf. »Gewiß nicht, Herr Graf, nein, ganz gewiß nicht. Die Kälte, wie Ihr sagt, die Kälte ist kaum auszuhalten …«

»Drum! Wir brauchen irgend etwas, das diese langweiligen Bjaldorner so richtig in Fahrt bringt – irgendwas, daß sie's gar nicht erwarten können, uns die Köpfe einzuschlagen … Damit sie auch wirklich aus ihrer Höhle kriechen.« Uriel rieb sich nachdenklich das stopplige Doppelkinn.

»Geruht, Herr«, krächzte Mengbillar, »ich glaube, ich habe ein Willkommensgeschenk parat, das den süßen Schwänen da oben tüchtig die Laune verderben wird …«

Der Graf schmunzelte belustigt, wie immer, wenn sich sein ›Kanzler‹ in Behufe der Kriegsführung mischte. »Wie du meinst, Mengbillar, warst ja schließlich dafür, herzukommen … Aber wenn's nicht gelingt, du Klappergestalt, schick ich dich selbst rauf, mit einer roten Schleife um den Hals …«

Uriel warf den Kopf in den Nacken und lachte kurz und brüllend auf, so daß sein fettes Kinn erzitterte; höflich fielen Rittmeisterin Strangnitz und die Bronnjarin ein.

»Ihr scherzt, Herr, wie immer fürtrefflich«, kicherte Mengbillar und verzog die blutleeren Lippen zu einer grinsenden Grimasse.

Schließlich entwarf Graf Uriel von Notmark einen Schlachtplan auf dem Tischchen. »Dieser halbe Apfel«, raunzte er, »ist die Burg, dieser hier der zerdepperte Nachttopf von Tempelkuppel!« Er schob die beiden Hälften nebeneinander vor sich auf die Eichenplatte. »Das Messer hier ist die Letta.« Er legte die schlanke silberne Klinge links neben die Apfelstücke. »Dazwischen liegt das wacklige Dorf, hier, nicht wahr …?«

»Wo?« fragte Nokja von Dutlindhusen, die sich an des Grafen Seite begeben hatte.

»Denkt's Euch, denkt's Euch nur!« Diese Schnepfe machte ihn rasend. Uriel schwitzte.

»Die Ilmensteiner müssen von Süden kommen …« Der Graf suchte irgend etwas, womit er sein Panorama vollenden könne. »He, Strangnitz, gib mir die Würfel!« Die Rittmeisterin las von einer Truhe eine Handvoll beinerner Würfel auf. »Großartig«, grunzte er, »großartig! Der dicke Würfel, das bin ich« – er drehte den größten Würfel so vor sich hin, daß er die Zwei zeigte –, »die Zwei Tjeika und ihr sabbernder Stößer, die Drei die Beilunker, die Vier die Darpatischen und der Fuchskopf das Goblinpack ... Unsere verkleideten ... wir wollen sie mal die ›Ilmensteiner‹ nennen, kriegen das Stutenviech. Also: Die führst du an, Strangnitz!« Uriel lachte kurz und häßlich, ehe er die Stute und die eigene rote Eins in den Süden von Tempel und Feste verschob. »Du als Thesiatäubchen, Strangnitz ...« Der Graf brüllte vor Lachen, machte zwei, drei unzüchtige Gesten, grölte noch lauter, warf sich im Stuhl zurück, daß das Holz krachte, und klopfte sich klatschend auf die Schenkel. Tatsächlich hatte die bullige Kriegsfrau mit dem strähnigen Haar wenig von der luchsengleichen Eleganz und wogenden Lockenpracht der Gräfin Ilmenstein an sich ...

»Die kleinen roten Stinker können uns hier unten helfen, wenn die kleinen feigen Bjaldorner aus ihrem Nest kriechen.« Auch der Fuchskopf-Würfel wurde zwischen Uriel und die Apfelhälften versetzt. Zufrieden beäugte der Graf sein Werk.

»So – auf der andern Seite, weit weg von den Ilmensteinern, müssen wir sie zunächst ablenken, damit sie sich die Bagage nicht zu genau angucken ... Das machen die ›Beilunker‹ und die ›Darpatier‹, um dann ...«

»Sie sollten glauben, daß wir die Ilmensteiner davon abhalten wollen, zur Burg zu gelangen, Herr«, warf die Edle ein. Uriel staunte ungläubig. Er mußte sich verhört haben. Mengbillar grinste so breit vor Vergnügen, daß ihm ein Speicheltropfen aus dem Mundwinkel triefte.

»Pack dich, du Sabbergestalt!« Der Graf von Notmark brüllte unvermittelt so laut, daß selbst die Edle einige Schritt weit zurückwich. Der unheimliche Zauberer verneigte sich demütig, ehe er das Zelt verließ; blinzelte mit seinen scheußlichen Augen – mehlig-weiß mit winzigen Pupillen und rotgesprenkelt von geplatzten kleinen Äderchen – der Dutlindhusenerin so verschwörerisch zu, daß sie noch weiter zurückschreckte.

Der Graf wischte sich den Schweiß von der Stirn. Darauf beruhte schließlich sein ganzer Plan: daß die Bjaldorner den vermeintlich bedrängten Ilmensteinern zu Hilfe eilen und dafür ihre feine Burg im Stich lassen würden. Er starrte Nokja von Dutlindhusen haßerfüllt an. »Natürlich sollen sie das glauben! Dafür werden die Beilunker und das Mietlingspack schon sorgen. Sollen was tun für ihr Gold, die faulen Säcke!«

Mühsam gelang es ihm, sich wieder auf seine Schlachtordnung zu konzentrieren.

»Die darpatischen Söldner laufen also über den Fluß, einmal rund um die Burg, um die Ilmensteiner scheinbar abzufangen – aber ganz, ganz langsam. So fallen sie den Bjaldornern in den Rücken.« Sehr gemächlich schob der Graf den Würfel, der die bosparanische Drei zeigte, auf dem Messer entlang in die Nähe seines eigenen.

Blieb nur noch die Ziffer Zwei, Tjeika, Mengbillar und fünfzig Reiter – die wichtigste Schwadron … Bedächtig wog der Graf den Würfel in der Hand, ging im Geist die Umgebung nach einem geeigneten Versteck ab.

»Der Wald östlich der Feste eignet sich gut, mit Verlaub, Hochwohlgeboren, dort könnten sich leicht viele Reiter bei Nacht verbergen, dann aus dem Wald herausbrechen und im gestreckten Galopp den Bjaldornern den Rückweg abschneiden«, sagte Strangnitz. Uriel überlegte, stimmte schließlich zu.

»Jawohl, Strangnitz, der östliche Wald – gut so.« Zufrieden zupfte Uriel den feinen Handschuh von der Linken, breitete ihn liebevoll rechts neben den Apfelhälften aus. »Der Nornja!« murmelte er und deponierte mit selbstgefälligem Grinsen den letzten Würfel auf dem weichen Leder.

»Aber, Hochwohlgeboren – gestreckter Galopp! Nein, nein, das Versteck gefällt mir nicht, zu weit entfernt, zu unsicher … Nachher gelingt's den Bjaldornern noch, uns den Weg abzuschneiden …« Die Edle von Dutlindhusen war drauf und daran, die Zwei zu verrücken.

»Jetzt reicht's aber, du dämliche Schachtel!«

Gekränkt fuhr die Bronnjarin zusammen, knetete beunruhigt die Finger.

»Ich werd's dir zeigen, daß der Weg nicht zu weit ist.« Uriel zwang seine Stimme mühsam wieder auf eine gemessene Lautstärke zurück. »Ich werd's Euch beweisen«, wiederholte er noch einmal gedämpfter. Noch immer schmollend, hob die Edle fragend eine Augenbraue.

»O ja, meine Liebe: Ihr selbst werdet mit meiner nichtsnutzigen Tochter unsere Reiterei anführen!« Zum drittenmal explodierte der Graf von Notmark in schallendes Gelächter.

»Für wann befehlt Ihr den Sturm, Herr?« fragte Strangnitz, als wieder Ruhe einkehrte.

»Für übermorgen, am späten Nachmittag – die Nacht wird sie das Fürchten lehren«, knurrte der Graf. Übermorgen war der neunundzwanzigste Hesinde. Uriel glaubte nicht mehr an die Götter, aber am ersten Tag des Firun wollte er sich doch nicht an den Wällen Seiner heiligen Stätte versuchen.

»Morgen schicken wir ihnen Mengbillars Geschenk – bin gespannt, was der alte Storch sich ausgeheckt hat. Wir brauchen einen Boten, der unsere Worte würdig zu überbringen weiß.« Nachdenklich schaute der Notmärker sich um. Die Dutlindhusenerin strich sich fahrig durch die Haare, als der Graf den Blick auf ihr verweilen ließ. Als wolle sie den Finger heben, dachte Uriel. »Ihr meldet Euch freiwillig«, sagte er höhnisch. »Warum nicht? Eine gute Idee!«

Nachdem er Dutlindhusen und Strangnitz entlassen hatte, ging Uriel seine Schlachtordnung noch einmal Schritt für Schritt durch und war sehr zufrieden – mit einem wohligen Schauder zog er alle Würfel auf der Zwei, den Ilmensteinern, zusammen und türmte sie übereinander. Einen Augenblick lang malte er sich aus, wie die Bjaldorner unter diesem Ansturm aufgerieben würden, zersprengt in alle Winde – und hieb mit der geballten Faust auf Feste, Tempel, Fluß und Wald.

Nichts als flachgeklopfter Matsch auf dem eichenen Tisch blieb von Bjaldorns stolzer Wehr. Die Würfel indes flogen in alle Richtungen davon; einer kullerte unter der goldenen Zeltwand hindurch. Genau vor den Füßen Mengbillars, der draußen gelauscht hatte, kam er zu liegen. Als der schwarze Zauberer den kleinen Spielstein aufhob, zeigte er den Kopf der Stute.

Herr Trautmann rief seine Mägde und Knechte zusammen. Zum Bersten gefüllt war die Halle. Auf Tischen, Bänken und Deckenbalken, überall drängten und hockten die Leute. Jeder, der nicht zur Wache eingeteilt war, wollte hören, was der Baron zu sagen hatte. Trotz des offenen Feuers und ungezählter Fackeln war es so kalt, daß den Leuten weiße Dampfwolken aus den Mündern wichen, als sie miteinander tuschelten. Es hatte sich herumgesprochen, daß eine Botin des Notmärkers den Baron aufgesucht habe. Die Gesandte, die edle Nokja von Dutlindhusen, stand breitbeinig, aber bleich vorm Hochsitze des Barons. Über ihrem schweren Kettenzeug kleidete sie ein Wappenrock in den Farben des Bethaniers.

»Die Warzensau«, rief Trautmann laut, »der verruchte Notmärker …!« Ihm versagte die Stimme. Erregt schritt der Baron auf und ab; die Absätze seiner Stiefel klapperten hart auf den eichenen Bohlen. »Er schickt uns dies!« brüllte Herr Trautmann. Vor Grimm und Wut rötete sich sein Gesicht. Bedrohlich schwollen die Adern an Hals und Schläfen. »Die Warzensau schickt uns dies!«

Er griff nach einer kirschhölzernen kleinen Truhe, die auf den Stufen seines Hochsitzes gestanden hatte – feine goldene Schwanen-, Schmetterlings- und Blumenintarsien waren in das rötlichdunkel schimmernde Holz eingelassen. Mit einem Ruck klappte der Baron den Deckel auf: eine Wolke ekelhaft süßlichen, fauligen Gestanks ergoß sich in die Halle. Schlug den angespannt Lauschenden ins Gesicht. Brin würgte. Fjadirs Nüstern blähten sich, ehe sich der Junker entsetzt die Nase zuhielt.

In der Truhe ruhte ein verwesender Kopf. Der Kopf einer Frau. Ohne zu zaudern, zog ihn der Baron bei den Haaren – sie waren nach dem Tode augenscheinlich weiter gewachsen und glänzten seidig – aus seinem Sarg und schwenkte ihn seinen Gefolgsleuten hin. Die Frau mußte bereits seit mehreren Monden tot sein – die Haut hing in trockenen Fetzen vom bleichen Knochen, das Fleisch war schimmlig und weich; Würmer krochen aus den leeren Augenhöhlen und dem Hals, fielen zu Boden und ringelten sich hilflos auf den hölzernen Bohlen der Halle Bjalas, wo der Baron sie zertrat, sich schüttelnd vor Ekel und Abscheu. Anscheinend war das Haupt mit einem stumpfen Messer vom Leib getrennt worden. Falls die Frau daran den Tod gefunden hatte, dann war dies eine Folter, schlimmer als die Qualen des Heiligen Gilborn von Punin in *seinen* Gewölben gewesen: Augenscheinlich hatte die schartige Klinge das Fleisch zerfetzt und den zweidaumendicken Wirbelknochen nur langsam und mühsam durchtrennen können.

»Dies ist das Haupt Grinjes«, brüllte der Baron, beherrscht von Wut und Grauen, unfähig, seine Stimme zu zügeln, »der guten Mutter Grinje von Quelldunkel, einer herzguten Geweihten des Ifirn, die des öfteren in unserer Halle und an unserem Feuer zu Gast weilte. Und dies Schandmal ihrer Willkür und ihres Wahnsinns schicken uns Uriel, die Warzensau, der Herr über Notmark, und sein kahlköpfiger Kanzler, der Mengbillar geschimpft wird; dies sind des Grafen Worte, die uns seine Botin überbrachte: Er schicke uns ein Geschenk, so spricht Notmark, das er mit väterlicher Liebe und weisem Bedacht gewählt habe – denn es sei uns auf dreierlei Weise angemessen: So verfault wie unsere morschen Spieße, so stinkend wie unsere Feigheit und so grabesstill wie unsere Götter, deren alberne Funzel verloschen und die sich schamvoll abgewandt hätten! Doch gewähre er uns eine letzte Gnade, in der großen Güte, die ihm eigen …

Wie jenem dummen Gänschen Grinje aber werde es uns allen ergehen, verheißt der Graf, wenn wir uns ihm nicht willenlos ausliefern. Wenn wir ihm nicht die Halle von Kristall überlassen, das erhabene Weiße Väterchen ausliefern und zu guter Letzt die Schlüssel der Feste übergeben. Darüber hinaus verlangt er meinen Sohn und meine Tochter als Geiseln, damit wir Frieden halten. All jenen, die Bjalas Haus seit jeher leibeigen sind, will er fortan den stählernen Sklavenring Notmarks um den Hals schmieden, auf daß sie sein Eigentum werden. Den Freien aber verspricht er Wohlergehen an Leib, Seele und Besitz, so sie ihm dreißig Goldstücke zahlen; andernfalls sind sie gezwungen, zu eben diesem Preis ihre Seele zu verkaufen, und werden gleichfalls zu seinen Sklaven …«

Bleich und bebend vor Zorn standen die Bjaldorner starr wie Echsen im Winter. Kein Laut regte sich. Die Sprache war ihnen vergangen. Zu ungeheuerlich klangen Uriels Ansinnen. Wäre Wut menschlichen Augen sichtbar, hätte die hohe Halle bis hinauf unters Dach gegleißt vor zuckenden Blitzen.

Uriels Gesandte, die Edle Nokja von Dutlindhusen, fühlte sich sichtbar unwohl in ihrer Haut – hatte augenscheinlich selbst nicht gewußt, welches Geschenk das schmucke Kästchen barg, wußte nun nicht, was sie tun sollte.

Gefaßt dröhnte des Barons dunkle Stimme in die Stille, dröhnte feierlich wie der goldene Gong im Hause Praios': »Dies aber sind meine Worte, die ich der Gesandten Notmarks auf den Weg gebe: Sagt dem Grafen Dank für sein Geschenk, das unsere Herzen mit Abscheu erfüllt; sagt ihm Dank, daß er uns das Boßeln mit Kugeln seines Geschmacks gelehrt, daß er uns jegliche Scheu genommen, die Waffen gegen ihn zu erheben, gegen ihn selbst und alle, die ihm um des trügerischen Goldes willen schmeicheln. Sagt dem Grafen, daß er selbst, der Gütige und Gnädige, uns Lehrherr war, wie in solcher Fehde zu verfahren: daß wir nicht eher ruhen werden, bis wir sein eitles güldenes Zelt unter Beschuß genommen haben – als Munition aber wird uns nichts anderes billig sein als die warzige Fratze Notmarks selbst!«

Jubel und Beifall brandeten auf. »Bei Firun, fürwahr!« – »Möge Ifirns Reinheit ihn blenden!« So riefen die Bjaldorner.

»Sagt dem Grafen ferner«, knurrte Hauka, »daß er sich wider die Ehernen Gebote der Zwölfe unermeßlich versündigt hat, daß seine Schuld unsühnbar und daß sein Kopf darum auf Ewigkeit in Acht und Bann gestellt sei in allen Landen der Zwölfe: Wer immer des Grafen Uriel von Notmark habhaft wird, der mag ihn zum Kampf rufen und erschlagen wie einen räudigen, ehrlosen Dieb.«

Die Botin verließ Bjalas Halle wie in einem Alptraum. Obwohl Baron Trautmann das Gastrecht angemahnt hatte, war der Zorn der braven Leute doch übermächtig. Ungezählte Hände faßten nach ihr, zerrten an ihrem Mantel, stießen und prügelten sie der niedrigen Tür zu, die in weiter Ferne wie ein weißer Fleck vor ihren tränenüberschwemmten Augen tanzte. Schwere Stiefeltritte prallten ihr gegen die Beine, warfen sie fast von den Füßen. Die Bjaldorner gehorchten dem Wort ihres Herrn nicht – der Graf sollte sehen, wie aufrechte Diener der Zwölfe mit ihm und seinesgleichen verfuhren. »Fahr in die Niederhöllen!« schimpften sie. »Sollst verrecken, Weib!« Pjerow, der Page, bekam die Bärfellmütze der Bronnjarin zu fassen, riß sie ihr in hohem Bogen vom Kopf. »Brav, Pjeroschka!« lobten die Umstehenden und lachten. Schamrot strauchelte die Bronnjarin.

»Das wirst du büßen«, schwor sie, ehe sie den Knauf

ihres Sattels zu fassen bekam, sich aufs Pferd schwang und von dannen ritt, so rasch, wie es auf dem gewundenen Burgpfad möglich war.

»Herr! Herr! Die Ilmensteiner!« Pjerow, der ob seiner guten Augen die Türmerwacht übernommen hatte, stürzte in die Halle, rutschte fast aus vor Hast, da seine Sohlen feucht waren und Schnee daran klebte. Wie stets war der Saal übervoll – der einzige Ort auf der Burg, wo das Feuer geschürt wurde. Der schmächtige Knabe drängte die Gesindeleute und Schitzen derb beiseite, schlängelte sich zwischen Beinen und Spießen hindurch, bis er vor dem Hochsitz des Barons kniete.

»Pjeroschka! Ist das wahr?« Verhaltene Jubelrufe brandeten auf. Von Mund zu Ohr wurden die Worte des kleinen Pagen weitergegeben, bis sie in den letzten Winkel des Saales vorgedrungen waren.

»Ja! Im Nornja! Ein kleiner Reiterwurm – das Banner, das Ilmensteiner Banner, sie reiten unter dem Ilmenbanner der Gräfin Thesia!«

»Wie viele?«

»Zwei, drei Dutzend, Herr!«

Die lachende Freude, die in Trautmanns, in Haukas, in Fjadirs und Brins Züge geschlüpft war, wandelte sich jäh in Bestürzung und Schrecken. »Zwei Dutzend? Knabe, weißt du's genau?« Ernst musterte Hauka den Burschen. Der schreckte zusammen, dachte, der böse Blick der Nivesin gelte ihm …

»Ja, hohe Frau, ganz genau«, sagte er dennoch mit fester Stimme und ohne die Augen zu senken – verstand nicht, was die Wölfintochter so streng blickte.

»Wie weit?« knurrte Hauka.

»Drei, vier Meilen, edle Frau.«

»Dann werden sie in einer Stunde hier sein.«

»Aber zwei Dutzend? Die wird das Warzenschwein allemal abfangen …«

Vom Bergfried warfen der Baron, sein Sohn, die beiden Geweihten und Pjerow einen Blick – zunächst auf die Straße nach Vierwinden. Auf dem schmalen Pfade im Nornja sprengte ein Reiterpulk heran. Fjadir blinzelte angestrengt und kniff die Lider zusammen. »Der Ilmenbaum«, sagte er. »Sie reiten fürwahr unter dem Ilmenbanner.«

»Die Nacht?« fragte Brin. Das fahle Praiosrund berührte schon fast Sumus Leib. Es mochte inzwischen um die dritte Stunde nach Mittag sein. »Dämmert nicht bald die Nacht herauf? Wie sollen ...«

Hauka wies rahjawärts. »Der Wolfsodem«, sagte sie, »der Wolfsodem selbst wird die Wolken vertreiben, die er seit Tagen herbeiweht – auch Notmärker müssen gucken, wen sie abstechen. Nicht Madas Mal, wohl aber die Sterne des Zwölfkreises werden uns leuchten.«

Brin leckte den Finger an und hielt ihn in die flirrend kalte Luft: Noch immer wehte der Wind von Ost, vom Ehernen Schwert her.

Sodann schauten sie auf den Haufen des Notmärkers. Graf Uriels Hauptmacht – eine Schwadron Reiterei, etwa drei Banner zu Fuß, dazu die gewissenlosen Schlagetots aus den eisigen Gestaden, damit kleiner, als die Bjaldorner zu hoffen gewagt hatten, schien im Norden versammelt, auf dem Karrenweg nach Paavi; rüstete sich allmählich zu einem Angriff auf den langgezogenen und schwer zu verteidigenden Wall, der Feste und Tempel mittnächtlich schützte, während sich vor dem Vierwinden-Tor vornehmlich Rotpelze und einige Söldner und Goldsucher herumtrieben. Weiter hinten im Wald stiegen Rauchsäulen schräg und verweht in den Himmel – dort lagerten wohl die übrigen Banner. Die Nachricht vom Herannahen der Ilmensteiner hatte die Notmärker offensichtlich noch nicht ereilt, denn der schwerfällige Haufen des Grafen bewegte sich nicht vom Fleck. Augenscheinlich fühlt sich Uriel so sicher, daß er auf Späher verzichtet, dachte Brin. Aber wer sollte einem waffenstarrenden Heer wie dem seinen so weitab der bornischen Bronnjarengüter auch schon ernstlich zu Leibe rücken?

Einen kurzen Moment lang wünschte Brin, daß die Warzensau gar nicht erst von dem Ilmensteiner-Haufen erfahren möge – aber diese Vorstellung schien ebenso wunderbar wie unmöglich. Zweifelsohne würde er versuchen, den Frauen und Mannen der Gräfin Thesia den Weg abzuschneiden: Die Bjaldorner müßten vor ihm zur Stelle sein …

Auf gut sieben Meilen waren die Reiter aus Ilmenstein herangekommen – nun verlangsamten sie ihren Ritt, als wären sie sich ihrer Sache nicht ganz sicher. Ah, fürwahr, dachte der junge Geweihte, sie wissen letztlich gar nicht, ob sie es vor oder nach der Warzensau geschafft haben. Allein, die Antwort wird ihnen nicht gefallen.

»Mir scheint«, sprach Hauka, »wir sind wieder einmal vor eine qualvolle Wahl gestellt: Wollt Ihr ausharren, Freund Trautmann, hinter Euren Mauern – oder wollt Ihr den Ilmensteinern, auch wenn es viele der Euren und Euch selbst Heil und Leben kosten mag, Freund und Retter sein?«

Brin und Fjadir blickten unweigerlich den Baron an, Herr Trautmann aber richtete den fragenden Blick wortlos auf die Wölfintochter. Gemächlich knüpfte Hauka das Kriegsbanner der Rondrakirche an den Spieß, den sie heraufgetragen hatte. Die drei goldverbrämten schwarzen Leuen knurrten drohend in der eisigen steifen Brise.

Endlich nickte die Heermeisterin der Rondra, göttergeben, und schlug das Zeichen der Göttin. Dumpf schepperte der eiserne Handschuh auf dem blutroten Kettenzeug, grollte wie ein ferner Donner der Löwin.

»Ja, Trautmann von Bjaldorn, wir reiten in die Schlacht! Lauf, Pjeroschka, und ruf das Waffenvolk zusammen! In Windeseile und mucksmäuschenstille! Jede Frau und jeder Mann solle auf dem Markte sich einfinden, unterm Giebel von Travias Haus: in voller Rüstung und mit allen Waffen, die er zu führen versteht! Dies ist der Befehl Haukas, der Wölfintochter, der Heermeisterin Rondras!«

Wie der Rauch eines Opferfeuers stieg der Dampf der Worte Haukas in die Gefilde Alverans – mochte er der Göttin gefällig sein!

Von der Freitreppe der Halle von Gans und Herdfeuer aus sprach der Baron zu seinen Leuten. Alles Volk war zusammengekommen. Vorn standen jene, die in die Schlacht ziehen würden, weiter hinten die Alten und Kinder, die Bogner und Norbarden, die die Wälle bemannen, und die Halbwüchsigen, die Botschaften von der Burg hinab ins Dorf (denn von dort hatte man den besten Überblick über das rasche – rasch wechselnde – Kampfesgeschehen) und vom Dorf herauf in die Burg tragen würden.

»Die Gräfin Thesia von Ilmenstein«, rief der Baron, und seine tiefe Stimme wurde vom Wind weit über den Platz getragen, »hat Reiter geschickt, um uns beizustehen … Zwei Dutzend! Genug, um uns wertvoller Entsatz zu sein – zu wenige, um den Mordbuben des Nordmärkers allein Herr zu werden. Die Warzensau wird sie wie die räudigen Köter erschlagen. Noch ehe sie unsere Tore erreichen können, wird ihr frommes Blut den geweihten Schnee der Weißen Frau besudeln!« Der eisige Wind fuhr unter den Mantel des Barons, blähte ihn auf und schlug ihn wild um den kräftigen Körper Trautmanns, zauste an Haaren und Bart. Wie ein Krieger aus altvorderer Zeit, den die Urstürme umtosen, so stolz und ungebeugt stand der Baron.

Die Leute auf dem Markt tuschelten miteinander.

»Bjaldorner! Frau Hauka, die Heermeisterin, und ich haben beschlossen, den Ilmensteinern zu Hilfe zu eilen, denn dies gebieten uns die Götter und die alten Gesetze von Freundschaft und Treue, die uns jeher Pflicht und

Freude waren! Dennoch frage ich euch: Wollt ihr die Gefahren, die vor den Wällen lauern, auf euch nehmen? Seid ihr willens, Uriels Höllenknechten zu trotzen? Getraut ihr euch, furchtlos und entschlossen nicht eher zu weichen, bis daß unsere Freunde heil und unversehrt dem schlimmen Geschick entronnen sind? Bjaldorner, bedenkt es gut: Euer Entschluß wird alles entscheiden!«

Der Baron bekräftigte seine Rede mit der geballten Faust.

Einige Herzschläge lang vernahm Trautmann allein das Jammern des Windes, der heulend um die Feste Bjalas und die geschändete Kuppel pfiff.

Vanjuschka war die erste, die zustimmte. Die Wächterin stemmte den Speer in die Höhe: »Ja!« schmetterte sie. »Gegen die Notmärker! Für Schwan und Ilme!«

Pjeroschka, der Page, nahm den Ruf auf. »Ja!« rief er lauthals. »Für Schwan und Ilme! Für Schwan und Ilme!« Wie eine schmückende Girlande wand sich die brüchige Stimme des Halbwüchsigen um Vanjas satten Alt.

»Für Schwan und Ilme! Für Schwan und Ilme!« Immer mehr Bjaldorner fielen ein in den Ruf, bis er schließlich aus aberhundert Kehlen – alten und jungen, geschmeidigen und kratzigen, rauhen und sanften – wider den fauchenden Wind heraufklang zu Trautmann von Bjaldorn. Der Baron lächelte.

Nur das Mütterchen Libuschenka rief nein, weil sie zu alt war, um – von Kampfeslust und Rachegeist verzehrt – nicht um die Ihren zu bangen. Als aber die Umstehenden sie schalten, da stimmte sie ein in den Chor.

Der Weiße Mann trat auf den Platz. Die Bjaldorner wichen ehrfürchtig zur Seite, bildeten lautlos eine Gasse, manche sanken gar, was sie sonst niemals taten, lautlos auf die Knie. Viele baten flüsternd um den Segen des Erhabenen. Ein Dutzend Waidfrauen und Waldläufer, Geweihte Firuns, umgaben den Erhabenen im Halbkreis. Aus Fell und Pelz waren ihre Wämser geschnitten, anderthalbschrittlange Bogen baumelten an bereits gespannten Sehnen über breiten Schultern. Die festen Fäuste umfaßten die glatt geschmirgelten steineichenen Schäfte spitzer Spieße. Gräulich schimmerte das geweihte Fell des Weißen Mannes im diesigen Dunst der Dämmerung. Dumpf hallte sein Wort aus der Firunsbären-Larve, reichte trotzdem bis in den letzten Winkel des Marktes.

»O Firun, du Grimmer Gott, sei mit uns, Deinen Dienern! O Ifirn, Weiße Frau, behüte uns! Erweiche das Herz des Vaters! Denn wir wollen sein«, rief der Weiße Mann, »wie Seine Wilde Jagd! Ja, ihr wackeren Bjaldorner, wie die Wilde Jagd des Herrn Firun wollen wir in die Schwarzen Scharen des warzengesichtigen Notmärkers fahren! Da Er das Horn Haugriff bläst, befiehlt Er die Wilde Jagd! Hoch auf den Wolken heult Gorfang, der Himmelswolf! Firun aber reitet auf Eisegrein, dem Himmelsroß, und hört nimmer auf, Haugriff schallen zu lassen. Drum heult es und tobt es, und Gorfang heult, und seine Söhne Reißgram und Rotschweif heulen, und die Wilde Meute heult! Daß den Notmärkern das Blut in den Adern gefrieren möge! Ja, so werden uns die Gefährten des Gottes geleiten! Wir aber wollen die Wilde Meute sein, geschwind wie Aikul, gewandt wie Arjak, bissig wie Arwur, und nicht von den Ketzern Notmarks lassen, ehe sie aus ihren Löchern gehetzt und in alle Winde zerstreut wurden! Bjaldorner – haltet die Wilde Jagd!«

»Wie die Wilde Jagd!« antworteten die Bjaldorner. »Für Schwan und Ilme!«

Brin schritt durch die aufgewühlte Menge und segnete die Waffen. »O Rondra, ich weihe Dir Klinge und Schneide und flehe Dich an, o Herrin unserer streitenden Seelen und unserer kampfeslustigen Herzen, segne sie als die Deinen, Dir zu Ehren geführt in Deinem derischen Heere!« murmelte er, wann immer ein Bjaldorner vor ihm auf die Knie sank und ihm die Klinge entgegenstreckte, auf daß er sie mit einem Tropfen seines Blutes bestreiche. Sodann ließ er die Rechte sacht auf dem Kopf der Frau oder des Mannes ruhen. »O Mythrael, Walkürer Ihres Willens, der Du über das Schlachtfeld schreitest, kühner Weggefährte der gefallenen Seelen, schütze die mutige Seele dieser Magd Unserer Herrin!«

Ganz zuletzt weihte er die Schwerter Hwëlfagliß und Liesjailäki. Hauka schnitt sich in den entblößten Arm – so geübt, das sie keine Sehne und keinen Muskel verletzte. Das Blut rann ihr den starken braunen Arm hinab und troff in den weißen Schnee. Brin tat es ihr gleich (verzog für einen winzigen Moment den Mund vor Schmerz, er war eben nicht die Wölfintochter) – mochten Rondra und ihre Alveraniare das Blut willkommen heißen.

Als der Rhodensteiner sich seiner Schwarzschnauze zuwenden wollte, löste sich das alte Mütterchen Libussa aus den Schatten. Mit der knotigen Linken umfaßte sie ihre Amulette, als wolle sie dieselben am Klimpern hindern. »Nehmt, junger Krieger!« sprach sie und steckte Brin ein Fläschchen – nicht größer als die Faust eines Kindes – in die geöffnete Hand.

»Was ist das, altes Mütterchen?« fragte der junge Geweihte.

Fjadir grinste müde. »Eine Salbe mit allerlei klugen Zaubersprüchen darauf ...«

Sacht glomm matter Zorn in Libuschkas alten Äuglein auf: »Still, Söhnchen!« wisperte sie. »Ein Sud von Atannadel und Einbeere, junger Krieger«, erklärte sie, »trink nur davon, und es wird dir besser ergehen ...«

Sie drückte ein letztes Mal Brins und Fjadirs Hände – wieder wunderte sich der Geweihte, wie kräftig die Greisin war –, dann huschte sie davon.

Achtes Kapitel

Die Mauer aus Eis

Bjaldorn, in der Neumondnacht zwischen Hesinde und Firun 1020

Das eisenbeschlagene Tor jammerte in den eingefrorenen Angeln, knirschte wimmernd auf dem vereisten Schnee, als vier kräftige Frauen und Burschen – zwei an jedem Flügel – daran zerrten, um Hauka, Trautmann und ihrer Schar den Weg aufzutun. Das Tor, so schien es, klagte um jene, die es nicht wieder durchschreiten würden.

Vorneweg tänzelten die zwei Handvoll Rosse der Schitzen, der Vögte, Ritter und Edelinge. Hauka und Trautmann befehligten die Hauptmacht der Bjaldorner: zehn Reiter und gut sechzig Mann Fußvolk – die besten der Landwehr, die sich in Haukas und Brins Übungen am wackersten geschlagen hatten. Haukas Plan sah vor, daß diese Gruppe im Laufschritt den Ilmensteinern so schnell wie möglich entgegeneilen solle, um sich mit diesen zu vereinigen und sich dann gemeinsam zurückzuziehen.

Zuvor und währenddessen war es Aufgabe zweier kleinerer Haufen von etwa zwanzig Köpfen, nach links und rechts die Rotpelze und das Gesindel aus Paavi fern- und den Rückweg zum Tor freizuhalten, derweil die Bogner und die Geweihten Firuns von den Palisaden aus ihr Bestes tun sollten. Die Schar zur Linken wurde von Brin, die zur Rechten – nahe der Letta – von Fjadir geführt.

Das Aussehen des Heerbanns hatte sich verändert, seitdem der Baron auf dem Markt seine Ansprache gehalten hatte: In allen Bögen waren die Sehnen gespannt, die Leute wogen den blanken Stahl in Fäusten. Lederne Helme baumelten nicht mehr am Gürtel, sondern saßen – fest verschnürt – auf dem Kopf, vereinzelt blinkte ein alter Harnisch aus Großmütterchens Zeiten wie ein Kupferstück in der Menge. Am Torturm brannten zwei rußende Fackeln. Blutrot glomm der Kettenrock der Wölfintochter in der Dämmerung.

»Deine erste *richtige* Schlacht?« fragte Brin.

Fjadir zuckte unbestimmt mit den Schultern. »Ja«, brummte er.

Die beiden jungen Männer saßen, von etwa vierzig Gefolgsleuten umringt, im düster gewölbten Torweg auf ihren Rossen – Fjadir auf Berschin, Brin auf Schwarzschnauze – und mühten sich, die Tiere ruhig zu halten. Unablässig streichelte der Geweihte der Stute den Hals, murmelte ihr begütigende Worte ins zuckende Ohr.

Brin entsann sich seines eigenen ersten Gefechts – gegen einige Dutzend Orken im Weidenland. Er hatte tagelang leise Furcht und nächtelang Alpdrücke gespürt, erstere rumorte im Gedärm und brachte das Herz zum Klopfen, letztere lähmten den Schädel – so als ob zwei Zeiten, eine rasende und eine verlangsamte, in seinen Körper gesperrt wären. Er mochte kaum essen und trank mehr Brannt, als gut gewesen wäre, obwohl er der Rondra geweiht war, dutzende Male seine Freunde und Mitknappen bezwungen hatte und die Ausführung wie die Namen der göttingefälligen Streiche im Schlafe aufsagen konnte.

Aber dies half ihm erst während der Schlacht, als alle Furcht wie fortgeblasen war, als er mit jedem Hieb Kors und Famerlors glühende Gewalten durch seine Adern rinnen und pulsieren fühlte und gewahrte, daß nicht er allein, sondern daß die alveranischen Heerscharen mit ihm fochten. Ein orkischer Arbach hatte ihm den Schenkel so tief geschlitzt, daß er zwei Wochen lang nicht laufen konnte. Aber der Schmerz war ihm Wonne gewesen, denn er hatte die Feinde der Göttin erschlagen und ihr überdies vom eigenen Blut den ersehnten Zehnt auf dem geheiligten Feld gelassen. So dachte der junge Geweihte der Rondra.

Mochte der junge Bjaldorner bald genauso empfinden, betete er, klopfte Fjadir ermutigend auf den Schwertarm. Und er sang, sang den Choral der Heiligen Ardare (diesen Gesang auf den Lippen, war Yppolita, die Königin der Amazonen, aufgefahren in die Himmel Alverans).

»Dir zu Ehren kämpfe und streite ich!
Dir zu Ehren, nur in Deinem Namen!
Dir zu Ehren ich leb!
Dir zu Ehren ich sterb!
Dir zu Ehren – bis in Ewigkeit!«

Krachend schlugen die Torflügel gegen die steinernen Wände des Torlochs. Der Rhodensteiner nickte Fjadir grimmig zu, ehe er das geschlitzte Visier herabklappte. Der Junker atmete kurz und flach vor Aufregung. Brins Kettenhandschuh klirrte hell auf den stählernen Helm. Unheilverkündend, wie das rasselnde Keuchen eines Verwundeten, schnarrten die Scharniere über den Schläfen.

Der junge Geweihte bedeutete seinen Leuten mit der Rechten, ihm zu folgen. Zur gleichen Zeit wandte Fjadir seinen Grauen dem Letta-Fluß zu und winkte den Seinen. Die Spieße fest in beiden Händen, stürmten die Bjaldorner über Harsch und Schnee hinterdrein, bemühten sich, den Anschluß an die rasch trabenden Rosse nicht zu verlieren. Brin lenkte Schwarzschnauze den hölzernen Verhauen entgegen, wohinter die Rotpelze Schutz vor den Pfeilen der Bjaldorner gesucht hatten.

Die Goblins und Mordbuben harrten der Angreifer mit gezogenen Klingen und gespannten Armbrüsten. Eine halbe Meile den schneebedeckten Weg herab, sah Brin die Ilmensteiner herangaloppieren. Seltsam, schoß es dem Geweihten durch den Kopf, warum starren die Goblins denn alle *uns* an?

»Für Löwin, Schwan und Ilme!« bellte Hauka und lachte laut und höhnisch – ein Lachen, das auf- und abschwoll und zu wölfischem Heulen wurde –, ehe sie ihrem Roß die Sporen gab und, noch immer schauerlich schreiend, aufs weiße Feld hinauspreschte. Mit einem wütenden Aufschrei riß Trautmann Hwëlfagliß aus der Scheide und hob die blitzende Klinge in die Höhe. Flammen schienen den Stahl schmeidig zu umspielen, so schimmernd spiegelten sich die Fackeln darin. Die Rubine im geschwärzten Knauf funkelten wie die Augen des bissigen Wolfs in der Winternacht. »Mir nach, Bjaldorner!« schmetterte der Baron und sprengte der Wölfintochter hinterdrein.

Unter lautem Geschrei verfielen die Landwehrleute in Laufschritt. Brodelnd vor Kampfeslust, wie zornige Hornissen drängten und strömten sie durch das schmale Nadelöhr des Tores und fächerten sich zu weiten Reihen auf. Für Ilmenstein, wider die Warzensau!

Hauka trug das Kriegsbanner der Kirche Rondras so senkrecht wie eine unbeugsame Eiche, die von allen Bäumen einzig dem Sturm zu trotzen vermag; hielt mit aller Kraft das schwere grüne Tuch aufrecht im steifen Wind, der sich zischend darin verfing und mit ungeheuren Gewalten daran zerrte und riß. Der siebenmal verfluchte Frostesfürst ertrug es nicht, den krallenbewehrten Leuen der Rondra ins zornbrüllende Antlitz zu blicken, und wütete, die stolzen Geschöpfe der Göttin seiner dämonischen Macht zu beugen!

Die Heermeisterin heulte, wie sie es einst in den Klüften des Ehernen Schwerts beim Volke der Nuanaä-Lie gelernt hatte. Scharf durchschnitt ihre rauhe Stimme die kalte Luft, weit trug der eisige Odem ihren Ruf. Sie sang wie damals, als sie mit ihren Schwestern und Brüdern, den Wölflingen gleich, über Fels und Moos getollt war; grüßte die Geister der Ahnen, rief die verwandten Seelen von Liskas Kindern. Entsann sich der Zeiten, ehe sie die wehmütige Kampfesweise des mittnächtlichen Wolfes gegen die kraftvolle des Silberlöwen eingetauscht, ihre Sippe verlassen und ihr kindliches Leben ein für allemal aufgegeben hatte. Denn sie war stets ein einsamer Mensch gewesen: bei den Nivesenleuten wie – mehr noch – unter den Geweihten der Rondra, die sie, die Wölfintochter, mit Mißtrauen und Feindseligkeit empfingen. Vielen galten die Himmelswölfe der Nivesen als Diener Firuns; Hauka aber glaubte, daß Gorfang, Reißgram und Rotschweif ebenso dem alveranischen Gefolge Rondras Ehre gemacht hätten, und so schwor sie im Herzen Gorfangs Stamm Liebe und bewahrte an verborgenem und gut behütetem Fleck das Erbe Madas, sühnte auf ihre Weise die ewige Schuld des Nivesenvolkes. So diente sie zur gleichen Zeit der Himmelslöwin, indem sie Recht und Ordnung der Götter ehrte. Rondra mußte all dies gesehen und längst gewußt haben, und die Göttin selbst hatte Hauka in Ihre derische Schar gerufen.

Auch die weite Brydja-Steppe nördlich von Born und Walsach war ein Land der Zwölfe, und zu deren Schutz hatte Rondra Hauka erkoren, die im Ehernen Schwert Geborene.

Hauka heulte und lachte zugleich, lachte, weil sie, die Heermeisterin, der das derische Heer der Rondra zu führen befohlen war, auf ihrem Roß nunmehr einer Schar Bauern voranritt. So unergründlich waren die

Wege der Göttin! Auf dem Perlenmeer schickte Sie hundert Ihrer geweihten Mägde und Knechte in den Tod und erwählte statt dessen gemeines Volk, das niemals zuvor ein Schwert geschwungen hatte, zu Ihren Streitern ... Und doch, dachte Hauka, während ihr Pferd auf Harsch und Eis dahinflog, war Ihre Kür – Rondra verzeih, wie sollte es anders sein? – nicht die verkehrteste: Die Bjaldornerinnen und Bjaldorner waren zähe Leute! Kein einziges Mal hatte sie ein Wort des Murrens vernommen, als sie, die Heermeisterin Rondras, die Leibeigenen Trautmanns das Fechten lehrte; vielen hatte sie harte Schläge und blaue Flecke verpaßt, um ihnen endlich Achtsamkeit einzubleuen und die Furcht auszutreiben.

Nun ritt Hauka zum erstenmal einem *wirklichen* Heer in eine *wirkliche* Schlacht voran. Sie hätte sich nicht träumen lassen, welch ein Heer dies sein würde ...

Die Ilmensteiner voraus waren ein wackeres Häufchen: schwer gepanzert, feste Lanzen, starke und wohlgenährte Rosse. Der Ilmenbaum wehte nicht weniger erhaben als das Dreilöwenbanner. Als sie auf dreihundert Schritt heran war, senkte Hauka die Lanze zum Gruß.

Auch die Ilmensteiner senkten die Lanzen.

Erst als die heranpreschenden Reiter ihre Lanzen nicht wieder hoben, erkannte die Wölfintochter, daß die Ilmensteiner keine solchen sein konnten.

Statt dessen hängten diese die Schlaufen ihrer Lanzen auf die eisernen Rüsthaken der Brünnen und faßten die Schäfte fester.

Baron Trautmann spürte einen dicken Kloß im Hals, sowie er seine wackere Landwehr hinter seinem Grauen wußte. Niemals hatte der Baron sich auf eine solche Weise von vertrauten und verläßlichen Geschöpfen der guten Götter umgeben gefühlt wie in diesem Augenblick. Auf sein Roß, an das er im Reiterkampf auf Leben und Tod geschmiedet war, vertraute er ohnedies blind – niemals hatte ihn der Hengst, so launisch er war, im entscheidenden Augenblicke im Stich gelassen.

Aber wie freimütig und einig die Edelinge, Freien und Hörigen von Bjaldorn dem Ruf zum Banner des Blutes gefolgt waren, das erfüllte den alten Baron mit glühendem Stolz! Vierzig Götterläufe lang hatte er nun vom Hochsitz in der Halle Bjalas die Geschicke der kleinen Wacht zwischen Bornland und Paavi gelenkt. Er entsann sich, wie er am Bette seines Vaters gekniet und geschworen hatte, Land und Leben der Bjaldorner sorgsam zu schützen und gerecht zu verwesen – zum Segen lag die faltige, zittrige Hand des Vaters auf seinem gebeugten Scheitel. »Firuns Geist über dir, Ifirns Geist mit dir, Bjalas Geist in dir!« hatte der Sterbende geflüstert. Daran hielt Trautmann sich stets und gehorchte seiner inneren Stimme in dem festen Vertrauen, Bjala der Bogner selbst bekümmere sich um das Geschick seiner Erben.

Sehr hoffte Trautmann, daß Uriels Leute zu spät vom Nahen der Ilmensteiner Kunde erhalten haben mochten, um seinen Leuten in den Rücken zu fallen; in einer Viertelstunde konnte, wenn alles glatt verliefe, das Halbbanner aus Ilmenstein hinter den sicheren Mauern angelangt sein, Speise und Trank genießen und sich von den Mühen des weiten winterlichen Rittes erholen …

Immer weiter preschten die beiden Pulke, Bjaldorner und Ilmensteiner, aufeinander zu – Trautmann warf einen Blick über die Schulter. Die Schar des jungen Brin von Rhodenstein fand er von Goblins umzingelt, Fjadirs Frauen und Mannen jedoch noch unbedrängt von Feinden. Hoffnungsfroh jauchzte der Baron im Geiste. Es war an der Zeit, seinen Leuten das Zeichen zum Innehalten zu geben – sonst würden sie von den nunmehr galoppierenden Ilmensteinern noch über den Haufen geritten.

Gut dreihundert Schritt, dann würden beide Heerbanne zusammenkommen und sich gemeinsam durchschlagen.

Es dauerte noch eine geraume Weile und viele Schritt weit auf dem geschmeidigen Leib seines Grauen, bis der Baron begriff, daß man sich *miteinander schlagen* würde.

Für einen winzigen Moment wurde ihm schwarz vor Augen, und er schwankte bedenklich, als ob er bereits im Tjost einen Lanzenstich empfangen hätte. Wie im Schlaf, so langsam gelang es ihm, sich im Sattel zu fangen; wie im Traum ritt er. Als er im nächsten Augenblicke erwachte, wollte er den Befehl zur Umkehr geben. Dann aber schoß ihm in den Sinn, daß dies der sicherste Tod seiner Getreuen wäre: davonzulaufen wie die Hasen und den falschen Notmärkern die ungeschützten Rücken vor die Lanzen halten ...

Nein! Nun gilt's, nun gilt's! Trautmann straffte sich im Sattel und faßte den Schild fester – die Lanze des Feindes mußte daran zerbrechen, wenn er mit dem Schwert eine Aussicht haben wollte. »Für Ifirn!« rief er so laut wie möglich, auf daß seine Leute ihn hören mochten, und ließ Hwëlfagliß niedersausen – das Zeichen zum Kampf war gegeben.

»Wir müssen uns trennen!« Nur mühsam drang Haukas kehlige Stimme durch Sturmgebraus und Hufschlag der Pferde. »Hört Ihr?«

Trautmann senkte sein Schwert zum Zeichen, daß er verstanden habe. Auch Hauka schwenkte die Schwarzen Löwen, wie zum letzten Gruße, ehe sie nach links ausscherte. Die Wölfintochter hoffte, daß ihre Leute ihr folgten. Trautmann führte die Seinen nach rechts. Sollten sie sich in den ungeschützten Weichen der falschen Ilmensteiner festbeißen!

Fjadir eilte mit seinem Waffenvolk rasch die fünfzig Schritt hinab zur Letta. Der Wölfintochter Plan war klug gewesen! Die Goldschürfer aus Paavi, das gewissenlose

Gesindel, rannte auf dem Eis des Flusses heran, schrie und brüllte wüste Verwünschungen; wurde mit Pfeilen gespickt von den Bognern von Bjaldorn. Schon drei des Gesindels lagen reglos im Schnee. Gut hundert Schritt noch … Halb im Sattel umgewandt, verfolgte er den raschen Ritt des Vaters, den Lauf der Bjaldorner.

Er wunderte sich; weigerte sich zu begreifen, warum Vaters Haufe nicht umkehrte, warum Hauka den Ihren nicht anzuhalten befahl.

»Verrat! Verrat!« Der Junker schrie vor Entsetzen, hieb vor Zorn den Kettenhandschuh so fest auf Berschins Hals, daß der Fuchs schrill aufwieherte.

Ihm stockte der Atem, als Lanzen splitterten und Stahl auf Stahl klirrte. Seine Gedanken rasten. Wirr sann er, wie im Fieber, ob er Haukas Befehl folgen oder seinem Gefühl gehorchen – die Stellung halten oder aber den Bedrängten zu Hilfe eilen solle.

Da war der Feind heran.

Seine Leute hoben die Spieße, stemmten die Füße fest in den Grund.

Fjadir sprang aus dem Sattel; er hatte nicht gelernt, zu Roß zu kämpfen, wollte auf beiden Beinen stehen und Eis und Schnee unter den Stiefeln knirschen hören. Er faßte den glatten Schaft seines Speers fester.

Faßte eine hochaufgeschossene Frau ins Auge. Dürr wie ein Schilfhalm. Die überragte ihn um einen Halbspann, war breiter in den Schultern. Stürmte in riesenhaften Sätzen auf ihn zu. Kam zu rasch nahe. Ihr helles Haar struppig, dreckverkrustet; kein Helm schützte den länglichen Kopf. Frostbeulen blühten. Entstellten rot und blasig das Gesicht. Die Wangen eisig und eingefallen. Fellfetzen, wirr zusammengenäht, die einzige Kleidung. Die Augen groß, aufgerissen, braune Iris, unbeweglich. Bei Ifirn! schoß es Fjadir durch den Kopf, und: Welch ein Elend.

Aber in den Fäusten schwang die Frau eine Axt, zweischneidig und schwarz in der Dämmerung.

Da wurde Fjadir ganz kalt. Kniff die Lider zusammen, fühlte jede Faser seines Körpers, spannte alle Muskeln. Das Weib setzte den rechten Fuß vor. Von rechts würde die Doppelschneide schwingen, von rechts die Luft sausen, von rechts der Stahl Schaft, Schädel spalten – der Junker duckte sich, warf sich nach links. Über ihm zischte die Axt. Ärgerlich schrie die Frau auf.

So stieß Fjadir ihr den Spieß tief in den Leib, gerade über dem Hosenbund, in mageres Fleisch, von unten herauf. Der Schrei der Frau wollte nicht enden, wurde lauter und schriller. Als Fjadir das Holz aus dem brechenden Körper riß, sprudelte Blut. Flecken besprenkelten ihm den Wappenrock. Der Junker würgte. Einmal hatte er der Frau das Holz durch den Leib gerammt. Sie wand sich auf dem Boden.

Du mußt töten! dachte er. Du mußt!

Ein Kerl zur Rechten, klein, wendig, blickte gehetzt – sein Schild erzitterte unter den Pfeilen der Bjaldorner. Musterte Fjadir, hob den Dolch. Mit einem Aufschrei stürzte der Junker vor, sah die Frau, die sich krümmte und kreischte, sah den silbernen Reißfang, der beißen und bohren würde …

Der Kettenrock knirschte, als sich die stählerne Spitze des Dolches in die Ringe bohrte und das silberne Gehäuse sprengte, das Fjadirs Leib schützte. Schmerz zerriß ihm die Linke.

Nicht zu Boden! Nicht zu Boden! sang es in seinem Geist. Er wankte aufrecht, dem Kerl entgegen. Hieb mit der Rechten, lenkte mit der müdwunden Linken. Der Schild barst und bog sich unter dem blutigen Stahl, der Fjadirs Speer krönte.

»Geschmeidig!« glaubte er Hauka rufen zu hören. »Geschmeidig! Nicht wie mit dem Hackebeil, Herr Junker!«

Fjadir hackte, bis der kleine Mann im roten Schnee lag und sich nicht mehr rührte.

Dann blickte er den nächsten an.

Brins kleine Schar sah sich von Goblins bestürmt – immer mehr flinke kleine Gestalten huschten aus dem Wald heran. Zwei, drei, bald vier der behenden kleinen Kämpfer kamen auf jeden der Bjaldorner, unverständliche Flüche in kehliger Sprache brüllten und krächzten aus hauerbewehrten Fratzen.

Zu Brins Linker standen in einem gezogenen Halbkreis, Schulter an Schulter, seine zwanzig Frauen und Männer. Mit Freuden sah er, wie stumm und geistesgegenwärtig sie fochten. Geschützt hinter runden ledernen Schilden wie einem undurchdringlichen Wall, zuckten nur die Speere und Schwerter dahinter hervor und fraßen sich in Fell, Leder und Fleisch.

Zur Rechten Schwarzschnauzes lief Pjerow, der Page, und trug Brins eigenes Banner, das rote Löwinnenhaupt auf goldener Scheibe vor blauem Grund. Der Knabe hatte so lange gebettelt, bis Trautmann ihm mitzuziehen gestattet hatte. Sollte vom Frühjahr an ohnehin Knappe sein, wenn Fjadir Ritter würde. »Halt dich im Schatten des Pferdes!« rief Brin. »Und kämpf nur, um dich zu wehren!« beschwor er den Knaben dumpf durch die Schlitze des Helms.

Vom Pferd hinab schlug Brin auf die stinkenden, kreischenden Rotpelze ein; ängstlich wichen sie zurück, wimmerten, wenn Schwarzschnauze vortänzelte, duckten sich so tief hinab, daß Lirondiyans beißende Klinge fingerbreit über sie hinwegpfiff, rappelten sich auf, piesackten wie lästige, stechende Wespen Brins Beine, den Rücken, sein Roß; rasch blutete die Stute aus zahllosen Schnitten. Der Geweihte zürnte und hieb um so kraftvoller, wenn ihm ein Goblin zum eigenen Unglück das Antlitz zuwandte. Von hinten, von der Seite *konnte* er sie nicht niederstrecken – so leicht es gefallen wäre. Die Göttin verbot es.

Ruwischa, die Schneiderin, starb als erste. Mit einem dumpfen Röcheln fiel sie vornüber, als ihr ein rostiger Säbel die Kehle durchschnitt. Klaglos rückten die Bjaldorner zusammen, schlossen die Lücke in der Wehr, ehe noch ein breitfratziger Quälgeist hindurchschlüpfen konnte.

Die Rotpelze aber, die drei, die Ruwischa bedrängt hatten, freuten sich ihrer Beute und gierten nach Menschenblut – immer wieder hieben und traten sie auf den gefallenen Leib ein.

»Hütet euch!« fauchte Brin und gab Schwarzschnauze die Sporen, lenkte die Stute – wohl oder übel – aus der Reihe ins rote Gewimmel, überritt einen der drei, schlug einen zweiten nieder. Erwischte ihn zu flach in der Halsbeuge, Blut schoß heraus, die Kreatur schrie gellend auf. Brin beugte sich hinab, um dem Waidwunden den Gnadenstoß zu geben. Da hieb ihm der dritte, der schon das Weite suchte, von hinten den Säbel auf den gebeugten Hals. Rutschte ab am Kragen der Brünne, Rondrakrause geheißen. Kreischend fraß sich das rostige Eisen den blanken Stahlrand herab, krachte so schwer auf den Helm, daß der lederne Gurt am Kinn platzte. Blitze und Kreise schwirrten Brin vor Augen, der Schädel brummte und summte ihm. Er hatte Glück gehabt, setzte sich langsam auf – als ob ein unsichtbarer Mirhamionetten-Spieler ihn in die Senkrechte zurückzupfte –, damit er nicht Oben und Unten verwechselte, vom Sattel rutschte …

Der Geweihte verlor den Helm, gemächlich rutschte er ihm vom Kopf, als er schräg auf dem Pferdeleib hing; so schwarz schwamm ihm alles vor Augen, daß er es kaum gewahrte. Wild hieb er um sich, planlos, links, rechts, hinten, links, rechts; wütend zischte die geflammte Klinge durch die Luft. Er hoffte, die Goblins auf Distanz zu halten, bis er wieder klar zu sehen vermochte.

Er hatte Glück! Keiner, der sich ihm zuwandte. Gut denn! Brin wandte den Kopf von links nach rechts, sog die Luft ein, pumpte die Lungen voll, spannte alle Muskeln zugleich, blinzelte rasch, da sich die Schwaden endlich lichteten! Der Boden – erbebte. Er sah, aber verstand kaum, daß Hauka und Trautmann nicht mit den Ilmensteinern gemeinsam ritten, sich nicht hinter die schützenden Wälle zurückzogen. Vielmehr verbissen sich beide Haufen wüst ineinander und hieben erbittert aufeinander ein – das Klirren von Stahl, die Kampfesrufe, die schrillen Schreie der Verwundeten drangen bis zu Brin herüber, über das Gekreisch und Gekrächz der Goblins hinweg. Hier und da ragten die Bjaldorner Reiter, in der Mitte die notmärkischen Ritter wie schwankende Schivonen, hoch über die leichtfüßigen Landwehrleute auf, die das Knäuel nach allen Seiten verbrämten.

Zugleich bemerkte er, daß sich aus dem Nornja östlich Bjaldorns eine weitere Doppelreihe schwerer Reiter löste. Nun, da sie ihre Rosse auf freiem Feld wußten, gaben sie ihnen die Sporen. Schwerfällig fielen die Pferde unter den nietenbeschlagenen blutrot und schwarz gevierten Schabracken in den Galopp.

Eine zweifache Falle, ein heimtückischer Hinterhalt! Die Schwere Reiterei sollte Haukas und Trautmanns Haufen in den Rücken fallen – die braven Bjaldorner wie zwischen zwei Mühlsteinen zermalmen.

Gehetzt, wie es sich nicht geziemte, glitt Brins Blick für einen Wimpernschlag über die Goblins: Er mußte das Pack loswerden, wollte er mit den Seinen Hauka und Trautmann eine Hilfe sein.

Graf Uriel, begleitet von drei jungen Reitern, die seine Befehle hier- und dorthin tragen sollten, hatte im Nornja verborgen auf die ›Ilmensteiner‹ gewartet. Zu seiner unfaßlichen Empörung hatten sich die Bjaldorner nicht herumgeworfen und waren so feige wie die Rotpüschel davongelaufen. Vielmehr mußte er zusehen, wie seine eigene Halbschwadron umzingelt und eingekreist wurde!

Die Sache sah übel aus. Als der Graf wütend den Kopf herumwarf, um nach seiner törichten Tochter, der

Marschallin, zu sehen, die ja den Bjaldornern in den Rücken fallen sollte, traute er seinen Augen nicht. Uriel hieb sich mit dem schweren Kettenhandschuh gegen den Helm, um sicherzugehen, daß er nicht träume …

Wo eben noch freies, eisiges *Feld* gewesen war, ein ebener, sachter Hügel, erhob sich nun kahler, knorriger *Wald*. Baum an Baum reihte sich nebeneinander, zog sich in schnurgerader Linie vom Saum des Nornja bis zu den Wällen Bjaldorns. Mächtige Eichen, geschmeidige Birken, auch einige nadelgrüne Föhren und Tannen, unbeugsame Stämme, von Moos und Flechten bewachsen. Wie die Glieder einer wuchtigen hölzernen Kette kragten und ragten die Äste und Zweige ineinander, hielten sich so fest umklammert, als ob sie seit Jahrzehnten zu einer einzigen Baumkrone verwachsen wären.

»Schrate!« zischte der Graf. Sein Antlitz verfärbte sich abwechselnd zornrot und kalkweiß.

Außer sich vor Wut hieb er mit dem Schaft seines Banners auf seine Ordonnanzen ein, scheuchte sie von dannen. Brüllte ihnen mit sich überschlagender Stimme seine Befehle hinterdrein. Aber niemand hörte ihm zu, und nichts half.

Seine Schlacht ging verloren.

»Schrate!« Die Schrate waren gekommen! »Die Schrate kommen! Die Schrate kommen!« Der Ruf flog Brins Leuten von den Lippen und fuhr ihnen in die Schwerter und Spieße. Beherzter und kraftvoller führten die Bjaldorner ihre Streiche, weiter und sirrender spannten sie die Sehnen der Bogen. In einem unablässigen Hagel prasselten die Pfeile von den Wehren auf die Goblins und das Paavi-Gelichter herab.

Ha, lachte Brin, dies ist deine eigene Schuld, Warzensau! Hättest deine Leute nicht *im* Wald verbergen sollen! Nun freilich gilt Bjalas alter Bund, helfen die Schrate seinen Gesippen!

Der Geweihte saß ab, drückte Pjerow die Zügel der großen Stute in die Hand. Schwarzschnauze schnaubte unwillig, wünschte, ins Getümmel zu schreiten, denn das Goblinvolk ist selbst den Pferden – Geschöpfen der Rahja – zutiefst verhaßt. Aber Brin trat den Kreaturen auf gleicher Höhe entgegen, trieb sie Schlag um Schlag vor sich her, rücklings dem Nornja zu.

Das Gesindel fürchtete Lirondiyans geflammte Klinge von fast zwei Schritt Länge wie die Blitze der Rondra, heulte vor Zorn und Schmerz, wann immer ihm die reißende Schneide durchs Lederzeug in die pelzigen Leiber schnitt. Brin schwang das Schwert gleichmäßig wie der Schnitter die Sense auf dem wogenden Felde – ohne Unterlaß von der hohen Rechten im abwärts geführten Bogen zur erhobenen Linken, von der Linken zurück dann zur Rechten. Drehte den Oberkörper geschmeidig im Schwung seiner Schläge.

Schulter an Schulter, gleichauf mit den Bjaldornern, rückte Brin von Rhodenstein allmählich dem Nornja näher. Spätestens dort, so hoffte er, würden die roten Stinker die Flucht ergreifen.

Sehr leise klang von irgendwoher der Schrei ›Schrate!‹ an Fjadirs Ohren ... Menschen kreischten, Waffen klirrten. Für einen winzigen Augenblick stockte der Junker im Schlag, zwang seinen inneren Aufruhr zur Ruhe. Stoßweise keuchte der Atem, Blut rauschte ihm in den Ohren. Nichts. Hatte sich verhört. Lenkte alle Willenskraft auf den linken Arm, der pochte und schmerzte, als wolle er reißen ... Setzte einem glatzköpfigen Kerl nach, stolperte über den Leichnam Darnjes, des jungen Schitzen ...

Darnje! Hilfloser Schmerz, überschäumende Wut brannten heiß in Fjadirs Eingeweiden, als hätte ein Hieb ihm die Gedärme zerschlitzt. Floß vom glühenden Sonnenpunkte in alle Glieder, verlieh ihm neue Kräfte. »Schrate, Schrate!« Das konnte doch nicht wahr sein! Er war von Schlächtern umzingelt, hatte keine Zeit, sich umzutun …

Zum drittenmal. »Schrate, Schrate«, so flüsterte der Wind aus der Ferne.

Da sandte der Junker doch einen dankbaren Blick hinauf in den grauen Himmel, wo – kaum mehr auszumachen – Ifirns Banner auf dem Bergfried wehte. Sein Herz hüpfte, so das alte Gesetz sich erfüllte. Er vermeinte sogar in jenem aberwitzig winzigen Augenblick, seine Schwester zu erkennen, wie sie winkend auf der Wehr stand, zwang den Blick geradezu auf Blut und Morden zurück, ehe dies Sehnen sein Verderben bedeutet hätte.

Fürwahr frohlockte Liwinja droben auf der Burg und klatschte in die Hände. Zitternd und lachend warf sie sich dem alten Mütterchen Libussa um den Hals – die Fesseln der Furcht fielen ab von ihr: Die Schrate schützten den Vater, Hauka, die Bjaldorner! Auf dem Eis der Letta focht Fjadir, vor den Wällen Brin – und beiden gelang es, den Feind aufzuhalten, zurückzudrängen gar!

Wie ein Inselchen ragten die falschen Ilmensteiner aus dem Meer der Kämpfenden auf. Brandenden Wogen gleich stürmten die Bjaldorner auf die Gepanzerten ein, umkreisten die Schurken so unerbittlich wie gefräßige Haie die Schiffbrüchigen in Ifirns Ozean! Bissen und schnappten unbarmherzig, wann immer sich einer zu weit vorbeugte …

Da! Da sank der schändliche Ilmenbaum!

Die Edle Nokja von Dutlindhusen hatte freiwillig die Nachhut der Schweren Reiterei übernommen, der Marschallin Tjeika leichten Herzens die Spitze überlassen. Die Bronnjarin fühlte sich unwohl in dem schweren schwarzen Eisenzeug, das sie zum letzten Mal vor gut zwanzig Jahren umgeschnürt hatte – als der damals noch junge Graf Notmark anläßlich seines fünfzigsten Tsafests eine prächtige Heerschau seiner geflügelten Gefolgsleute abgehalten hatte.

Nun, da sie im Laufe der Zeit fülliger geworden war, zwackte das Kettenwams vorn und hinten, zwängte die Schenkel in einen erbarmungslosen Panzer und den Busen in ein Korsett, das Walbein an Schnürkraft um vieles übertraf. Kurzum, die Dutlindhusenerin fühlte sich wie ein nasser Sack – nicht zuletzt deshalb, weil der Graf selbst sie so behandelte. Der Schild hing ihr wie ein Eisenklotz auf der Schulter. Auch gelang es ihr nur mühsam, die lange und schwere Lanze in der Waagerechten zu halten. Schon jetzt waren ihr die Muskeln gezerrt und der Arm taub. Sie bebte vor Anstrengung.

In doppelter Reihe preschten die schweren Reiter Notmarks anfangs vorwärts, zogen sich immer weiter auseinander. Wie aus hundert Schornsteinen dampfte den Pferden der warme Atem aus den Nüstern. Nokja heftete den Blick fest auf den breiten Rücken ihres Vordermanns, mühte sich, nicht weiter zurückzufallen. So fest war der Schnee gefroren, daß die Hufe kaum einsanken …

Plötzlich stockte der galoppierende Zug – unvermittelt hatte die Marschallin Tjeika ihren schwarzen Hengst an den Zügeln gerissen. Und wie es so geschieht in einer großen Reiterschar, verzögerte sich die Handlung der Marschallin von Reiter zu Reiter, von Roß zu Roß um einige Wimpernschläge, und der ganze Pulk geriet ins Stocken. Als aber endlich Nokjas Vormann sein Pferd bremste, um nicht aufzureiten, und die Edle es ihm nachtat, behäbig, und lange an den Zügeln zog, da sprengte die Marschallin Tjeika schon wieder mit gesenkter Lanze voran …

Die Edle von Dutlindhusen, so weitab, hob den Blick, verärgert, was vorgefallen sei. Und vor Schreck hieb sie dem Roß, das sie eben am Zaumzeug gegängelt, die eisernen Sporen so tief in die Weichen, daß es aufschrie und sich aufbäumte …

Ein Gänsemarsch an *Bäumen* spazierte aus dem Nornja. Wandelte langsam bis vor Bjaldorns Wälle.

Nokja rutschte im Sattel, die Lanze schnellte ihr aus

dem Haken am Rüstzeug und bohrte sich in den Schnee, warf sie fast rückwärts vom Pferd. Fluchend, mit den Armen rudernd, versuchte sie, ihr Roß zu beherrschen. Als sie endlich, bei offenem Munde keuchend und mit rasendem Pulsschlage, die Kontrolle zurückgewonnen hatte – da zauderte sie.

Denn was sie vor sich sah, machte ihr keine Lust, zu den Waffengefährten aufzuschließen. Die verwitterten dicken Stämme schienen sich gemütlich zu bewegen – aufreizend gemütlich, doch gerade rasch genug, um der Marschallin und ihren Leuten den Weg zu den ›Ilmensteinern‹ abzuschneiden …

Die *Bäume* hieben mit spanndicken Zweigen auf Reiter und Pferde ein; schwere Rüstungen verbeulten sich unter den Schlägen wie alte Kessel aus weichem Kupfer! Schilde und Arme brachen entzwei. Helme und Schädel wurden im Nu zerschlagen. Manche Brünne platzte unter der Wucht, barst schmatzend wie die feste Schale eines Kürbisses. Pferdeleiber knickten ein unter der ungeheuren Kraft, als wären die Beine von Strohhalmen beschaffen! Verzweifelt gellten die Schreie der Reiter, furchtsam das Wiehern der Rosse. Gewiß, allzugroß – gemessen an unverrückbaren Bäumen – waren die belebten Holzkerle nicht, aber knorrig, hart und stämmig. Wenn man die Waldesbäume mit grobschlächtigen Menschen verglich, so waren diese hier wie die dickbäuchigen, unbeugsamen Angroschim. Und ebenso beharrlich und grimmig entschlossen wie das Kleine Volk. Ein fingerdicker, schorfiger, moosbewachsener Borkenpanzer, fester als jede maraskanische Holzrüstung, ein undurchdringliches, schlägestockendes Geflecht aus dürren, trockenen Zweiglein und Ästen schützte ihre verwachsenen Leiber – nur mühsam fraßen sich die blankgezogenen Schwerter der verwirrten Notmärker knirschend ins harte Holz, bissen sich fest, steckten darin und ließen sich zum Entsetzen der Verzweifelten nicht wieder lösen …

Den Leuten wurde Sicht und Atem genommen, da Tannen und Föhren mit ihren biegsamen Nadelzweigen die Helmvisiere umfingen und die Schlitze verstopften. Lauthals wie eine Hafendirne schimpfte die Marschallin auf die angsterfüllten Reiter ein, trieb sie mit Peitschenschlägen gegen den undurchdringlichen Waldwall – vergebens. Keiner der Baumalten wich auch nur einen Fingerbreit zurück. Als ob sie seit Jahrhunderten in Schnee und Eis viele Schritt tief verwurzelt wären, so fest standen die Stämme.

Reiter um Reiter ging unter den Streichen zu Boden.

Schließlich winkte die Marschallin zum Rückzug, außer sich vor Zorn.

Mengbillar gab seiner schwarzen Stute die Sporen. Verwünschte und verfluchte die vermaledeiten Bjaldorner! Hätte er doch nur Zeit gefunden, ein Heptagramm zu ziehen, Kerzen zu entflammen, eine Beschwörung zu wispern … Aber all das würde zu lange dauern. Bis dahin wären die mollige Marschallin Tjeika und ihr Gefolge längst von Bäumen erschlagen … Das aber durfte nicht geschehen! Der Graf von Notmark durfte nicht schon vor Bjaldorn scheitern! Zu gewichtig waren *seine* Pläne mit ihm …

Hektisch knetete sich der dürre Zauberer die bleiche Glatze, grub die langen Nägel in die unförmigen Dellen, senkte seinen Geist immer tiefer und verzweifelter in die zähen Nebel der verflossenen Erinnerung. Schier bersten wollte sein Kopf, sosehr züngelten seine Gedanken nach allen Ecken und Enden zugleich. Hämmerten in rasendem Herzschlag pochend gegen die knöchernen Schädelwände, heiß wallte das Blut … Er witterte eine Fährte, der er nacheilte, nachspürte auf gut Glück: Nur einmal hatte ein Hoher Diener des Herrn, nachdem *er* ihn in seinen Dienst genommen hatte, diesen Spruch demonstriert …

Gehetzt blickte der Zauberer sich um, bohrte die

Nägel in die wächserne Schädelhaut, bis dünne Blutfäden hinabrannen, trieb seine Gedanken in immer fernere Windungen seines Hirns. Stocherte gierig nach Brocken wie ein Aasvogel, der fürchtet, ihm könnte die Beute entweichen, wenn er nicht in Windeseile danach picke, wühlte nach vergrabenen Fetzen. Fügte Stückchen um Stückchen der Thesis zusammen, sammelte seinen Geist, suchte den ganzen Zauber zu fassen. Kicherte entgeistert. Er spürte, daß er die Macht der Elemente gewinnen, mit seiner ganzen Seele sich den Gewalten öffnen mußte, der Macht des Feuers – und das aus dem endlosen, erbarmungslosen Eis …

Der Haß! schoß es ihm in den Sinn. Der Haß des siebenmal Verfluchten, der selbst den Schnee hatte gefrieren lassen: Haß würde Hitze werden, Hitze würde brennen, brennen würde Holz. Vergehen zu Asche …

Mengbillar riß sich die Stiefel von den Beinen, japste auf vor Entsetzen (so jäh traf ihn der Schock), tanzte mit bloßen Füßen auf dem Eis des Erzdämonen, streckte die Arme weit von sich, formte die Handflächen zur Schale.

»IGNISPHAERO FEUERBALL!« Er jaulte und heulte, seine Stimme schlingerte auf und ab, so unerträglich fror ihn. Die Kälte drohte ihm die Sinne zu rauben. Er rang mit der Ohnmacht und wimmerte.

Die Kälte – die Hitze? – kribbelte, brannte bald unter den nackten Sohlen, kroch ihm langsam die Waden herauf, klomm die Schenkel empor, ergriff Besitz von seinem ganzen Leib. Haß loderte auf. Lang verharschter Haß, der brannte von Blakharaz' verzehrender Rachsucht … Der Zauberer kochte und fror zugleich, Eis und Feuer brodelten in ihm. Schweiß strömte ihm aus allen Poren. Erstarrte zu eisigen Kristallen. Urwüchsige Gewalten schüttelten seine dürre Gestalt wie Stürme einen kahlen Busch. Mühsam, mit allerletzter Kraft, hielt er die Hände beisammen. Ein Feuerball – blutrot und gleißend – stieg aus den geöffneten Handflächen empor.

Erschöpft, mit halbgeschlossenen Lidern lenkte der

Zauberer den brennenden Flammenball gegen den Eichenschrat, der mit mächtigen Zweigfäusten die Kette in der Mitte ehern zusammenhielt. Böse zischend flog die elementare Gewalt bedächtig durch die Schwärze der Nacht, genoß die ungeheure Macht, warf einen Schein feuerroten Lichtes auf Reiter, Schrate und Schnee – für Augenblicke war alles rundum in die Farben Schwarz und Rot getaucht, das Banner des Bethaniers.

Dann barst der Feuerball mit lautem Knall. Erst als der wuchtige Holzkerl hellodernd in Flammen stand und unfaßbar schnell das elementare, unendlich heiße Feuer sich nach links und rechts ausbreitete, als eine Bresche, breit genug für ein Dutzend Reiter, in erbarmungsloser Zerstörung ausgebrannt war, entwich seinen gespannten Lungen pfeifend der letzte Atem, und Mengbillar sank reglos und stumm zusammen. Als er stürzte, hieb aus dem schwarzen Nichts eine unsichtbare Faust nach dem dürren Leib. Wie eine Feder wurde der Zauberer durch die Luft gewirbelt.

Aber die Schrate wankten und wichen. Sogleich sammelte Tjeika in harschen Worten die Reste ihrer Schar – noch zwei, drei Dutzend. Ungläubige Furcht war in ihren Gesichtern zu lesen. Obwohl die Notmärker gewiß zwanzig Schritt von dem Flammenwall entfernt geharrt hatten, glühten die eisernen Rüstungen, die eben noch eiskalt gewesen waren, versengten Haare und Bärte. Triumphierend schwenkte die Marschallin ihre Lanze zur Attacke.

Als Brin sah, daß die Schrate lichterloh brennend flohen, daß *der Wald wich,* erkannte er zugleich, was unweigerlich geschehen würde. Er riß Pjeroschka die Zügel aus der Hand, saß augenblicklich im Sattel, suchte seine Leute verzweifelt aus dem Getümmel zu lösen und in den Schutz des Nornja zu führen. »Sammeln! Sammeln!« rief er immer wieder, hieb vom Pferderücken – mit der flachen Klinge – wild auf die Rotpelze ein und versuchte, seinen Leuten die Flucht ins Waldesdüster zu ermöglichen. Aber so schnell konnten die Bjaldorner nicht von den Goblins ablassen.

Wie ein vernichtendes Unwetter brausten die Panzerreiter auf dem Weg zu den vermeintlichen Ilmensteinern über Brins Haufen und die Rotpelze – das eigene Waffenvolk! – hinweg. Nicht einer vermochte sich auf den Füßen zu halten; Lanzenschäfte ragten aus den reglosen Leibern, Bäche von Blut sickerten in den verfluchten Schnee. Brin schwindelte vor Grauen.

Pjerow lag zitternd auf dem Rücken. Ein galoppierendes Pferd hatte ihn von den Füßen gerissen, fünf Schritt weit geschleudert. Rücken und Arme waren gefühllos. Betäubt blieb er liegen. Der Schädel schmerzte ihm. Dröhnte wie ein Gong, auf den unentwegt der eiserne Klöppel einschlägt. Mühsam gelang es ihm, die Augen zu öffnen. Der Junge blinzelte, so grell schien ihm das Eis.

Vom Pferderücken herab beugte sich die Edle von Dutlindhusen über den Knaben. Vor Zorn war ihr Gesicht kalkweiß, bleicher als ein Skelett. In Pjeroschka erkannte sie den Kerl, der ihr die Mütze vom Kopf gerissen hatte. »Höriges Vieh«, zischte sie, »dich werd ich's lehren, eine Bronnjarin zu berühren mit deinen dreckigen Fingern!«

Pjeroschka kreischte irr, als er die blutbespritzte eiserne Spitze der Lanze dicht über seinem Gesicht züngeln sah. Spürte seine Arme nicht. Der schmächtige Knabe versuchte, sich aufzurappeln, aber seine Sohlen fanden keinen Halt in dem matschigen Grund, denn das warme Blut hatte den Schnee geschmolzen, zu einer schlammigen Masse aufgeweicht. Wie ein durchdrehendes Kutschrad kam er keinen Spann weit von der Stelle. Seine Augen verdrehten sich ins Weiße, als ihn die Panik übermannte. Der Schrei endete in einem irrsinnigen Schluchzen.

»Neeeeiiiin!« Brin schrie so laut, daß er glaubte, seine

Gedärme würden sich nach außen stülpen. Verwundert wandte sich die feiste Bronnjarin im Sattel, aber es war zu spät. Sie hatte die Rechte bereits gesenkt. Ihre Lanze fuhr in den zum Todesschrei aufgerissenen Rachen, brach knirschend durchs Genick und blieb schließlich zitternd spanntief im Schnee stecken.

»Nein!« stammelte Brin und hob Lirondiyan hoch übers Haupt. Er trieb Schwarzschnauze die Sporen in die Weichen, daß sie sich bäumte, und galoppierte zur Dutlindhusenerin. Die Edle wurde kreideblaß, als sie den Geweihten der Rondra, die Miene verzerrt von Haß, auf seinem riesenhaften Roß auf sich zusprengen sah. Hastig und mit zitternden Händen zerrte sie an der Lanze, bekam aber den Schaft nicht frei. Da riß sie verzweifelt am Zaumzeug und trieb ihr Pferd zur Flucht, dem Wald zu.

Als sie bemerkte, daß der wütende Geweihte ihr folgte, heulte sie schrill auf. Die Bäume verschwammen vor ihren Augen zu einem einzigen schwarzen Schatten.

Graf Uriel von Notmark sprengte von einem Schauplatz zum nächsten; so schnell und ausdauernd, wie es dem alten Grafen beileibe niemand zugetraut hätte. Seine Ordonnanzen – tölplichte Narren! – waren abhanden gekommen: Zwei hatten die Schrate erschlagen, einen die Bjaldorner Bogner mit Glück aus dem Sattel geschossen. Auch in Uriels Schild, rot und schwarz, steckten zwei Pfeile – aber so leicht war der alte Graf nicht außer Gefecht zu setzen. Er hatte gelernt, auf das Surren in der Luft zu lauschen, den Schild zur rechten Zeit zu heben …

Zornesadern zuckten wie der aufgerichtete Hornkamm eines wütenden Drachen auf der Stirn des Grafen, sein Gesicht war rot angelaufen und schweißüberströmt, hatte sich zu einer Fratze verzerrt. Das durfte nicht wahr sein! Das konnte nicht wahr sein!

Nun wogte die Schlacht schon weit über eine Stunde!

Finsternis senkte sich herab! Bald würde man Freund und Feind nicht mehr unterscheiden können. Die Notmärker – in vielfacher Übermacht – hatten am Kelch der Niederlange genippt, und noch war der Sieg fern!

Eben befand er sich auf dem Weg zu den Plänklern im Norden, mußte seine Befehle selbst geben. Als letzten Notnagel die Söldner eilends zu Fuß in die Schlacht schicken, die vor den südlichen Wällen unvermindert tobte.

Als er aber der dicken Dutlindhusenerin und ihres Verfolgers ansichtig wurde, verharrte er doch im Schatten des Nornja. Wenigstens eines der Bjaldorner Ritterlein, das mir vor die Füße läuft, so dachte er grimmig.

Als Brin die Bronnjarin am Waldessaum einholte, hieb er sie mit der flachen Klinge aus dem Sattel. Sein Haß hatte sich in abgrundtiefen Abscheu verkehrt. Er würde keine Wehrlose meucheln. Der Geweihte vermochte Schwarzschnauze nicht sofort zu zügeln, galoppierte an der Gestürzten vorbei in den Nornja hinein.

Zu spät bemerkte Brin den feisten Reiter, der sich im Schatten eines Wacholdergebüschs versteckt hielt. Für einen winzigen Augenblick fragte er sich, was der einzelne Ritter dort wohl zu suchen habe. Ein rot-schwarzes Banner wehte – aber dann war er auch schon heran. Aus dem Augenwinkel spürte der junge Geweihte den Streitkolben heransausen.

Obschon sowohl sein Roß in waghalsiger Geschwindigkeit galoppierte, als auch der Schlag mit aller Kraft geführt wurde, sah Brin doch die geflammten, scharfzackigen Dorne des Streitkolbens in beängstigender Langsamkeit auf sich zufliegen, gewahrte, daß er den Kopf einzog, die Dornen und Stacheln schwebten gemächlich aus seinem Blick; blickte auf die wehende schwarze Mähne, an die er sich schmiegte.

Mein Helm? Wo ist mein Helm? schoß es ihm durch den Sinn, als der schwere dumpfe Schlag ihm die Stirn zerschmetterte. Der junge Geweihte seufzte, ließ die Zügel fahren und stürzte – keine zehn Schritt hinter der Dutlindhusenerin – wie ein Stein rücklings aufs Eis. Klirrend polterte Lirondiyan hinterdrein.

Blut floß aus der Wunde auf der Stirn, rann das Gesicht hinab und tropfte links und recht vom Kinn in den Schnee – als ob man dem jungen Geweihten eine tödliche Halskrause umgeschnürt hätte …

Graf Uriel von Notmark erwog für einen kurzen Moment, sich zu vergewissern, daß sein Hieb – er hatte den frechen Bengel nur mit dem hölzernen Schaft zu fassen bekommen – ganze Arbeit geleistet hatte. Als er aber sah, wie weit der Bursche die Augen aufriß, die schreckgeweiteten Pupillen starr zum Himmel gerichtet, und wieviel Blut aus der breiten Wunde quoll, da grinste er nur (sein Arm galt zu Recht noch immer als der stärkste ganz Ostseweriens), griff nach seinem Banner und lenkte den großen Grauen, auf dem er saß, zur Dutlindhusenerin.

Die Bronnjarin lag reglos bäuchlings im Schnee, ihr Atem ging flach und gurgelnd – vielleicht hatte sich beim Sturz eine Rippe in die Lunge gebohrt. »Sollst verrecken, alte Vettel«, grunzte Uriel, ehe er sich befriedigt abwandte. Die Schlampe würde ihm nicht mehr an den Nerven zerren.

Schritt für Schritt wichen Trautmann und Hauka auf das Eis der Letta zurück – hin zu Fjadir und seinem verzweifelten Häuflein –, unerbittlich getrieben von Notmarks Panzerreitern. Inzwischen waren die müden Bjaldorner diejenigen, die sich auf allen Seiten von Feinden umzingelt wußten. Die meisten der Pferde waren längst von feigen Gesellen niedergestochen worden: Notmärkische Reiter drängten von links und vorn, und in die rechte Flanke verbissen sich, tollwütigen Kötern gleich, die Mordbuben aus Paavi, überdies gerüstetes Fußvolk.

So viele zählten diese, daß eine Vorhut Fjadirs Schar in ein endloses Scharmützel verwickelte, während die meisten einfach daran vorbeizogen. Vorangetrieben wurden sie von dem riesigen Weib aus den Gjalskersümpfen.

Schritt für Schritt sank eine dämonenschwarze Nacht über den kleinen Weiler und den geschändeten Tempel. Einzig die Sterne schimmerten fern am Firmament. Bald sahen die Bjaldorner keine zehn Schritt mehr weit.

Hauka focht stark wie die Löwin; blutige Ernte schnitt Liesjailäki, Liskas blutfunkelnder Reißfang, aus Notmarks Reihen. Die Heermeisterin der Rondra spürte keine Erschöpfung. In unbarmherziger Schnelle sauste ihr Schwert herab, fuhr mit unerbittlichem Gleichmut in die Körper derer, die sich zu nahe heranwagten. Haukas Mund verzerrte sich zu einem Grinsen, es schimmerten die Zähne. Rundum lagen die Gefallenen im Blut – Blut, das dampfte, der Göttin und Ihrem schwarzen Sohn geweihtes Opfer war.

Im ungeschützten Rücken der Nivesin hielt Trautmann von Bjaldorn Wacht. Der Baron stand ungebeugt, wenngleich ihm die alten Glieder schmerzten, nicht mehr so rasch gehorchten, wie er es aus früheren Zeiten kannte. Ein paar kleine Hiebe hatten sein Kettenwams durchdrungen. Er unterdrückte ein Stöhnen, biß die Zähne zusammen, verzerrte den Mund zu furchteinflößender Grimasse, freute sich am Lied des Stahls.

Hwëlfagliß und Liesjailäki, die Wolfenschwerter, sangen gemeinsam in den Lüften der Nacht. Ketzer und Sünder, Ketzer und Sünder, nehmt euch in acht, fahrt in die Höllen! So sprachen die Klingen. Pfiffen und zischten vor Hohn und Geringschätzung über die Köpfe der Notmärker hinweg.

Mitten auf dem weißen Eis der Letta standen, Rücken an Rücken, Heermeisterin und Baron. Wo die Bjaldorner noch kämpften, drängten sie sich aneinander, um sich gegenseitig zu schützen und die Feinde einander vom Leibe zu halten.

Aber die Diener der Zwölfe waren dem Untergang geweiht. Noch focht ein Dutzend Getreuer, Klagloser, verbissen und verläßlich zu seiten von Hauka und Trautmann. Bald ein halbes. Schließlich fanden sich die beiden allein, so weit Blick und Ohr reichten. Trautmann lehnte sich an Hauka, Hauka an Trautmann, ausweglos umzingelt von schattenhaften Gestalten. Wie festgewachsen standen und stritten sie, nur die Arme verteilten tödliche Schläge.

Plötzlich erzitterte das Eis unter dem schweren Hufschlag eines einzelnen Rosses. Irgendwo aus der Nacht, aus dem Nichts, das spürte der Baron, preschte ein düsterer Reiter in voller Karriere heran. Trautmann gewahrte den Mann, als sein Schatten sich aus dem undurchdringlichen Schwarz löste.

Wer mochte das sein? Ein Irgendwer, soso …

Hastig warfen sich die gedungenen Meuchler zur Seite. Stocksteif harrte der Baron von Bjaldorn. Auch Hauka, die gewiß lauschte, rührte sich nicht. Trautmann war müde, alt, die Arme wurden ihm allmählich lahm. Er vertraute auf die Nivesin; die erwählte Heermeisterin der derischen Heere verließ sich auf ihn. Wenn ich zur Seite spränge, dachte er, dann würde sie stürzen, unter die schlagenden Hufe geraten. Das wollte er nicht, gewiß nicht … Unverwandt blickte er auf die Spitze der Lanze. Hwëlfagliß war ein langes Schwert, aber die Lanze – die Lanze war um so vieles länger … Warum, Bjala, fragte er, hast du nicht eine Pike schmieden lassen, damals … dann stünde dein Erbe heute nicht so hilflos da … So kann er nur Gleiches mit Gleichem vergelten …

Langsam hob er die Klinge, streckte die Arme, die Spitze Hwëlfaglißens zielte auf die Brust des Reiters. Wer bist du, daß du solches tust? Stirbst für eine Warzensau?

Plötzliches Erschrecken malte sich auf die Züge des namenlosen jungen Reiters, als er Hwëlfagliß unausweichlich vor sich sah. Zu spät gewahrte er, daß er ein Held nur der Höllen war, daß niemand ihm jemals danken würde …

Winzige Augenblicke lang trafen sich die Blick des jungen Kriegers und des alten Barons. Warum, dachte Trautmann, soll ein Bursche deines Alter sterben? Weil er dem Falschen Treue geschworen? Weil ich selbst den Tod finde? Fjadir könntest du sein, sein Spielgefährte …

Mögen die Götter dir Gnade gewähren!

Hwëlfagliß fiel zu Boden, klirrte hell aufs Eis. Trautmann breitete die Arme aus. Ifirn, flehte er, gute Ifirn, behüte Liwinja, schütze Fjadir!

Unter den Armen des Barons stach die Lanze durchs Kettenzeug in den ungeschützten Bauch. Aber Trautmann wankte nicht, nicht unter dem brennenden Schmerz, als der eichene Schaft sich in seine Eingeweide fraß, nicht, als das schwere Roß ihn rammte und von den Füßen riß, nicht, als die Lanze seinen Rücken durchstieß – und Haukas blutrotes Rüstzeug durchdrang …

So ist es dein Wille, Herrin, betete Hauka. Ein letztes tödliches Rund schrieb Liesjailäki.

Unter den Stiefeln der zahllosen Kämpfenden, den schweren Hufen des galoppierenden Rosses splitterte das Eis der Letta. Risse zerbrachen krachend den kristallenen Panzer, der knirschend zu Schollen barst, wo Hauka und Trautmann gefochten hatten. Hastig suchten die Schergen Notmarks das Weite, da der Grund unter ihren Füßen wankte, eilten furchtsam dem Ufer zu. Langsam glitt der Leib der Nivesin in die schwarzen Wasser. Fest unklammerte sie Liesjailäki. Die scharfe Klinge zerschnitt die Hände der Heermeisterin Rondras, Blut rann in dünnen Fäden, pries die Löwin.

Ein letztes Mal lachte die Wölfintochter. Der schauerliche Laut ließ Freund und Feind das Blut in den Adern gefrieren – soviel Lust und Zorn, Demut und Wonne! –, zerschnitt die Lüfte, schwang sich empor, hallte hoch in die Nacht, brach sich an den alten Mauern der Feste wie die tosende Brandung des Meeres an schroffen Klippen.

Gischtete, wogte zurück, verfloß, wurde verschluckt.

Stille sank über die Walstatt; angespannt lauschten die Menschen.

Aber es kam keine neue Flut.

Als Fjadir hörte, daß Vater und Hauka starben, ließ er sich fallen ins Nichts. Schlug wahllos um sich, hielt sich keuchend und auf gut Glück das Gesindel vom Leib. Tränen blendeten ihn.

Plötzlich war es still. Die Notmärker zogen sich zurück. Gewiß stürmten sie nun das Dorf, die Burg, mordeten, brannten, plünderten, vergewaltigten ... Schluchzend kroch er den eisigen Wall zur Palisade hinauf. Er fand keinen Halt, war zu erschöpft. Mehrmals glitt er auf dem Eis aus, rutschte hinunter. Heulte auf vor Schmerz und Wut. Schließlich blieb er, zwischen all den Erschlagenen, reglos hocken. Lehnte sich an Schnee und Eis, sehnte die Kälte herbei, daß sie ihm – was Uriels Schwerter nicht vermocht hatten – in die Glieder fahren und ihn zu den Gefallenen hinfortführen möge.

So verschlang ihn die klirrende, sternfunkelnde Nacht.

Im Zwölfkreis stritten Hesindes Schlange und Firuns Bär um die Krone – langsam obsiegte, denn so besagte es das Eherne Mysterium von Kha, der Bär des Firun.

Solange das schummrige Licht es gestattete, schaute Liwinja vom Bergfried der Bjalaburg aus dem entsetzlichen Morden im Tal zu. Sie hätte geweint, wenn sie noch Tränen gehabt hätte.

Als sie sah, daß die Schrate wankten, wußte sie, was zu tun war. Die Jungfer eilte vom Turm in den Hof hinab und rief die Alten und Kinder zusammen, die sich auf der Feste versammelt hatten. »Es weicht der Wald vor unseren Wällen«, sprach sie, »die Halle Bjalas wird fallen! Uns bleibt nichts, als Ifirns Milde zu erflehen.«

Das Mütterchen Libuschenka nickte unglücklich. »Ja, mein Kind«, sagte sie, »so ist es uns seit Bjalas Zeiten geweissagt worden. Diese Burg, die seit langen Zeiten fest und ungerührt steht, wird diesen Sturm nicht überleben. Wir müssen auf die Gnade der Götter vertrauen.«

Angstvoll drängten sich diejenigen der Kinder, die alt genug waren, den Sinn ihrer Worte zu verstehen, an die Rockschöße der Großmütter und -väter. Liwinja blickte ratlos auf die ihr anvertrauten Menschen – in Grüppchen standen die Greise mit ihren Enkeln zusammen. Manch ein altes Mütterchen oder Väterchen, das die Beine nicht mehr trugen, saß auf einem Schemel, andere standen schwer gestützt auf eichene Stöcke. Aufgeregt krakeelten die Stimmen der Kinder hell durcheinander, leise murmelnd suchten die Alten die Jungen zu beschwichtigen. Das Licht der Fackeln hauchte einen rötlichen Schimmer über schlohweißes Haar, bleiche Kindergesichter, Augen, vor Schreck und Furcht weit aufgerissen. Irgendwo schrie ein Säugling. Ein pausbäckiges Mädchen, das vor Liwinja einsam im Schnee gestanden und am Daumen gelutscht hatte, stimmte unvermittelt ein, verzerrte das Gesichtchen zu einer leidvollen Fratze.

Die Jungfer seufzte, nahm die Kleine auf den Arm und suchte nach den Großeltern.

Wie sollte sie diese große Schar in Firuns Halle führen, derweil die Notmärker zu Hunderten die hölzernen Palisaden berannten? Sie würde womöglich den Tod vieler in Kauf nehmen müssen … Vater hatte nur die alte Vanja und ein Dutzend Landwehrleute ausdrücklich zum Schutz der Leute von Bjaldorn zurückgelassen – alle andern fochten längst drunten auf den Wällen … Immerhin verstanden es die alte Vanja und ihre kleine Schar, mit den Spießen umzugehen. Vielleicht gelänge es ihnen, die notmärkischen Söldner abzuwehren? Aber schon einmal war eine Prophezeiung in den Wind geschlagen worden, und prompt hatte die Katastrophe sich ereignet. Nein, da wollte sie lieber auf die Gnade der Götter vertrauen als zusehen, wie sich die Mordbuben der Warzensau über die Wälle schwängen und *alle* die Kinder und Alten metzelten …

Das Mütterchen Libuschenka verteilte schon Dolche, geschliffene Messer, Kerzenleuchter, was immer zum Schläge austeilen hart genug erschien. Rasch klaubte die Jungfer die Fackeln zusammen, die in eisernen Halterungen an den Mauern brannten, verteilte sie an die Nächststehenden; hieß die Leute, sich in Reihen zu vieren hintereinander aufzustellen. Wer nicht mehr laufen konnte, der sollte von jenen getragen werden, die noch gut zu Fuß waren.

»Vanjuschka! Liebe Vanjuschka«, bat sie, »öffne das Tor und eile mit deiner kleinen Schar voraus. Ihr müßt uns beschützen …«

Einen Augenblick lang erwog die alte Wächterin Widerspruch. Da sie aber die Entschlossenheit der Erbin Bjalas gewahrte, fügte sie sich. Knarrend schwang das Tor auf.

Wie ein Zug von Geistern, gesichtslosen Schatten eilten die Alten und Kinder gespenstisch stumm den Burgberg hinab – Liwinja, das blanke Schwert mit beiden Fäusten umklammert, lief voran. Drunten auf dem Wall hielten der Weiße Mann und sein Dutzend geweihter Diener das Gesindel mit den letzten Pfeilen fern. Immer näher und näher wagten sich die Notmärker an die Wehren heran, schleuderten eiserne Haken, die sich häßlich knirschend im Holz verkeilten, erklommen an den langen Seilen die eisigen steilen Wälle.

»Eilt euch! Eilt euch! Bald bersten die Palisaden!« rief Liwinja leise den Leuten zu.

Als der Zug das Untere Burgtor durchquerte, schwangen sich die ersten Schergen Notmarks eben über die spitzen Pfähle – zum Sturm stülpten sie leere Säcke als

Schutz darüber. Die Geweihten und anderthalb Dutzend Landwehrleute stürzten sich verbissen auf die Eindringlinge, so wie die emsigen Bienen tapfer ihren Stock selbst gegen die soviel stärkere Hornisse bis zum Tode verteidigen – dreißig standen gegen hundert. Vanjuschka und ihre Schar warfen sich ins Gefecht. »Für Ifirn und Rondra!« riefen sie aus lauter Kehle. Bald wogten Trauben von Kämpfenden vor, zwischen, hinter den Alten und Kindern …

»Weiter! Weiter!« rief Liwinja. »So lauft doch!« Die Jungfer verharrte und ließ ihre Schützlinge vorüberhasten, scheuchte die Fußlahmen und Kurzatmigen vor sich her wie eine Hirtin ihre blökenden Schafe. Endlich stolperten die letzten zwischen jenen alten Föhren hindurch, die als heiliger Hain den Tempel umfrieden. Dumpf und düster reckte sich die Kuppel von Kristall in die schwarze Neumondnacht. Für einen winzigen Augenblick verschnaufte die Jungfer am Fuße der mächtigen Firunsföhren, sog den Duft der Nadeln tief ein. Es war geschafft!

Nun müßten sich Uriels Schlagetots auf geschändetem, aber geweihtem Boden versündigen, wenn sie die Tempeltür aufbrechen und die Hohe Halle Firuns plündern wollten – das würde ihre ohnehin verruchten Seelen der ewigen Verdammnis preisgeben! Ja, in den Niederhöllen sollten sie wimmern, wünschte die Jungfer mit inbrünstigem Haß, bemerkte gar nicht, wie sich ein Schatten löste …

Ein Weib, über zwei Schritt groß, baute sich vor dem Mädchen auf, versperrte mit ihren breiten Schultern mühelos den schmalen Weg zum Tempeltor. Steißlang wehte der riesenhaften Frau das aschblonde Haar. Leise klimperten bleiche Knochen in den langen Strähnen. Lauernd wog die Hünin eine blutbespritzte Axt wie das Beil eines Metzgers in den Fäusten, jede so groß wie Liwinjas Kopf. Bleckte die Lippen zu einem fauchenden Grinsen; faulige schwarze Zähne starrten aus der stinkenden Höhle. Die schmächtige Jungfer hob verzweifelt ihr Schwert, sie reichte der Riesin ja kaum bis zum Nabel.

Da sprang Vanjuschka heran, von hinten, huschte auf leisen Sohlen übers Eis. Zu spät fuhr die Barbarin herum. Vanja prügelte dem grausamen Weib mit ganzer Wucht den eichenen Schaft ihres Speers an die Schläfen, sprang zurück … Aber zu weit reichten die Arme der Riesin. Ehe sie einknickte unter Vanjas Hieb, taumelte, benommen niederstürzte, schwer wie ein gefällter Baum, fuhr ihre gewaltige Axt spanntief in den Leib der alten Wächterin, zerschmetterte Schulter und Waffenarm.

Liwinja schrie gellend auf, als sie Vanja lautlos hintüberstürzen sah. In Sturzbächen sprudelte das Blut, befleckte den ifirnsweißen Schnee im heiligen Hain. Die beherzte Jungfer kniete neben der Sterbenden nieder.

»Rette *dich*, Kind«, wisperte die alte Wächterin, ehe ihr Blick brach. Liwinja schloß ihr sanft die Augen, verharrte still neben der Toten.

Schon regte sich die Riesin. Haßerfüllt ruhten ihre bleichen Augen auf dem Mädchen.

Da herzte Liwinja die gefallene Freundin, küßte sie auf beide Augen und den Mund; dann raffte sie den Mantel und eilte dem kleinen Tor der Halle von Kristall zu.

Sie schlug die hölzerne Tür hinter sich ins Schloß und schob zitternd den Riegel vor, just als Haukas Heulen unvermittelt die Nacht zerschnitt. Schluchzend warf sie sich dem Weißen Mann in die Arme. Ihr blutbespritztes Wams färbte das weiche Fell des Bären rot.

Brin von Rhodenstein lag hart auf dem Rücken. Der goldverzierte Griff Lirondiyans drückte schwer aufs Kettenzeug; der eben noch so prächtige Wappenrock aus goldenem, rotem, blauem Tuch wickelte sich in Fetzen um den gestürzten Leib, stank säuerlich von Goblingekröse. Flach hob und senkte sich die Brust des Besinnungslosen. Ab und an stöhnte er in Fieber und Qual.

So weit riß der junge Geweihte die Augen auf, daß es schien, als stiere er reglos in die schwarzen Himmel, bestaune ungläubig das langsame Wandeln der unendlichen Sterne.

Frisches Blut quoll aus der klaffenden Wunde knapp unter den roten Locken hervor, rann die Stirn hinab, verklebte die Brauen, sickerte in die Augen, füllte die eingewölbten Höhlen zwischen Nase und Wangenknochen, strömte langsam und warm die Wangen hinab, färbte die geschwollenen, rissigen Lippen. Rote Nebel schlichen in seinen starren Blick, zogen vorüber, kehrten wieder, trieben dichter, bis schließlich undurchdringliche Schwaden roten Dunstes ihm die Sicht trübten, in Spiralen kreisten, in seinem wirren Geist wirbelten wie ein glühender roter Mahlstrom.

Da ihm das Blut in die Augen floß, vergoß der Geweihte leise Tränen. Weinte um Bjaldorn, um die Getreuen der Zwölfe – weinte um das Geschick der Welt. Rotes Blut und silberne Tränen, Leben und Schmerz, vermischten sich, flossen warm und kristallen von hinnen, tropften in den Schnee. Schmolzen knisternd das eisige Gewand des Erzdämons, dampften leise. Sacht stieg der kostbare Brodem wie Opferrauch in feinen Säulen in die kalte Luft der Nacht. Finger um Finger, Spann um Spann, ehe die Winde über den Bäumen die zarten Gespinste erfaßten und verwehten.

Und als seine Tränen so in die Himmel hinaufschwebten, war es dem Fiebernden, als betrachte er die nächtliche Welt von oben her in einem dunklen rötlichen Schleier, so wie von durchsichtig gesponnener hauchzarter Seide verhüllt.

Da träumte er, tief drunten und fern, Feste, Tempel, Weiler, Fluß und Wald zu erblicken, die blutbesudelte schreckliche Walstatt. Blickte durch Schalen und Mäntel ins Herz der Dinge, sah den Fluß silbern strömen unter seiner Decke aus Eis, sah rot und glühend in den Wassern die Klinge Liesjailäki, die bleichen Geisterwesen des Flusses, die gierig vom Lebensodem der Gefallenen tranken, der das Schwert überreich benetzte, den Stahl liebkosten, schaute die erzenen Adern, glimmend in Erde und Fels, gewahrte den Leib Sumus ächzen unter dem Leid der Kinder; hell blutrot schimmerten die ungezählten Leichname der Gefallenen, der Verwundeten, der Sterbenden. Nackt schienen sie dem Fiebernden, wie sie da lagen, Skeletten gleich, mit verdrehten Gliedern, schreienden Mündern, steif, kalt, tot. Wimmerten und jammerten.

Er gewahrte, wie die heulenden Winde dies glühende Wehklagen der verlorenen Seelen aufsogen, aufhoben, hinaufwehten in die düsteren Weiten. Die Schreie der Gepeinigten, da sie nach Tod und Verdammnis schmeckten, färbten auch die Himmel in blutiges Rot, ein blühendes Banner, der Rondra zu Gefallen. Aber diese gezeichneten Lüfte zuckten schmerzlich unter den Schreien der Gequälten, tosten darum hier bald rasender, dort langsamer, gerieten aus dem gleichmäßig wirbelnden Geflecht. Da strömten schwarze Schatten hastig dazwischen, zwängten sich in die aufklaffenden Risse des blutgeweihten Schilds, züngelten nach den roten Zirkeln, befleckten das Opfer der Göttin.

Die silbernen Tränen, der lebendige Brodem, flog in dem wirbelnden Brausen, brannte im Kopf. Nun stürmten die roten Himmel schneller, suchten die schwarzen Schatten aus ihrer Mitte zu verbannen, das ganze Firmament drehte sich wie ein tanzender Kreisel in flirrenden Mustern, rot wie Blut und schwarz wie die Nacht. Da krampfte sich das Herz des Träumers zusammen, daß selbst in diesen Weiten das Banner des Bethaniers wehte – und war doch zugleich unbestimmter froher Hoffnung.

Denn in jenem fernen Punkt in den höchsten Himmelsgefilden, wo der Mahlstrom seinen Anfang nahm, wuchs langsam Seine Gestalt empor. Zuerst winzig und kaum sichtbar, ein Schatten nur, doch rasch, auf Windesschwingen, kam Er näher, schwebte nach Deren herab. Rot und schwarz war das Haupt des Hohen Herrn, wie der Kopf des furchtbaren Tigers, rotes Feuer flammte aus Seinen Nüstern, silbern, wie Armalion, das Wunderschwert, blitzten Seine Reißfänge. Dies muß Mythrael sein, jauchzte der Fiebernde, der Walkürer der Göttin, der über den Walplatz schreitet, die Seelen der Gefallenen zu sammeln und leiten. Im Gleichschritt schlugen die gewaltigen stählernen Schwingen, blitzten feierlich wie von Titanium, dem glühenden Gigantengold. Einem Regenbogen gleich, so schillerte die unendlich kunstvoll geschmiedete Brünne des Himmelsboten. Wie Posaunen brausten die blutigen Winde, um den Gebieter zu begrüßen, schallten in so überderischem Jubel, daß dem reglos Schauenden ganz feierlich zumute war. Die blitzenden Krallen des Herrn, eine jede furchtbarer als der neungezackte Spieß des Gevatters, umfaßten das Flammende Schwert.

Das Geist des jungen Geweihten sauste vor Freude und Erregung. Der Walkürer – Er war herabgestiegen aus den Gefilden Alverans! Blutrot züngelten heilige Feuer wie Fackeln im Tempel zu Ehren der Göttin. Wo Seine krallenbewehrten Klauen den verfluchten Schnee berührten, flammte der böse Frost zischend auf und schmolz furchtsam von hinnen, ehe noch der Alveraniar den Fuß ganz zu Boden gesetzt hatte.

Die schwarzen Winde aber krümmten sich, verzerrten sich in Furcht und Haß, gebaren, kreißten aus ihrem Kreiseln schwarze Schattenwölfe, Diener des siebenmal Verfluchten. Widerliche, kriecherische Kreaturen, Köter, die aus finsteren Mäulern so schauerlich und eisig heulten, daß einem der Herzschlag gefror, daß die jubilierenden Posaunen des Blutes verstummten. Geduckt und knurrend schlichen sie dem Alveraniaren hinterdrein, strichen lauernd hinter seinem Rücken umher.

Gemessen und unberührt von den höllischen Scharen aber schritt der Himmelsbote voran, war so nahe nun, daß der Träumende den Hohen Herrn genau zu erblicken vermeinte. Erkannte jede einzelne der erzenen Feder auf den scheuntorgroßen Flügeln, die Kiele von blitzendem Stahl, das blutrote Fell, das nicht aus Haaren, sondern kleinen Flammen zu bestehen schien, den peitschenden Schweif, die wie heiße Kohle feurig glühende Quaste. Die glühenden Leiber der Gefallenen erloschen unter Seiner Berührung, fanden himmlischen Frieden, beendeten das erbärmliche Schreien, jauchzten und jubelten im Glanz der Göttin.

Immer näher wagten sich die knurrenden Wölfe, gescheucht von den schwarzen Schatten, umkreisten Ihn wie die feigen Hyänen den mutigen Leuen. Da gleißte das flammende Schwert einmal rundum, und zwei der schattenschwarzen Höllenhunde verglühten zu Asche und Qualm. Grollend vor Furcht wichen die anderen.

Der Himmlische neigte sich herab, hob einen Schattenleib in die Höhe, winzig zwischen den brennenden Klauen – erkor und wählte. Es war der Leichnam Trautmanns von Bjaldorn, so glaubte Brin, eine schwarze Lanze stak dem heldenmütigen Baron im Leib. Behutsam bettete Er den toten Leib in den gewaltigen Armen. Beugte sich abermals, hob eine weitere Gestalt, Hauka diesmal, die Wölfintochter, die Heermeisterin nicht länger der derischen, der alveranischen Heerscharen nunmehr.

Die dämonischen Wölfe grollten und heulten, strichen auf und ab, bleckten die Lefzen, duckten sich zum Sprung. Für einen winzigen Moment war der Götterbote abgelenkt, hob die brennende Klinge – da schlug von hinten ein einzelner Wolf, eine nachtschwarze Wesenheit, das klaffende Gebiß in Haukas düsteren Leib, zerrte und riß daran – der Götterbote ließ sie fahren! Vor Schreck schrie der Fiebernde im Traum!

Wie eine Sense schrieb die Flammende Klinge ein

Rund, erschlug die kreischenden Schatten. Aber Hauka, Haukas Seele, war verloren!

Wie der Wind stürmte die Höllenkreatur, den sich windenden Leib der Wölfintochter fest in den geifernden Fängen, den tosenden Mahlstrom hinauf, dem Sphärentore zu, durch das Götter und Dämonen nach Dere und Feste wandelen. Trieb seine schwarzblitzenden Zähne tief und tiefer in den toten Leib, der grausamen Verdammnis hilflos preisgegeben. Haukas geweihtes Blut strömte hell aus den dämonischen Wunden – nichts würde sie abhalten, das Höllentor zu durchschreiten, da die letzten Blutsbande zur Göttin verflossen.

Langsam wandte sich der Walkürer, schaute und brüllte im Zorn, daß die Winde wichen.

Schon halb zum Tor gelangt war der schändliche Wolf! Da hob Er Trautmanns Leib, hauchte den himmlischen Odem darüber. Blitze umspielten den Leichnam, Flammen loderten hell und greller, und als sie erloschen: Siehe, da war Trautmanns derischer Leib zu einem güldenem Leuen gewandelt. Gewaltig glänzte seine Mähne, wild peitschte sein Schweif, scharf blitzten die Krallen. Wie spielten die Muskeln unter dem gleißenden Fell, wie kraftvoll war sein fliegender Lauf! Rasch und rascher erklomm er die Himmel, war wie der Blitz über der fliehenden Kreatur. Hieb mit einem Schlag seiner Pranken den Schattenwolf aus der eiligen Flucht. Wie jaulte die Bestie, ließ Haukas Schatten hinfahren! Schwarzes Blut troff aus dem lahmen Lauf, wo die Krallen des Löwen ihm den Leib zerfetzten. Mit Donnerbrüllen warf sich der edle Leu auf den sich windenden, wimmernden Schatten. Krachend brach das Genick des höllischen Dieners, jäh verstummte sein schriller Schrei. Hinab in den Mahlstrom wirbelte Haukas Leib, in unheimlicher Stille, aufgefangen von des Walkürers sicherer Hand. Wählte und blies Seinen Odem, und da wuchs aus ihrem Seelenschatten eine silberne Wölfin. Leichtfüßig und geschmeidig, mit blitzenden Reißfängen und goldenen Augen. Ei, wie schön war dieses Geschöpf Alverans, wie häßlich jenes der Höllen!

Der Fiebernde stöhnte. Jemand, der rief. Leise klang es durch die blutigen Schlieren.

So schritten sie von dannen. In der Mitte der lohende Alveraniar, zu beiden Seiten die Gefallenen der Schlacht, Hauka die Wölfin und Trautmann der Leu.

Rief er den Gebieter? Rief der Gebieter ihn, hinauf in die Himmel? Wandte Er sich um? Wandelte Er immer ferner? Er konnte es nicht unterscheiden …

»Brin!«

Wer rief? Rief wieder und immer wieder? Rief ihn zu Hauka der Wölfin und Trautmann dem Leu.

›Wartet, Herr, ich komme‹, wollte der junge Geweihte schreien, aber es wurde doch nur ein Würgen und Krächzen daraus.

»Brin, so wach auf!« Des Götterboten Stimme klang so nahe, so rauh … Er sprach mit so erschütternder Gewalt, daß der Schädel dröhnte unter seinen Worten. Fast fühlte sich der junge Geweihte von den Gewalten hin- und hergeworfen wie ein Ilmenblatt im Wind.

»Brin! Brin, wach doch auf!«

Mühsam blinzelte er. Es dauerte eine Weile, bis sich der blutige Schleier lichtete. Der rote Tiger beugte sich über ihn, verblaßte, nahm menschliche Züge an …

In einer silbergleißenden Gloriole entschwand der Alveraniar …

Silberbleich glänzte das Antlitz des Freundes … Hart fühlte er den Griff um die Schultern.

Fjadir?

Es brauchte eine Weile, bis der Erwachende seine Gedanken geordnet hatte.

»Schluck das!« Mit zitternden Händen flößte der Junker dem Verwundeten den Sud ein, den das Mütterchen

Libussa ihm gereicht hatte, versuchte, den steifgefrorenen, erkaltenden Freund zu stützen. Brin vermochte kaum zu trinken, so geschwollen war der Schlund. Ein paar Tropfen rannen ihm aus den Mundwinkeln. Der Junker riß sich rasch einen Fetzen vom Untergewand, schweißverklebt – aber was half's? –, schmolz Schnee in den Händen, feuchtete den Lappen an und wusch Brin notdürftig das geronnene Blut aus dem Gesicht, betupfte die Wunde, schnürte das Tuch hernach sacht um die Stirn. Der Geweihte zischte und stöhnte vor Schmerz.

»Dich hat's recht ordentlich erwischt!« Fjadir lachte bitter.

Brin nickte kaum merklich. Der Kopf dröhnte ihm und stach ob der Bewegung, als schwirre ein zorniger Hornissenschwarm darin, war noch benommen vom Traumgespinst. Sprechen konnte er nicht. Die Zunge klebte ihm aufgedunsen und trocken am Gaumen, schmeckte nach altem Blut. Brin versuchte, sich zu bewegen. Die Glieder fühlten sich taub an. Schmerz? Kälte? Er blinzelte heftig. Noch immer verklärten ihm rötliche Schlieren die Sicht.

Er mußte viele Stunden lang im Eis gelegen haben – ein Wunder, daß er überhaupt noch lebte. Die finstere Neumondnacht war gewichen, ein neuer Morgen herangekrochen, ein silberner Tag heraufgedämmert. Gleißend weiß und grell stieg die Sonne über den Horizont. Sehr weit unten, verschwommen zwischen Nasenspitze und Wimpern, nahm Brin schielend den oberen Rand der Praiosscheibe wahr, wie er sich allmählich in seine verquere Sicht schob.

»Wie spät?« krächzte er mühsam. Und: »Uriel ...?«

»Psst!« machte der Junker und legte ihm den Finger auf die Lippen. »Warte ein Weilchen. Mütterchens Gebräu wird rasch helfen ...«

Fjadir, der selbst vor Kälte schlotterte, hob Brin sacht auf, um seinen zerfledderten Mantel unter dem Verwundeten auszubreiten. Zerrieb vorsichtig Schnee im Gesicht und zwischen den Händen des Freundes, um sie vor Erfrierungen zu schützen.

Langsam, unendlich langsam kehrten Leben und Wärme verhalten in Brins Leib zurück. Vorsichtig hob er einen lahmen Arm und tastete mit den fast gefühllosen Fingern Stirn und Kopf ab – fühlte den Verband, die gleichzeitig stechende und dumpf brummende Wunde, klebrigen Schorf, geronnenes Blut ...

Mühsam beherrscht, ab und an schluchzend vor Zorn, Wut, Enttäuschung und bitterer Kälte, hockte Fjadir neben ihm – nichts täuschte darüber hinweg, daß der Junker vom Elend geschlagen war, am äußersten Rande seiner Kräfte.

»Die Notmärker?«

»Morden und plündern auf Vaters Feste ... Alles ist verloren ...«

»Liwinja?«

»Im Tempel ...«

Fragend wollte Brin eine Augenbraue heben, ließ aber augenblicklich davon ab. Diesmal gelang es ihm, den unweigerlichen Schmerzensschrei zu unterdrücken. »Tem-pel ...?« ächzte er.

»Siehst du denn nicht ...?« flüsterte Fjadir.

Kaum merklich schüttelte der Rhodensteiner den Kopf.

»Der Tempel ...! Ein Wunder ist geschehen ... Firun hat eine Mauer aus undurchdringlichem Eis um den Tempel geschaffen und Seine Kuppel von Kristall wieder zusammengefügt ...« Der Junker schluchzte leise.

Brin biß die Zähne zusammen. Mit einem Ruck setzte er sich auf. Betäubende Hitze, Herzpochen, das wie eine Pauke dröhnte, Schwaden wirbelten in seinem Schädel, der schier bersten wollte. Wenn Fjadir ihn nicht geistesgegenwärtig gestützt hätte, wäre er ohnmächtig zurückgesunken.

Die Kuppel des Firun gleißte. Brin riß die Augen auf, so weit die geschwollene Wunde es zuließ, glotzte und staunte. Die Kuppel von Kristall strahlte und glänzte in heiligem Lichte. Schimmerte wie ein Silberling im Scheine Aberhunderter von Kerzen wie das silberne Madamal im Strom eines bedächtigen Flusses. So streng war das Licht, daß Brin unwillkürlich zusammenzuckte, sich aller häßlichen Dinge schämte, die er je getan oder auch nur gedacht hatte, und doch zugleich so rein, daß es ihn im Innersten berührte, ihn auf selige Weise beglückte und beruhigte, den bohrenden Schmerz linderte. Er konnte den Blick nicht von der Kuppel lösen, so heil und klar funkelte das Weiße Eis durch die Nacht. Um den Tempel herum aber hatte sich eine gewiß acht, neun Schritt hohe und fast ebenso mächtige Mauer aus klarem Kristall gefügt – umschloß glitzernd und silbern wie ein weißer Bernstein die alten Firunsföhren, deren schwarze Wipfel wie Turmspitzen stolz aus dem festen Eis emporragten, spiegelte das Licht der Kuppel in festlichem Glanz.

Vor der wundersamen Wehr rannten *seine* Diener auf und ab, kleine schwarze Gestalten. Aber was sie auch versuchten, sie vermochten Firuns lichte Mauer nicht zu durchdringen.

Derweil der Geweihte auf die eisigen Wunder starrte, berichtete Fjadir. Erzählte von Haukas wolfengleichem Todesruf, vom Bersten der Letta. Daß er selbst hatte erfrieren wollen in seinem Unglück, und wie dann plötzlich alles so taghell gewesen sei wie damals, in glücklichen Tagen, und er die Augen wieder geöffnet hatte …

»Wie hast du mich gefunden?« fragte Brin.

»Schwarzschnauze! Dein Pferd ist übers Schlachtfeld geschritten und hat einen gesucht, der dir helfen könnte. Sie hat mich hergeführt.« Brin lächelte. Gern hätte er sein Roß geherzt – wenn er sich denn hätte rühren können.

Über eine Stunde lang saßen und lagen sie auf diese Weise. Während Fjadir trüb zu Boden stierte, wandte Brin nicht einen Wimpernschlag lang die Augen von Firuns heiliger Halle. Allmählich fühlte er, wie ihm leise Wärme in die Glieder kroch: Libussas heilkräftiges Gebräu wirkte. Zumindest fürs erste.

»Geh«, bat er, »hol Schwarzschnauze.« Das treue Roß stand einige Schritt abseits, wartete still im Schatten. Fjadir tat wie geheißen. Langsam, sehr, sehr langsam setzte sich Brin auf, winkelte vorsichtig das linke Bein an. Der Junker faßte ihn unter den Achseln, und gemeinsam wuchteten sie den steifen Körper in die Höhe. Mit der Rechten umklammerte Brin den Sattelknauf, mit der Linken Fjadirs Schulter und wartete, bis die Sternchen und Nebel vor den Augen sich lichteten. Nach einer weiteren Viertelstunde fühlte er sich soweit, daß er gemächlich einige Schritte auf- und abspazierte. Schließlich kletterte er mit Fjadirs Hilfe umständlich auf den breiten Rücken der Tralloperin. Mühsam hielt er sich im Sattel. Fjadir würde Schwarzschnauze lenken müssen. »Da«, sagte er, als er dem Junker die Zügel in die Hand preßte, »nimm und spring auf.«

Aber der schüttelte stumm den Kopf.

»Wir müssen fort, ehe man nach uns sucht.«

»Ich werde nicht gehen – mein Platz ist hier.«

Ungläubig schüttelte Brin den Kopf. »Bjaldorn wirst du nicht retten, wenn du in Bjaldorn bleibst«, krächzte er, keuchend vor Anstrengung und Erschöpfung und vor Zorn, daß Fjadir sich nach allem, was geschehen, noch immer so uneinsichtig gebärdete. »Der Schwarze Fürst spinnt *sein* spinnengleiches Netz um alle Lande, Bjaldorn aber liegt doch nur am Rande! *Seinen* Keil treibt er in die Mitte, ins Reich des Kaisers, das Mitternacht und Mittag zusammenhält, Aventurien eint – wenn Gareth fällt, dann sind wir alle auf ewig verloren! Deine Schwester, die Bjaldorner sind sicher, sind geschützt, Firun sei gepriesen, in Seinem Tempel! Sie, die dort drinnen sind, können nicht heraus, ohne Uriels Schergen in die Finger zu laufen – du aber, du kannst fort! Streite gegen *seine* Scharen und sammle die Freunde des Grimmen Alten und der Weißen Frau um dich. Kehr mit einer Heerschar nach Bjaldorn zurück! Dies ist deine göttergewollte Pflicht! Geh nach Ilmenstein zur Gräfin Thesia, schließ dich ihr an – gewinn Freunde und Gefährten, die, so wie du ihnen hilfst, auch dir zur Seite stehen!«

Böse starrte ihn Fjadir an, aber Brin erwiderte den Blicke fest und entschlossen.

Schließlich senkte der Junker die Augen und nickte unglücklich.

Abermals wollte ihm Brin die Zügel in die Hand drücken.

»Nein, warte«, grollte Fjadir jäh und grimmig. »Hwëlfagliß, den Wolfenglanz, sollen sie nicht haben; Vaters Schwert sei nun meines!«

Brin zollte Einverständnis. »Verzeih«, flüsterte er, »ich hätte selbst daran denken sollen ...«

»Und Liesjailäki?« fragte der Junker.

»Mir träumte, es sei in den Fluß gefallen«, murmelte Brin und schwieg.

Im Schatten des Nornja verborgen, führte Fjadir Schwarzschnauze (und Brin) langsam und vorsichtig ans Ufer der Letta. Einladendes goldenes Kerzenlicht schimmerte durch die Scharten der Feste, just wie ehedem – aber das laute Gegröle der Zechenden, das herunterklang, ließ einem angst und bange werden, so entmenscht und herzlos schrien und zeterten die Notmärker alle durcheinander, sangen nicht wie einst, zu Zeiten, da Herr Trautmann auf dem Hochsitz saß, den Göttern gefällige Lieder. Keiner schien daran zu denken, die Opfer des Gemetzels vom Walplatz zu bergen, so gottlos waren Uriels Gesellen.

Die Böschung, das weite Feld vor dem Fluß waren von Gefallenen beider Heere übersät. Leichnam lag neben Leichnam. Fjadir wankte auf das Schlachtfeld, suchte zwischen den Leichen der Freunde und Verwandten nach dem wunden Körper des Vaters. Versuchte, nicht hinzuschauen. Schauderte, wann immer er einen kalten Leib mit zittrigen, klammen, blutbesudelten Händen auf den Rücken drehte. Fürchtete (und hoffte zugleich), es möge der Vater sein, war doch nicht minder erschrocken, da er ein bleiches Antlitz erblickte, das ihm vor wenigen Stunden noch lieb und teuer gewesen, nun grausam verzerrt im Todeskrampf; und er kannte sie alle, wie sie da lagen, Freunde und Kameraden aus Kindertagen. Stille Tränen flossen, machten ihn blind, daß er bald stolperte, sich mit blutigen Fingern die Augen wischte, bald gar nichts mehr sah – schließlich reglos hocken blieb, als ihn das Grauen übermannte.

»Laß ab«, flüsterte Brin, der mit äußerster Selbstbeherrschung sich gezwungen hatte, aus dem Sattel zu steigen, »du mußt dies nicht tun – das ist mein Werk, des Geweihten der Rondra, der über das Schlachtfeld schreitet … Geh, warte am Rand des Nornja auf mich!« Fjadir huschte ein dankbares Lächeln über die müden, bleichen Züge; er wischte die blutbesudelten Hände am zerfetzten Mantel eines Notmärkers ab. So wühlte Brin, stöhnend vor Schmerz und Anstrengung bei jedem Schritt, zwischen den Leichnamen, wuchtete jene, die auf dem Bauch lagen und dem Baron oder Hauka von Statur her ähnlich sahen, keuchend herum, zuckte vor Ekel, wenn er Gekröse und Gedärm fühlte. Ein stechender Gestank nach Blut, Kot und Urin schwelte über der Walstatt. Brin würgte; schluckte wieder hinab, was sein Magen brennend den Schlund heraufspie – wollte die Leiber der Gefallenen nicht beflecken.

Endlich, auf dem brüchigen, schwankenden Eis der Letta, erblickte er den Ort, den er im Traum geschaut, fand den Baron – kühn und edelmütig das Antlitz noch im Tod. Leise plätscherten die dunklen Wasser des Flusses neben dem letzten Herrn der Bjalaburg, sangen schläfrig und trauernd ihr Lied über Haukas Grab. Hwëlfagliß war schwarz von verkrustetem Blut, aber ganz und unversehrt; rasch säuberte Brin die Klinge am dunklen Wappenrock. Wandte sich um, stutzte, erblickte das Banner der Kirche, die schwefelgeschwärzten Löwen; so hatte Hauka den, der sie des stolzen Zeichens beraubte, in die Höllen geschickt. Zerrte das blutgetränkte Tuch unter dem schweren Leib des Notmärkers hervor, faltete es vierfach und schob es hastig in den Gürtel, ehe er zu Fjadir zurückstolperte.

Der Junker hockte so still, als schliefe er, mit der Schulter an einen Vorderlauf Schwarzschnauzes gelehnt, hatte die Augen hinter den Händen verborgen.

»Also, Fjadir von Bjaldorn«, sprach Brin, stemmte sich die Linke in die Hüfte, um nicht einzuknicken vor Erschöpfung, während er in der Rechten Hwëlfagliß reckte, »Herr und Erbe der mittnächtlichen Wacht, empfange deiner Mütter und Väter Schwert aus den Händen der Geweihten der Rondra, mit dem Segen der Löwin und der Elf …!«

Der Junker blickte langsam auf, schmerzliche Trauer zeichnete seinen Blick. Brin berührte mit der bloßen, bleichen Klinge die Schultern des Knappen, erst die linke, dann die rechte, schließlich ließ er sie auf dem Scheitel ruhen. »Knappe Fjadir, im Namen der Zwölfe, der Frau Rondra, des Herrn Praios, des Herrn Firun und der anderen unsterblichen Neun, im Namen der Ehre, des Mutes und der göttlichen Kraft, im Namen des Schwertes der Schwerter, der Marschallin des Hohebundes, im Namen der Treue und der Liebe zu jeglicher gutherziger Kreatur, im Namen des entbrannten Krieges wider den Schänder der Zwölfe, im Namen *seiner* Grausamkeit und *seiner* Ketzerei und *seiner* Sünde, im Namen *seiner* endlichen Höllenfahrt senke ich diese geweihte Klinge auf deine Schultern, die fürder schwere Bürde werden tragen müssen … Erhebe dich, Ritter Fjadir …«

So reichte er dem Junker das Schwert, mit dem Heft zuvörderst.

»Das will ich, mein Meister«, schwor Fjadir, und nun mischten sich blitzende Rache und rechte Trauer in seinen Augen, »und nicht eher ruhen, als die Hohe Halle des Herrn Firun aus den Fängen der Schwarzen Scharen befreit und die Schmach dieser Neumondnacht ausgewaschen ist – ausgewaschen mit dem Blute … Borbarads!«

Und so machten sie sich endlich auf den Weg. Brin warf lange Blicke zurück auf die gleißende Kuppel, ja blickte so oft über die Schulter, bis die Kuppel von Kristall hinter der Kimm verschwunden war.

Fjadir allerdings drehte sich kein einziges Mal um. »Das ertrüge ich nicht«, flüsterte er, und Schmerz verzerrte ihm die Stimme. »Dann könnte ich meine Heimat nicht verlassen, niemals, sondern würde auf der Stelle umkehren und die Warzensau würgen, bis sie alle ihre Warzen einzeln frißt … das würde ich!«

Als es endlich tagte, führten Fjadir und Brin Schwarzschnauze eine halbe Meile weit in den Wald hinein und krochen mit letzter Kraft und steifen Gliedern unter ein Wacholdergebüsch. Sie wollten sich ein paar Stunden im Nornja verbergen, nur um gänzlich sicherzugehen, daß Uriel nicht doch noch Reiter aussende, um nach Versprengten Ausschau zu halten. Sie bemühten sich, die verräterischen Hufspuren zu verwischen, aber da sie beide zum Umfallen erschöpft waren, bedeutete das nicht eben viel.

In Brins zerfetzten Mantel gehüllt und eng aneinander und an Schwarzschnauzes warmen Leib geschmiegt, um nicht am Ende doch zu erfrieren, so ruhten sie wenige Stunden – wagten kaum zu schlafen, obzwar Fjadir ab und an einschlummerte, leise wimmerte und um sich schlug, bis Brin ihn aus seinen Träumen rüttelte …

Man schrieb in den Landen der Zwölfe den ersten Praioslauf des Firunmondes 1020, als Baron Fjadir von Bjaldorn und der edle Brin von Rhodenstein frühmorgens aus ihrem Versteck krochen.

Auf dem Karrenweg nach Vierwinden waren keine frischen Hufspuren aufzuspüren. Augenscheinlich hatte der Graf niemanden auf den Weg geschickt. Recht so, nickte Brin. Bitte, unermeßliche Rondra, flehte er, gebiete Deinen göttlichen Geschwistern, uns den Weg geschwind zu weisen, und gib, daß der Haufen des Notmärkers ein paar Steine übereinander hat stehen und ein paar Scheite für ein warmes Feuerchen hat liegen lassen.

Und so sprengten sie von dannen, südwärts, nach Ilmensteins und Perricums Mauern und Zinnen. Über sie hin, in ihrem Rücken, pfiff Flyrijas über die weite Brydja, blähte ihre Mäntel und trieb sie voran, dem Lande der Zwölfe und des Kaisers entgegen.

In diesen Praiosläufen trug der Steppenwind den Geruch von tödlicher Kälte, Rauch und Mord mit sich, und angstvoll schnupperten die Menschen und Tiere im Bornland, als der kalte Wind um ihre Häuser und Höhlen pfiff.

Neuntes Kapitel

Kunde aus Bjaldorn

Am Fuße der Schwarzen Sichel,
Mitte Tsa 1020

Die Wolken hingen schwer über dem Heerlager des Kaisers, als Brin vor den Lehnstuhl des Schwertes der Schwerter trat.

Ayla hatte in der verlorenen Schlacht um Ysilia einen schlimmen Streich ins Bein erlitten – ein Rabenmundscher Ritter unter dem Banner des Bethaniers war augenscheinlich in glücklicheren Tagen dem Kleinen Volke ein guter Freund gewesen, denn keine andere Schneide Aventuriens als eine aus Xorloschs heiligster Esse hätte die Eherne Wehr der Erhabenen so leicht zu durchschneiden vermocht, als wäre sie aus belhankischer Seide gewebt. So ruhte der linke Fuß der Marschallin, das Bein geschient und von Verbänden aus blütenweißem Linnen umwickelt, auf einem schlichten Schemelchen. Ayla hatte sich, da sie wie alle Genesenden leicht fror, einen Mantel aus Biberfell über den Schoß gebreitet. Quer über dem Pelz, von den kräftigen, aber geschmeidigen Händen wie spielerisch umfaßt, lag Armalion, das Wunderschwert. Jedesmal aufs neue bestaunte Brin ehrfürchtig die kostbare Scheide, die Ayla aus den Schätzen Perricums für das Schwert der Rondra gewählt hatte: In hellstes Mondensilber war ein unfaßbar filigranes Geflecht aus miteinander ringenden, brüllenden und prankenschlagenden Löwen- und Drachenleibern aus feinstem Gold eingelassen. Aus Smaragden waren die Augen der Drachen, aus Rubinen jene der Leuen geschliffen.

Brin beugte das Knie und neigte das Haupt, ließ die Lippen für einen kurzen Augenblick auf dem kühlen Smaragd im Fingerringe der Erhabenen ruhen, küßte auch das goldene Löwenhaupt im Knauf Armalions, das Ayla ihm nach alter Sitte reichte.

»Ich sehe, junger Brin«, sprach die Erhabene, und es war eher eine Feststellung denn eine Frage, »du trittst allein vor mich ...«

»Die Schlacht ging verloren, meine Marschallin. Bjaldorn und die wackersten seiner Kinder sind den Weg Golgaris gegangen – alle jene, die rondragefällig stritten, weit über hundert an der Zahl. Unter jenen ist der vornehmste Herr Trautmann, der Baron von Bjaldorn, die heldenmütigste aber Frau Hauka, die Wölfintochter, denn unsere Heermeisterin ist gefallen, aufgefahren in Rondras Paradies!« Ja, das ist sie gewiß, murmelte er bei sich, und schlug das Zeichen der Göttin. Dann nestelte er das säuberlich zusammengelegte, aber von getrocknetem dunklen Blut besudelte Kriegsbanner der Kirche aus einem ledernen Beutel. Der spröde Stoff knisterte, als Brin ihn behutsam, fast ehrfürchtig entfaltete. »Empfangt, meine Marschallin, aus meinen Händen das Banner Hlûthars, getränkt im Blute von Helden und Schurken. Beides bedeutet Ihr Lob und Preis. In Zeiten, da *er* die Geschöpfe der Zwölfe unter sein Joch zwingt, steht das derische Heer der Rondra ohne seine Meisterin. Der Göttin sei Dank nicht ohne seine Marschallin ...!«

Und so berichtete Brin ausführlich und von Anfang an vom Zug des Grafen von Notmark und seiner abscheulichen Heimtücke, vom Mut der Bjaldorner, von der Kälte, die der siebenmal Verfluchte über Dere geworfen. Die Erhabene strich von Zeit zu Zeit liebevoll, ja wehmütig über das steife Wappentuch, als sie der langen Rede lauschte bis hin zum Tod der Heermeisterin. Nur einmal bedeutete sie Brin innezuhalten, befahl den Pagen, einen Sessel und einen großen Krug heißen Biers herbeizuschaffen, den der junge Geweihte durstig in einem Zug hinunterstürzte.

»So war alles vergebens?« fragte Ayla, als Brin das Bersten der Letta beschrieb.

»Nein, meine Marschallin – denn die eigentliche Schlacht gewannen die Zwölfe! Die Kuppel von Kristall, von der Ihr damals zu Beilunk so gramvoll spracht, sie gleißt und glänzt wie ehedem ... Denn in jenem Augenblick, da alle ihr Leben für die gerechte Sache Rondras zu opfern willig waren, da erbarmte sich, was wir Sterblichen niemals seit Ifirns Geburt vermochten, der grimmigste Ihrer Brüder – ja, Herr Firun selbst warf eine Mauer auf, gefügt aus Eis, ehern und unüberwindlich, um Seine Heilige Halle zu schützen und den letzten Seiner Diener eine Freistatt zu gewähren.

Zwar ist Herr Trautmann gefallen, aber seine Kinder, der Junker Fjadir und die Jungfer Liwinja, haben das Gemetzel des Grafen bei gesundem Leib überlebt, und ich möchte bei meinem Schwert schwören, daß sie nicht eher Ruhe finden, als bis die letzte Untat des Bethaniers und seiner Handlanger gesühnt und gerächt ist! Denn Bjalas Blut fließt in ihren Adern, das Blut von Helden und Heiligen! Der wackere Junker – und fürdere Baron – weilt nunmehr auf dem Ilmenstein, zumindest im Gefolge Frau Thesias. Ich habe ihn dorthin geleitet und der gelobten Gräfin meine Aufwartung gemacht – einer stattlichen Dame. Mit der Hochwohlgeborenen möchte ich mein Schwert lieber nicht kreuzen; ihre Zunge ist ohnehin schon scharf genug ...« Brin schüttelte abwehrend die Rechte und verzog den Mund zu einem leichten Grinsen. Auch Ayla lächelte leise – kannte sie die Gräfin doch gut genug.

»Ich danke dir sehr, Freund Brin, für deine Kunde – eine traurige, aber der Göttin zweifelsohne gefällige. So vernimm, was uns derweil widerfahren.« Viel hatte sich verändert, und nicht zum Guten, als Brin mondelang im Norden weilte: Warunk war gefallen und Ysilia, die alte Stadt der Herzöge des Ostens, das Heer des Kaisers mehrfach geschlagen und geschwächt.

Wie sehr hatte Brin gehofft, daß das gewaltige Blutopfer von Bjaldorn die Zwölfe besänftigen, dem Schrekken ein Ende machen würde. Nun aber mußte er erkennen, daß die braven Bjaldorner und alles, was sie auf sich genommen, beileibe nur ein winziges Gewicht auf der Waagschale der Welt, im ewigen, unausgewogenen Widerstreite von Gut und Böse gewesen war …

»*Sein* Name wird die Welt beherrschen, ganz gleich, wie wir uns mühen«, murmelte er, für einen Augenblick zutiefst erschüttert und fassungslos.

Da lächelte Ayla. »Nein, Brin – Mut! Wir müssen Mut beweisen mehr als alles andere! Denn *er*«, sprach sie, »*er* verdient es nicht, daß wir *ihn* bei *seinem* Namen nennen und bei *seinem* Namen fürchten! Dessen ist *er* so wenig würdig wie der Namenlose … Du meinst, der Steppenwind habe nach Tod und Verderben geschmeckt an jenem Praioslauf?

So soll der Wind künftig wehen, um die Kunde eines neuen Zeitalters in alle Welt hinauszutragen! Eines Zeitalters der Recken und Streiter, die *seiner* wehren – eines Zeitalters der Helden! Wir wollen nach Praiosläufen messen, wie lange *er* und seinesgleichen unserem Stahl trotzen, der hell und heller noch strahlt als die kristallene Kuppel von Bjaldorn …«

Armalion sirrte hell wie der Elfenpfeil, der von der Sehne schnellt, als die geflammte Klinge aus der silbernen Scheide glitt; schwerer, wie die surrende Feder einer Angroschim-Armbrust, ratschte der spröde Uhdenberger Stahl, aus dem Lirondiyan geschmiedet war; der Donner der Leuin grollte, und blitzende Funken stoben, als Kämpin und Knappe die Klingen kreuzten.

In jenem Augenblick brach aus der düsteren Wolkendecke das Antlitz Praios' hervor, und blendend gleißte die Wehr der Rondra.

Da wurde Ayla so warm ums Herz, daß sie lächelte. Denn wenn Firun eine Mauer fügt, um uns Menschen zu schützen, dachte sie, dann haben die Götter uns nicht vergessen! Mag auch eine Schlacht verlorengehen – mögen noch viele Schlachten verlorengehen –, so ist der Krieg doch nicht entschieden.

Hüte dich, Bethanier!

Nachbemerkung

Der Autor möchte nicht verabsäumen, den geneigten Leser darauf hinzuweisen, daß die geschilderten Ereignisse in Ulrich Kiesows tausendseitigem Aventurien-Epos ›Wenn das Rad zerbricht‹ in einen größeren Zusammenhang gestellt werden und daß Mengbillar und die schurkischen Notmärker von U. Kiesow erdachte und mit Leben erfüllte Gestalten sind, und überdies demselben herzlichen Dank sagen für diesen Versuch eines ›vernetzten Projekts‹!

Unbedingt ist auch anzumerken, daß aus dem Wunsch heraus, von der spannenden Handlung des genannten Romans so wenig wie irgend möglich vorwegzunehmen, dem mit Aventurien sehr vertrauten Leser manches, was der Steppenwind berichtet, merkwürdig kurz und unausgeführt vorkommen mag. Dieser sei darum – zu seinem eigenen Lesevergnügen – um Verständnis gebeten und auf baldige Zeiten vertröstet!

Gleichfalls großer Dank gilt Ina Kramer sowie Mark Kessler und Michael Haas für viele Einfälle, auf die Brin und Fjadir, auf sich allein gestellt, niemals verfallen wären …

Anhang

Erklärung aventurischer Begriffe

*Die Götter und Monate**

1. Praios = Gott der Sonne und des Gesetzes – entspricht Juli.
2. Rondra = Göttin des Krieges und des Sturmes – entspricht August.
3. Efferd = Gott des Wassers, des Windes und der Seefahrt – entspricht September.
4. Travia = Göttin des Herdfeuers, der Gastfreundschaft und der ehelichen Liebe – entspricht Oktober.
5. Boron = Gott des Todes und des Schlafes – entspricht November.
6. Hesinde = Göttin der Gelehrsamkeit, der Künste und der Magie – entspricht Dezember.
7. Firun = Gott des Winters und der Jagd – entspricht Januar.
8. Tsa = Göttin der Geburt und der Erneuerung – entspricht Februar.
9. Phex = Gott der Diebe und Händler – entspricht März.
10. Peraine = Göttin des Ackerbaus und der Heilkunde – entspricht April.
11. Ingerimm = Gott des Feuers und des Handwerks – entspricht Mai.
12. Rahja = Göttin des Weines, des Rausches und der Liebe – entspricht Juni.

---

* Im Kontext des maraskanischen Rur-Gror-Glaubens sind die Zuständigkeiten der Zwölfgötter teilweise anders definiert.

Maße und Gewichte

Meile = 1 km
Schritt = 1 m
Spann = 20 cm
Finger = 2 cm

Dukat (Goldstück) = 50 DM
Silbertaler = 5 DM
Heller = 0,5 DM
Kreuzer = 0,05 DM

Unze = 25 g
Stein = 1 kg
Quader = 1 t

Begriffe, Namen, Orte

Alveran = Wohnort der Götter, die fünfte Sphäre
Alveraniar = Götterbote
Aranien = abtrünnige Provinz des Mittelreichs im Südosten
Ardare = Heilige des Rondrakultes
Armalion = Wunderschwert des Schwertes der Schwerter
Arivor = wichtiger Rondratempel in Yaquiria, Sitz eines Meisters des Bundes
Atan = fiebersenkende Heilsalbe
Baburin = wichtiger Rondratempel in Aranien, Sitz eines Meisters des Bundes
Beilunk = Markgrafenstadt im südöstlichen Mittelreich
Bjaldorn = kleine Baronie, zwischen Paavi und Bornland
Bote des Lichtes = oberster Geweihter des Praios auf Dere
Borbarad = der Dämonenmeister, der Sage nach ein Abkömmling Hesindes
Bornland = Adelsrepublik im nordöstlichen Aventurien
Bosparano = altaventurische Sprache, nur noch den Gelehrten geläufig
Bronnjar = bornischer Hochadliger
Brydja = große Steppe nördlich Bjaldorns

Chababien = Provinz Yaquirias
Darpatien = zentral gelegene Provinz des Mittelreichs
Dere = die Welt, die dritte Sphäre
Drôl = Stadt im südwestlichen Aventurien
Ehernes Schwert = höchstes Gebirge Aventuriens östlich des Bornlands
Einbeere = aventurische Heilpflanze
Eisbär = Sternbild Firuns im Zwölfkreis
Famerlor = löwenhäuptiger Drache, Gemahl Rondras
Famerlorsfeuer = Wetterleuchten vor Gewitter (St. Elmsfeuer)
Firunshag = Dorf im Gebiet der Grafschaft Ilmenstein
Festum = Hauptstadt des Bornlandes, Sitz eines Meisters des Bundes
Geron = gen. ›der Einhändige‹, Erzheiliger des Rondrakultes
Goldener Helm = Krone des Schwertes der Schwerter
Golgari = Alveraniar Borons, Sinnbild des Todes
Grauzahn = Grafenburg von Notmark
Greif = Sternbild Praios' im Zwölfkreis
Harpyie = schwarzmagisches Mischwesen aus Adler und Menschenfrau
Havena = Hafenstadt in Westaventurien, Sitz eines Meisters des Bundes
Hlûthar = Heiliger des Rondrakultes
Ifirn = schwanengestaltige Schneegöttin, Tochter Firuns und der Sterblichen Meriban
Ilmenstein = große Grafschaft im nordwestlichen Bornland
Kemenate = beheiztes Gemach der Burgherrin und/oder des Burgherrn
Kor = herzloser, blutgieriger Gott, Sohn Rondras und Famerlors
Kurkum = Hauptburg der Amazonen, von Borbarad zerstört
Leomar = Erzheiliger des Rondrakultes, Schirmherr der Kriegertugenden
Lorgolosch = Binge der Brillantzwerge nahe Beilunks
Löwenstein = Burg der Amazonen, von Borbarad zerstört

Marschall des Hohebundes = andere Bezeichnung für Schwert der Schwerter
Meister des Bundes = hoher Geweihter der Rondra (etwa Kardinalbischof)
Mittelreich = das Reich des Kaisers, der größte aventurische Staat
Mythrael = Erzalveraniar der Rondra
Nagrach = Erzdämon, höllischer Gegenspieler Firuns
Nivesen = wolfsgöttergläubiges Nomadenvolk in Nordostaventurien
Norbarden = handeltreibendes Nomadenvolk in Nordostaventurien
Nordwalser Höhen = Mittelgebirge westlich Bjaldorns
Nornja = großer Wald rund um Bjaldorn
Notmark = Stadt und große Grafschaft im östlichen Sewerien
Paavi = Herzogsstadt am Eismeer nördlich Bjaldorns
Priesterkaiser = praiosgeweihte Kaiser, verfolgten die Rondrageweihten
Rhodenstein = Rondraburg im Herzogtum Weiden
Schitze = Freigeborener, der seinem Herrn Waffendienst leistet
Schlange = Sternbild Hesindes im Zwölfkreis
Schwarze Sichel = Gebirge zwischen Weiden und Tobrien
Schwert = Sternbild Rondras im Zwölfkreis
Schwert der Schwerter = oberster Geweihter Rondras auf Dere
Schwertschwester (-bruder) = Vorsteher(in) eines großen Rondratempels
Senne = Bezirk des Rondrakultes, dem ein Meister des Bundes vorsteht
Sewerien = Landschaft im nördlichen Bornland
Stute = Sternbild Rahjas im Zwölfkreis
Sulvo = der hellste, blutrote Stern des Sternbilds Stute
Thorwal = Land im Nordwesten, Heimat der Thorwaler
Titanium = eines der fünf magischen Metalle
Tobrien = Herzogtum im östlichen Mittelreich, von Borbarad überrannt
Tsafest, Tsatag = Geburtstag
Wehrheim = Garnisonsstadt des Mittelreiches, Sitz eines Meisters des Bundes

Weiden = Herzogtum im nördlichen Mittelreich
Wergeld = Strafgeld für einen Erschlagenen
Wolfsgötter = Götter der Nivesen: Gorfang, Liska, Reißgram, Rotschweif u. a.
Yaquiria = Königreich an der Westküste Aventuriens
Ysilia = Hauptstadt Tobriens
Zwölfkreis = Kreis aus zwölf den Göttern zugeordneten Sternbildern

Das Schwarze Auge
„Deutschlands bekanntestes Rollenspiel“
Das Schwarze Auge
Fantastische Fantasie-Spiele
Abenteuer Basis-Spiel
Die Helden des schwarzen Auges
Regelbuch II
Schmidt Spiele
Hotline: 08165/924260
Schmidt Spiele

HEYNE BÜCHER

Das Rad der Zeit

Robert Jordans großartiger Fantasy-Zyklus!

06/5521

Eine Auswahl:

Die Heimkehr
8. Roman
06/5033

Der Sturm bricht los
9. Roman
06/5034

Zwielicht
10. Roman
06/5035

Scheinangriff
11. Roman
06/5036

Der Drache schlägt zurück
12. Roman
06/5037

Die Fühler des Chaos
13. Roman
06/5521

Stadt des Verderbens
14. Roman
06/5522

Die Amyrlin
15. Roman
06/5523

Heyne-Taschenbücher